LAUREN DESTEFANO est née à New Haven, dans le Connecticut. L'écriture est sa passion depuis qu'elle est enfant, si bien que même au restaurant elle ne pouvait s'empêcher d'écrire toutes sortes d'histoires sur les menus ! Maintenant qu'elle est adulte (enfin presque !), elle écrit des romans jeunesse... pour de vrai. Elle a été réceptionniste – la pire du monde –, serveuse dans un café, préceptrice et professeur d'anglais. Et quand elle ne travaille pas sur ses romans, elle passe son temps à crier des ignominies à sa Nintendo DS, à rendre son chat fou avec un stylo laser et à dépenser tous ses sous dans des friperies pour créer de nouvelles tenues qui tuent !

FUGITIVE

Du même auteur, chez Castelmore :

1. *Éphémère*
2. *Fugitive*

www.castelmore.fr

Lauren DeStefano

Fugitive

Le Dernier jardin – tome 2

Traduit de l'anglais (États Unis) par Tristan Lathière

Castelmore

Titre original : *Fever*

Loi n° 49-956 du 16 juillet 1949 sur les publications destinées à la jeunesse

Dépôt légal : août 2012

ISBN : 978-2-36231-060-7

CASTELMORE
60-62, rue d'Hauteville – 75010 Paris
E-mail : info@castelmore.fr
Site Internet : www.castelmore.fr

POUR AMANDA L-C,

QUI S'ÉGARE

AVEC COURAGE

SOUS LA PLUIE

REMERCIEMENTS

Me voici de nouveau confrontée à une mission impossible : utiliser une partie de mon livre afin de remercier plusieurs personnes trop extraordinaires et remarquables pour que de simples mots suffisent. Mais comme les mots sont les seuls outils à ma disposition, je me lance…

Merci à ma famille qui a transmis mon histoire d'un membre à l'autre, multipliant les appels et SMS à chaque rebondissement. Merci également à mon père qui n'est pas là, mais dont l'image s'est superposée à tous les événements heureux survenus au cours de ce processus.

Merci à Harry Lam pour m'avoir empêchée de céder à la facilité lors de l'élaboration de l'intrigue. À Allison Shaw, pour m'avoir écoutée dérouler mon récit en voiture, au restaurant ou au téléphone. À Amanda Ludwig-Chambers, pour avoir pleuré sur mes pages. À Andrew O'Donnell pour sa science du tarot divinatoire. Merci à tous les gens qui ont supporté de bonne grâce mes assauts répétés sur le mode « S'il te plaît s'il te plaît, lis ce passage et dis-moi ce que tu en penses » en prodiguant des critiques sincères. Merci à mes anciens professeurs de l'Albertus Magnus College, qui n'ont jamais cessé de m'encourager.

Merci en trois exemplaires à mon éditrice, Alexandra Cooper, qui a su comprendre mon langage parfois… erratique et qui a rendu chaque page de ce roman plus solide. À Lizzy Bromley pour les couvertures réalisées pour cette série, et qui sont autant de loupes permettant de magnifier ce qu'elles recèlent. Merci à toute l'équipe de *Simon & Schuster Books for Young Readers* pour leur passion et leur foi dans l'histoire de Rhine. Enfin, un immense et éternel merci à mon agent, Barbara Poelle, qui a su m'ouvrir les portes de ce monde et se jouer des obstacles afin que je puisse partager mes récits.

UN PETIT NUAGE OPALE

DE FORME OVALE

RÉFLÉCHIT L'ARC-EN-CIEL D'UN

ORAGE

MIS EN SCÈNE

DANS UNE VALLÉE LOINTAINE –

CAR NOUS SOMMES TRÈS

ARTISTIQUEMENT ENCAGÉS.

VLADIMIR NABOKOV[1]

1. Vladimir Nabokov, *Feu pâle* [1962; 1965 pour la traduction française], Gallimard, 1965, Collection « Folio », 1991. Traduction de Raymond Girard et Maurice-Edgar Cointreau. (*NdÉ*)

1

NOUS COURONS, de l'eau dans nos chaussures, l'odeur de l'océan accrochée à notre peau gelée.

Je ris, et Gabriel me regarde comme si j'étais folle, et nous sommes tous deux hors d'haleine mais je parviens à proférer un « On a réussi » qui couvre l'appel lointain des sirènes. Des mouettes impassibles volent en cercles au-dessus de nous. Le soleil se couche à l'horizon en embrasant le ciel. Je me retourne une fois, assez longtemps pour voir des hommes haler notre canot de sauvetage jusqu'à la rive. Ils doivent s'attendre à y découvrir des passagers, mais tout ce qu'ils trouveront, ce sont les emballages vides des sucreries que nous avons prises dans la réserve du propriétaire du bateau. Nous avons abandonné l'embarcation avant de toucher terre, puis nous avons tâtonné en apnée à la recherche l'un de l'autre, et nagé au plus vite pour nous éloigner des remous.

Nos empreintes émergent de l'océan, comme celles de spectres qui sortiraient des flots pour hanter le rivage. L'idée me plaît. Nous sommes les fantômes de continents engloutis. Nous explorions naguère un monde intact, et revenons désormais d'entre les morts.

Quand nous atteignons enfin une barre rocheuse qui forme une frontière naturelle entre la plage et la ville, nous nous effondrons dans son ombre. Depuis notre abri, nous distinguons les ordres que se lancent les hommes.

— Un détecteur a sûrement déclenché l'alarme quand nous avons touché terre, dis-je.

J'aurais dû me méfier; voler un bateau avait été trop facile. J'avais posé assez de pièges dans ma propre maison pour savoir que les gens aiment protéger ce qui leur appartient.

— Que va-t-il se passer s'ils nous attrapent? demande Gabriel.

— On ne les intéresse pas. Le propriétaire du bateau a dû offrir une sacrée récompense pour le récupérer, à mon avis.

Autrefois, mes parents m'ont raconté que certaines personnes portaient des uniformes et veillaient sur l'ordre du monde. J'ai toujours eu du mal à y croire. Comment une poignée d'agents en tenue pouvait-elle suffire à faire régner la loi sur toute une planète? Désormais, il n'y a plus que des détectives privés, qu'engagent les riches pour retrouver ce qu'on leur a volé, et des vigiles qui veillent à ce que les épouses ne profitent pas des fêtes somptueuses auxquelles elles sont conviées pour s'échapper. Et les Ramasseurs, bien sûr, qui sillonnent les rues en quête de jeunes filles à vendre.

Je m'effondre dans le sable, sur le dos. Gabriel prend ma main tremblante dans les siennes.

— Tu saignes, dit-il.

— Regarde. (Je lève les yeux vers le ciel.) On voit déjà les étoiles apparaître.

Il suit mon regard; le soleil couchant qui illumine son visage rend ses yeux plus brillants que jamais, mais mon compagnon semble toujours préoccupé. Avoir grandi au manoir lui donne l'air de porter sur les épaules un perpétuel fardeau.

— Tout va bien, lui dis-je en l'attirant près de moi. Allonge-toi un peu, et prends le temps d'admirer le ciel.

— Tu saignes, insiste-t-il.

Je vois sa lèvre inférieure trembler.

— Je survivrai.

Il soulève ma main, qu'il étreint toujours. Le sang qui coule sur nos poignets forme d'étranges ruisselets. J'ai dû m'écorcher la paume sur un rocher tandis que nous rampions jusqu'à la rive. Je remonte ma manche pour ne pas tacher de sang le pull blanc tricoté par Deirdre. Des diamants et des perles sont incrustés dans ses mailles, derniers vestiges de ma vie d'épouse.

Enfin… hormis mon alliance.

Une brise s'élève des flots, et je prends soudain conscience que mon corps s'est engourdi, à cause de l'air frais et de nos vêtements détrempés. Nous devrions chercher un abri, mais où ? Je me redresse et inspecte les environs. Rien que du sable et des rochers sur plusieurs mètres, mais au-delà, je devine des silhouettes de bâtiments. Un semi-remorque solitaire peine sur une route lointaine, et je pense que d'ici peu, il fera assez sombre pour que les camionnettes des Ramasseurs commencent à sillonner les rues, tous feux éteints. L'endroit fait figure de terrain de chasse idéal ; il ne semble pas y avoir de lampadaires, et les ruelles entre ces édifices sont peut-être arpentées par les filles des quartiers chauds.

Gabriel, bien sûr, s'inquiète surtout pour ma plaie. Il s'efforce de bander la paume de ma main avec des algues, et le sel marin brûle la chair à vif. J'ai d'abord besoin d'une minute pour évaluer la situation. Ensuite seulement, je m'occuperai de cette coupure. Hier, à la même heure, j'étais encore mariée à un gouverneur domanial. J'avais des sœurs épouses. Au terme de ma vie, mon corps était voué à rejoindre celui des épouses m'ayant précédée dans la mort, sur un brancard dans le sous-sol du manoir de mon beau-père, un corps dont ce dernier ferait alors ce que bon lui semblerait.

Mais aujourd'hui, je sens l'air salé, j'entends le bruit de l'océan. Un bernard-l'ermite se lance à l'assaut de la dune. Et ce n'est pas tout : mon frère Rowan m'attend quelque part. Rien ne pourra m'empêcher d'aller le rejoindre, chez nous.

J'avais cru que la liberté serait excitante, et elle l'est, mais elle me terrorise aussi. Une cohorte de « et si » vient barrer la route de tous mes espoirs délicieusement accessibles.

Et s'il n'est pas là-bas ?

Et si quelque chose se passe mal ?

Et si Vaughn te retrouve ?

Et si…

— C'est quoi, ces lumières ? me demande Gabriel en pointant du doigt vers les terres.

J'aperçois alors une lointaine roue lumineuse, qui tourne paresseusement.

— Je n'ai jamais rien vu de pareil, avoué-je.

— En tout cas, il doit y avoir des gens là-bas. Allons-y.

Il m'aide à me relever puis m'entraîne en prenant ma main ensanglantée dans la sienne, mais je résiste.

— Pas question d'avancer vers ces lumières. Comment savoir sur quoi on va tomber ?

— Alors quel est ton plan ? demande-t-il.

Mon plan ? Mon plan se résumait à fuir le manoir. Mission accomplie. Et maintenant, il consiste à retrouver mon frère, une pensée romantique à laquelle je me suis accrochée durant les mois maussades de mon mariage. Au point que mon jumeau devienne presque un jouet de mon imagination, une rêverie ; la perspective de le revoir bientôt m'emplit d'une joie étourdissante.

Je pensais que nous aurions au moins le temps d'accoster sur la terre ferme, et en plein jour, mais nous sommes tombés en panne sèche. Quant au jour, il décline de seconde en seconde ; ici n'est pas plus sûr qu'ailleurs, et au moins, là-bas, c'est éclairé, même si ces lumières qui tournent ont quelque chose d'irréel.

— OK, dis-je. Allons jeter un coup d'œil.

Mon bandage d'algues improvisé semble avoir fait cesser le saignement. Il est ficelé avec un tel soin que c'en est comique, et tandis que nous avançons, Gabriel me demande ce qui me fait sourire. Il est trempé et couvert de sable. Ses cheveux châtains, d'ordinaire impeccables, sont tout ébouriffés. Il paraît néanmoins en attente d'une consigne, d'une indication à suivre.

— Tout va bien se passer, tu sais, lui dis-je.

Il étreint ma main valide.

Le vent de janvier, qui souffle en bourrasques furieuses chargées de sable, hurle à travers mes mèches dégoulinantes. Les rues sont jonchées d'ordures, j'entends un grattement s'échapper d'un tas de détritus et un unique lampadaire diffuse une lueur intermittente. Gabriel passe un bras autour de mes épaules, et j'ignore lequel de nous deux il tente ainsi de rassurer, mais je sens la peur qui commence à me nouer l'estomac.

Et si une camionnette grise débouchait dans cette rue obscure ?

Aucun pavillon à proximité ; rien qu'un bâtiment en brique qui fut peut-être une caserne de pompiers, un demi-siècle auparavant. Ses vitres sont brisées, condamnées par des planches. Je distingue également d'autres édifices croulants, trop sombres pour être identifiés. Je jurerais que des choses bougent dans les ruelles.

— Tout semble tellement à l'abandon, déclare Gabriel.

— Amusant, non ? répliqué-je. Les scientifiques ont tout fait pour nous améliorer, et quand on a commencé à tomber comme des mouches, ils nous ont laissés pourrir sur place, dans un monde qui fait de même.

Gabriel affiche une grimace qui pourrait passer pour du dédain ou de la pitié. Il a passé le plus clair de son existence dans un manoir où il n'était peut-être qu'un domestique, mais où tout était bien conçu, propre et raisonnablement sûr. À condition d'éviter le sous-sol, évidemment. Ce monde en pleine déréliction doit lui causer un choc.

Au loin, le cercle de lumière est accompagné d'une musique bizarre ; des cuivres qui sonnent creux suivent un rythme faussement enjoué.

— Il vaudrait peut-être mieux faire demi-tour, annonce Gabriel quand nous atteignons le grillage qui délimite le périmètre.

Au-delà, j'aperçois des tentes illuminées à la bougie.

— Demi-tour vers quoi ?

Je tremble si fort que j'ai peine à articuler.

Gabriel ouvre la bouche pour répondre, mais ses paroles se perdent dans mon propre cri : quelqu'un m'a saisie par le bras et m'entraîne vers une trouée dans la clôture.

La seule chose qui me vient à l'esprit, c'est : *Pas encore, pas comme ça*, puis ma plaie se remet à saigner et mon poing me fait mal, parce que je viens de frapper quelqu'un. Je lutte toujours quand Gabriel me tire en arrière et nous tentons de fuir, mais nous sommes vite cernés. D'autres silhouettes ont surgi des tentes et nous empoignent par les bras, la taille, les jambes ; je sens même une pression sur ma gorge. Je sens de la peau résister sous mes ongles, un crâne percuter le mien, ma tête se met à tourner mais une énergie surhumaine me pousse à me débattre violemment. Gabriel hurle mon prénom, me dit de me défendre ; ça ne sert à rien. Nous sommes traînés vers ce cercle de lumière tournoyante où rit une vieille femme, et la musique ne s'arrête pas.

2

LE SON ÉCŒURANT de l'os heurtant la chair. Gabriel assène un crochet parfait à l'un de nos assaillants et l'envoie rouler dans la poussière, mais déjà, d'autres hommes se ruent sur lui de tous côtés, lui empoignent les bras, l'obligent à s'agenouiller.

— Pour qui vous travaillez ?

La voix de la vieille femme est calme. De la fumée sort de sa bouche, ainsi que d'un cylindre qu'elle tient entre les doigts.

— Qui vous envoie m'espionner ?

C'est une femme de la première génération, petite et trapue, avec des cheveux gris arrangés en un chignon serti de rubis et d'émeraudes en toc. Rose, abreuvée de bijoux et de pierres précieuses au fil des ans par notre époux Linden, aurait ri de cet étalage de pacotille : collier de verroterie surdimensionnée ceignant un cou de poulet ; bracelets remontant sur les avant-bras, en plaqué argent piqué et décollé ; solitaire à faux rubis de la taille d'un œuf.

Les agresseurs retiennent Gabriel par les bras, et ce dernier lutte pour prendre appui sur ses pieds tandis qu'un autre homme le frappe. Un garçon, plutôt ; il n'a pas l'air plus âgé que Cecily.

— Personne ne nous envoie, dit Gabriel.

Je lis dans ses yeux qu'il n'est plus tout à fait conscient. Il a pris plus de coups que moi, et je crains qu'il soit victime d'une commotion cérébrale. Il encaisse un nouveau direct, cette fois dans les côtes, et tombe à genoux. J'en ai l'estomac retourné.

Gabriel ferme les yeux puis les écarquille brusquement ; son souffle s'échappe en halètements courts qui trahissent son incrédulité. Les battements de mon cœur tambourinent dans mes oreilles ; je veux le rejoindre, mais tout ce qui l'atteint, c'est mon gémissement de frustration. Tout cela est ma faute. J'étais censée le protéger ; nous sommes dans mon monde. J'aurais dû avoir un plan. Après un grondement indigné, je lance :

— Il dit la vérité. Nous ne sommes pas des espions.

Qui voudrait des informations sur un endroit pareil ?

Des filles crasseuses étudient la scène à travers une fente dans la toile d'un chapiteau arc-en-ciel, en battant des paupières comme des mouches de dessin animé. Je comprends immédiatement qu'il s'agit bel et bien d'un quartier chaud – un repaire de prostituées que les Ramasseurs n'ont pas réussi à vendre aux gouverneurs domaniaux, ou qui n'avaient tout simplement nulle part où aller.

— Toi, la ferme, siffle l'un des hommes – garçons – à mon oreille.

La vieille femme glousse et fait tinter ses bijoux de pacotille qui sont autant de gros insectes de verre et de bubons infectieux sur ses doigts et ses poignets.

— Amenez-la dans la lumière, ordonne-t-elle.

On me traîne à l'intérieur du chapiteau aux rayures arc-en-ciel, sous un plafond d'où pendent des lanternes bringuebalantes, et les filles-mouches se dispersent. La vieillarde me saisit par le menton et oriente ma tête de profil pour mieux me voir. Puis elle me crache sur la joue et étale la salive, ôtant ainsi un peu de sable et de sang. Ses horribles yeux noirs s'illuminent de joie et elle déclare :

— Bouton d'or. Oui, je crois que je vais t'appeler comme ça.

La fumée me fait monter les larmes aux yeux. J'ai envie de lui cracher dessus à mon tour.

Les filles présentes émettent des grognements de protestation, et l'une d'elles lève la main.

— Madame, dit-elle, les yeux languides et voilés. La nuit tombe. C'est l'heure.

La vieille femme la gifle d'un revers de main et répond d'une voix toujours égale, en examinant ses doigts couverts de bijoux :

— Tu n'as rien à m'ordonner. C'est *moi* qui commande.

La jeune fille se fond dans la meute de ses semblables.

Gabriel crache, sa bouche était pleine de sang. Les garçons l'obligent à se redresser.

— Amenez-la dans la tente rouge, dit notre persécutrice.

Peu importe que je me transforme en poids mort et refuse de bouger les jambes ; deux des garçons n'ont aucun mal à me remorquer.

C'est la fin, pensé-je. *Gabriel va mourir, et cette vieille femme compte faire de moi l'une de ses prostituées.* Je ne puis que supposer que c'est ce qui est arrivé aux filles agglutinées sous le chapiteau arc-en-ciel. Tout ce mal pour m'évader, tous les efforts consentis par Jenna pour m'aider, et en moins de vingt-quatre heures, ma liberté s'est muée en nouveau cauchemar…

La tente rouge est éclairée par des lanternes pendues au plafond bas. L'une d'elles me heurte le crâne, et quand les garçons me lâchent, je m'affaisse sur la terre froide.

— N'essaie pas de filer, dit l'un d'eux, un gamin qui fait une tête de moins que moi.

Il soulève son paletot mité pour exhiber l'étui du pistolet qu'il porte à la ceinture. L'autre garçon s'esclaffe, et ils sortent. J'aperçois leurs silhouettes par-delà l'ouverture zippée, je les entends ricaner.

Je fouille la tente du regard en quête d'une issue par laquelle me faufiler, mais sa base est enterrée et des meubles s'alignent, collés les uns aux autres, le long des parois : bureaux et coffres en bois ciré d'aspect ancien, avec des dragons sifflants peints sur les tiroirs, des cerisiers en fleur, un belvédère, une femme aux cheveux noirs qui jette un regard morne sur les flots.

Des antiquités d'un quelconque pays d'Orient depuis longtemps disparu. Rose aurait aimé ces objets ; elle aurait brodé des histoires expliquant la tristesse de la femme aux cheveux noirs, tracé à travers les cerisiers un chemin qui l'aurait conduite là où elle voulait aller. Un instant, je crois voir ce à quoi elle aspire : un monde infini.

— Bien, annonce la vieille femme surgie de nulle part avant de m'attirer vers l'une des deux chaises disposées de part et d'autre de la table. Prenons le temps de t'examiner.

Des volutes s'élèvent d'une longue cigarette qu'elle tient entre ses doigts parcheminés. Elle la porte à ses lèvres et tire une bouffée. Quand elle reprend la parole, un nuage de fumée s'échappe de sa bouche et de ses narines.

— Tu n'es pas d'ici. Je t'aurais remarquée.

Ses yeux, fardés dans les mêmes tons que ses breloques, sont rivés aux miens. Je détourne la tête.

— Tes yeux, poursuit-elle en se penchant vers moi. C'est une malformation ?

— Non, dis-je en m'efforçant de ne pas paraître en colère (un garçon armé est posté à l'extérieur, et Gabriel est toujours à la merci de notre geôlière). Et nous ne sommes pas des espions. Je n'arrête pas de vous le répéter. On s'est juste perdus en route.

— Toute la région s'est perdue en route, Bouton d'or, rétorque-t-elle. Mais ce soir, tu as de la chance. Si tu cherches un quartier plus chic pour y faire des affaires (elle a un geste théâtral qui disperse les cendres de sa cigarette), tu n'en trouveras pas à des kilomètres à la ronde. Je prendrai bien soin de toi.

Mes entrailles protestent. Je ne dis pas un mot ; si j'ouvre la bouche, je suis sûre de vomir sur cette jolie table ancienne.

— Je suis madame Soleski. Mais tu m'appelleras Madame. Laisse-moi voir cette main.

Elle me saisit par le poignet et plaque mon bras gauche ensanglanté sur le bois ciré. Bien que tassé dans mon poing et poisseux de sang, le bandage en algues a tenu bon.

Elle lève ma main vers la lumière et s'étrangle quand elle remarque mon alliance : elle n'a jamais dû voir de vrai bijou. Après avoir posé son mégot sur le bord de la table, elle prend alors ma main dans les siennes et examine les sarments gravés sur l'anneau, les fleurs épanouies que Linden reproduisait souvent sur ses croquis d'architecture lorsqu'il pensait à moi. Des fleurs fictives, selon lui. Aucune fleur ne fleurit ainsi en ce bas monde.

Je serre le poing, craignant qu'elle tente de me dérober l'alliance. Même si ce mariage était une imposture, ce minuscule symbole d'une union factice m'appartient.

Mme Soleski l'admire quelques instants puis me lâche la main. Elle farfouille dans un tiroir d'où elle sort un rouleau de gaze qui a visiblement déjà servi et un flacon de liquide translucide. Le fluide me brûle quand elle le verse sur ma plaie après avoir enlevé les algues. Il fait des bulles et émet des sifflements rageurs. La femme guette une réaction de ma part, mais je refuse de lui accorder ce plaisir. Elle bande ensuite ma blessure d'une main experte.

— Tu as bien amoché l'un de mes garçons, dit-elle. Demain, il aura un œil au beurre noir.

Pas assez amoché : j'ai perdu le combat.

Voyant que Mme Soleski tripote la manche de mon pull, je résiste, mais elle enfonce ses doigts dans ma paume douloureuse. Je ne veux pas qu'elle me touche. Ni même mon alliance ou mon pull. Je repense aux petites mains habiles de Deirdre qui l'ont tricoté à mon intention ; elles étaient sillonnées de veines bleu vif, et seule leur infinie douceur indiquait son jeune âge. Des mains capables de transformer l'eau du bain en instant magique, ou d'incruster des diamants dans un maillage. Tout ce qu'elle créait était d'une grande précision. Je revois ses grands yeux noisette, j'entends sa voix mélodieuse. Je songe que je ne la reverrai jamais.

— Laisse ce bandage en place, dit-elle en ramassant sa cigarette dont elle fait choir la cendre. Ce serait bête de perdre une main à cause d'une infection. Tu as les doigts si fins.

Je n'aperçois plus la silhouette des garçons postés dehors, mais j'entends qu'ils discutent. Le pistolet que j'ai entrevu est minuscule par rapport au fusil de chasse que nous conservions à la cave, mon frère et moi, mais si j'arrivais à mettre la main dessus, je saurais m'en servir. Serais-je seulement assez rapide ? D'autres sont sûrement armés. Et je ne peux pas abandonner Gabriel. S'il est ici, c'est par ma faute.

— Ne l'ouvre pas tant que je ne t'adresse pas la parole, pigé, Bouton d'or ? Je préfère. On n'est pas en train de parler affaires.

— Je ne fais pas partie de vos affaires, rétorqué-je.

— Ah bon ? (La vieille femme hausse ses sourcils surlignés de crayon.) Tu m'as tout l'air d'avoir fui un autre genre d'affaire... Je peux t'offrir ma protection. C'est mon territoire, ici.

Sa protection ? J'aimerais être en mesure d'en rire, mais plusieurs côtes endolories et un mal de crâne lancinant m'en dissuadent. Au lieu de cela, je lui réponds simplement :

— Nous nous sommes égarés, mais si vous nous laissez partir, nous reprendrons notre route. De la famille nous attend en Caroline du Nord.

La femme rit et tire une bouffée langoureuse de sa cigarette, sans que ses yeux injectés de sang quittent les miens.

— Les gens qui ont de la famille n'atterrissent jamais par ici. Viens, que je te montre la *pièce de résistance* [1].

Elle a prononcé les trois derniers mots en français, avec un accent étudié. Son mégot s'est éteint et elle l'écrase sous le talon haut de son escarpin qui paraît trop petit d'une taille.

Elle me conduit au-dehors, et les factionnaires cessent immédiatement de rire quand elle passe à leur hauteur. L'un d'eux tente de me faire un croche-pied que j'esquive.

— Ceci est mon royaume, Bouton d'or, déclare Madame. Ma fête de l'*amour*. J'imagine que tu ignores ce que veut dire ce mot, évidemment.

— Je comprends le français, répliqué-je, ravie de la voir hausser les sourcils sous le coup de la surprise.

Les langues étrangères sont devenues un art perdu, mais mon frère et moi avons bénéficié du privilège rare d'avoir des parents qui accordaient une grande importance à l'éducation. Sans jamais avoir l'occasion d'en faire usage en devenant linguistes ou explorateurs, nous accumulions un savoir qui donnait de l'éclat à nos rêveries. Parfois, nous traversions la maison en trombe comme si nous survolions les îles Aléoutiennes en parapente, nous projetant par la suite à Tokyo, en train de siroter un thé

1. Les mots et expressions en italique sont en français dans le texte. (*NdT*)

vert à l'ombre des pruniers en fleur. Puis, à la nuit tombée, nous scrutions le ciel et prétendions distinguer les planètes voisines. « Tu vois Vénus ? » demandait mon frère. « C'est un visage de femme, et ses cheveux sont en feu. » Nous étions collés l'un à l'autre dans l'embrasure d'une fenêtre ouverte, et je répondais, « Oui, oui, je la vois ! Et la surface de Mars grouille de vers. »

Madame me passe un bras autour des épaules et m'étreint. Elle sent la décrépitude et la cigarette.

— Ah, l'amour… C'est ce que le monde a perdu. Il n'y a plus d'amour, seulement son reflet illusoire. Et c'est ce qui attire les hommes auprès de mes filles. Ils ne viennent pas pour autre chose.

— Quoi donc ? dis-je. L'amour, ou son reflet illusoire ?

Madame glousse et resserre son étreinte. Cela me rappelle la longue promenade en compagnie de Vaughn, sur le parcours de minigolf par un après-midi glacial ; la façon dont sa présence semblait alors effacer tout ce que ce monde a de bon, l'impression que j'avais de sentir un anaconda s'enrouler autour de ma poitrine. Pendant ce temps, Madame m'a amenée dans son cercle de lumière tournoyant. Maudits soient les gens de première génération et leurs collections de splendeurs… Je me déteste d'être prise au piège de la curiosité.

— Tu parles le *français*, glisse malicieusement Madame. Mais voici une expression que tu n'as jamais entendue, je suis prête à le parier. (Ses yeux s'écarquillent et se font plus intenses.) Le carnaval de la fête foraine.

Je connais ces termes. Mon père avait tenté un jour de nous les expliquer, à mon frère et à moi. Selon lui, il s'agissait de fêtes pour quand il n'y a rien à fêter. J'avais compris l'idée générale, mais pas Rowan. Le lendemain, à notre réveil, nous avions découvert des guirlandes pendues dans toute la chambre, et un gâteau nous attendait sur la table de nuit, avec fourchettes et eau pétillante à la canneberge, qui était mon soda préféré mais auquel nous avions rarement droit car il était presque introuvable. Et nous n'étions pas allés à l'école, ce jour-là. Mon père avait joué une musique étrange au piano, et la journée avait été consacrée à ne rien célébrer du tout, hormis peut-être le bonheur simple d'être tous en vie.

— Voilà l'essence même des fêtes foraines, explique Madame. On appelle ça une grande roue.

Une grande roue. La seule chose, dans cet univers de désolation et d'abandon, qui n'est pas détériorée ou mangée par la rouille.

Maintenant que je suis assez près pour l'inspecter, je constate qu'elle est pourvue de sièges et qu'un petit escalier mène à son point le plus bas. La pancarte écaillée proclame : « Montez ici ».

— Elle était hors-service quand je l'ai trouvée, bien sûr, poursuit Madame. Mais mon Jared est un petit génie pour tout ce qui touche aux appareils électriques.

Je ne réponds rien et lève la tête pour observer les sièges qui tournent dans le ciel nocturne. La roue en mouvement émet des grincements sinistres ; un court instant, je crois entendre des rires au milieu du concert de cuivres.

Mes parents ont levé les yeux vers de grandes roues. Ils appartenaient à ce monde perdu.

L'un des garçons, accoudé à la balustrade qui entoure le manège, me lance un regard soupçonneux.

— Madame ? s'enquiert-il.

— Arrête la machine, ordonne-t-elle.

Le vent froid qui tourbillonne autour de moi porte des mélodies d'un autre âge, un relent de corrosion et tous les parfums étranges de Madame. Une nacelle vide s'immobilise face à l'escalier où je me tiens. Les bracelets de Madame s'entrechoquent bruyamment tandis qu'elle me plaque une main dans le dos et m'incite à avancer en disant : « Allez, allez. »

Je ne résiste pas. Je grimpe les marches et le métal ploie sous mes pieds ; les vibrations me remontent dans les jambes. Le siège se balance un peu quand je m'y installe. Madame s'assoit à côté de moi et descend la barre d'appui jusqu'à ce que celle-ci soit verrouillée. Le manège s'ébranle alors, et j'ai un instant le souffle coupé tandis que la nacelle s'élève vers le ciel.

Le sol s'éloigne de plus en plus. Les tentes ont l'air de friandises rondes et bigarrées. Les filles qui s'activent autour sont réduites à des ombres.

C'est plus fort que moi : je me penche, abasourdie. Cette roue est cinq, dix, quinze fois plus haute que le phare sur lequel j'ai grimpé pendant l'ouragan. Plus haute que la clôture qui faisait de moi l'épouse captive de Linden.

— C'est le sommet du monde, déclare Madame. Cette roue est plus grande que les tours espionnes.

Je n'ai jamais entendu parler de tours espionnes, mais je doute qu'elles soient plus grandes que les usines et les gratte-ciel de Manhattan. Même cette roue ne peut y prétendre. Peut-être, en revanche, s'agit-il de ce qu'il y a de plus grand dans le monde de Madame. Je peux croire à cela.

Et tandis que nous grimpons vers des étoiles qui semblent effroyablement accessibles, je sens que mon frère jumeau me manque. Il n'a jamais eu le goût des choses fantasques. À la mort de nos parents, il a cessé de croire à tout ce qui touche davantage au fantastique que les briques et le mortier, à tout ce qui est moins atroce que ces ruelles sordides où de jeunes filles perdent leur âme en vendant aux hommes cinq minutes de leur corps. Tous ses instants ont été consacrés à la survie : la sienne, la mienne. Mais même mon frère, entièrement dévoué au concret, aurait le souffle coupé par cette hauteur, ces lumières, la clarté de ce ciel nocturne.

Rowan. Jusqu'à son prénom qui semble très loin de moi, désormais.

— Regarde, regarde, s'exclame Madame en tendant la main.

Ses filles s'agitent en contrebas dans leurs tenues exotiques et bigarrées. L'une d'elles tourne sur elle-même, ce qui fait gonfler sa jupe, et les hoquets de son rire montent jusqu'à nous. Un homme saisit son bras laiteux et elle rit toujours, trébuchant tandis qu'il l'entraîne dans une tente.

— Tu n'as jamais vu d'aussi jolies filles que les miennes, affirme Madame.

Mais elle se trompe. Il y avait Jenna, avec ses yeux gris qui captaient toujours la lumière et sa grâce naturelle ; elle tourbillonnait dans les couloirs en fredonnant, le nez dans un roman à l'eau de rose. Les domestiques rougissaient et détournaient les yeux tant ils étaient intimidés par sa confiance en elle, par ses sourires narquois. Dans ce cloaque, elle aurait fait figure de reine.

— Elles aspirent à une vie meilleure. S'enfuient, viennent à moi. Je mets au monde leurs bébés et soigne leurs rhumes, je les nourris, les maintiens propres, je leur donne de jolies broches à cheveux. Ce sont elles qui viennent à moi. (Elle affiche un grand sourire.) Peut-être as-tu entendu parler de moi, toi aussi. Tu es venue ici me demander de l'aide.

Elle se saisit de ma main gauche avec une telle énergie que la nacelle se met à tanguer. Je me raidis, craignant un chavirement qui ne se produit pas. Nous avons cessé de monter ; nous sommes tout en haut. Je scrute les superstructures de la grande roue.

Il n'y a aucun moyen de descendre, et la peur s'insinue en moi. C'est Madame qui contrôle cet appareil. Si je n'étais pas encore totalement à sa merci, je le suis, désormais.

Je m'astreins à garder mon calme. Pas question de céder à la panique devant elle : cela ne ferait que renforcer son emprise sur moi.

Mon cœur bat si fort qu'il cogne jusque dans mes oreilles.

— Le garçon avec lequel tu es arrivée… ce n'est pas lui qui t'a fait cadeau de cette alliance, n'est-ce pas ?

Il ne s'agit pas d'une question. Elle tente de m'enlever l'anneau, mais je ferme le poing et résiste.

— Vous vous pointez tous les deux comme des rats noyés, dit-elle. (Son rire est grinçant comme les rouages de la nacelle.) Mais en vérité, tu n'es que brillants et perles. De *vraies* perles. (Elle a les yeux rivés sur mon pull.) Quant à lui, il est fagoté comme un larbin.

Il m'est impossible de nier. Elle a parfaitement résumé les derniers mois de ma vie.

— Filer avec un domestique, Bouton d'or, dans le dos de celui qui a fait de toi son épouse ? Ton mari a-t-il cherché à te prendre de force ? À moins qu'il n'ait pas su te satisfaire, ce qui t'a conduite à retrouver ton valet de cœur en secret… En secret, au beau milieu de la nuit, histoire de faire crisser la soie de tes robes dans ton placard, comme un couple de sauvages.

Mes joues me brûlent, mais ce n'est pas comme la gêne que je ressentais quand mes sœurs épouses me taquinaient à propos de mon absence d'intimité avec Linden. Là, c'est dégoûtant et envahissant. Déplacé. Et la puanteur de la fumée de Madame rend ma respiration difficile. La hauteur me donne le vertige. Je ferme les yeux.

— Ce n'est pas ça du tout, dis-je à travers mes dents serrées.

— Il n'y a pas de honte à avoir, assure Madame en m'étreignant par les épaules. (Je ravale un sanglot avant qu'il sorte de ma gorge.) Tu es une femme, après tout. Une représentante du beau sexe. Et jolie comme tu l'es, ton mari a dû te tourner autour comme un fauve en cage. Rien d'étonnant à ce que tu te sois intéressée à un gentil garçon. Et celui-ci est gentil, n'est-ce pas ? Je l'ai lu dans ses yeux.

— Ses yeux ? bredouillé-je, furieuse.

Quand je soulève les paupières, je me concentre sur une breloque coincée dans les cheveux de Madame pour ne regarder ni elle, ni le sol.

— Avant que vos hommes de main le tabassent à mort ?

— Ça n'a rien à voir.

Madame écarte les mèches qui me barrent le visage d'un geste tendre. J'ai un mouvement de recul dont elle ne semble pas s'offusquer.

— *Mes* garçons savent comment veiller sur mes filles. Le monde dans lequel nous vivons est brutal, Bouton d'or. Tu as besoin d'être protégée.

Elle me saisit par le menton, et ses doigts appuient sur ma mâchoire jusqu'à ce que cela fasse mal. Elle étudie mes yeux vairons.

— À moins, fredonne-t-elle, que ton mari n'ait pas souhaité transmettre ce défaut à sa progéniture. Et qu'il t'ait jetée aux ordures…

Madame est une femme qui s'écoute parler. Plus elle insiste, plus elle s'égare. Je comprends qu'elle a plus de mal à me percer à jour qu'elle se l'imagine. Elle se contente d'échafauder des hypothèses en espérant que je me trahisse par une réaction. Je pourrais lui mentir sans qu'elle s'en rende compte.

— Je n'ai pas de malformation, affirmé-je, tout étourdie par ce petit pouvoir que j'ai sur elle. C'est mon époux qui en avait une.

La curiosité éclot sur les traits de Madame. Elle relâche mon menton et se penche vers moi.

—Ah bon ?

—Il pouvait bien me tourner autour comme un fauve en cage, ça ne changeait rien. Neuf fois sur dix, il était incapable de quoi que ce soit. Et, comme vous l'avez suggéré, les femmes ont des besoins.

Madame s'agite un peu, ce qui fait grincer notre nacelle. Il est clair qu'elle a mordu à l'hameçon de la jeunesse avide. Je n'ai pas besoin d'élaborer mon mensonge ; elle écrit la suite de l'histoire toute seule.

—Et tu t'es jetée dans les bras de ton domestique.

—Dans mon placard, comme vous l'aviez deviné.

—Sous le nez de ton mari ?

—Il était dans la pièce voisine.

Qu'elle se repaisse donc de toutes les théories fumeuses qui lui passent par la tête ! La vérité, comme mon alliance, restera mienne et hors d'atteinte.

Les filles, plusieurs dizaines de mètres en contrebas, donnent un concert de gloussements. Elles dansent toutes avec un homme avant de disparaître dans une tente. Quant aux hommes de main de Madame, ils écartent de temps à autre un pan de toile pour se rincer l'œil.

—Oh, Bouton d'or, tu es une perle. (Elle me tient le visage à deux mains et m'embrasse sur la joue entre deux flots de paroles.) Une perle, une perle, une perle rare ! Toi et moi, on va bien s'amuser.

Quelle bonne nouvelle…

Dans la seconde qui suit, la roue redémarre et nous descendons. À mesure que nous approchons du sol, la musique se fait plus forte et la tristesse des filles plus palpable.

3

GABRIEL DORT en boule dans la tente, à même le sol, si près de la paroi que sa peau a des reflets verdâtres. Une couverture miteuse lui tient lieu de matelas, et sa chemise a disparu.

Madame m'indique que c'est ici que je dormirai cette nuit, tandis qu'elle décidera que faire de moi. Il y a une bassine d'eau, ainsi que des serviettes et des sels de bain qui semblent de fabrication artisanale.

J'humecte une serviette et tamponne la marque rouge qui barre la joue de Gabriel. D'ici à demain, de nombreux autres hématomes seront apparus. Il marmonne quelque chose, prend une inspiration.

— Je t'ai fait mal ? dis-je.

Il secoue la tête, se frotte le nez contre la couverture.

— Gabriel ? murmuré-je. Réveille-toi.

Cette fois, il ne me répond pas, et pas davantage quand je le retourne sur le dos pour lui passer de l'eau froide sur le visage. Mon cœur est glacé de peur.

— Gabriel. Regarde-moi.

Il s'exécute ; ses pupilles forment deux petits puits d'effroi dans tout ce bleu, et ma terreur redouble.

— Qu'est-ce qu'ils t'ont fait ? l'exhorté-je. Que s'est-il passé ?

— La fille violette, bégaie-t-il en se passant la langue sur les lèvres, les yeux clos. Elle avait… quelque chose.

Il bouge un bras comme pour m'indiquer quelque chose. Puis il perd de nouveau connaissance. Le secouer ne donne plus rien.

— Il va rester dans cet état quelques heures.

L'une des filles se tient à l'entrée de la tente, chargée d'une couverture.

— Il avait l'air de souffrir beaucoup. Je lui ai donné un petit quelque chose pour le soulager. Tiens. (Elle me tend la couverture.) Elle sort tout juste du séchage.

Elle fait mine de m'aider à couvrir Gabriel, mais je la repousse d'un geste sec et crache :

— Tu en as assez fait, merci. Et d'abord, à qui la faute s'il souffre ainsi ?

— Vous n'êtes pas d'ici, tous les deux, répond nonchalamment la fille en essorant une serviette au-dessus de la bassine. Les espions, ça rend Madame très parano. Si je ne l'avais pas endormi, elle aurait donné l'ordre aux gardes du corps de le mettre KO. C'est un service que je lui ai rendu.

Je ne décèle nulle malice dans ses propos. Elle me tend la serviette humide et conserve une distance déférente.

— Quels espions ? demandé-je tout en essuyant délicatement le sable et le sang qui maculent le visage et les bras de Gabriel.

Je n'aime pas le voir ainsi drogué. Il est tout ce que j'ai dans cet horrible endroit, et il est actuellement très loin de moi.

— Ils n'existent pas, répond-elle. La plupart du temps, cette femme raconte n'importe quoi. Ce sont les opiacés qui la rendent parano.

Dans quel guêpier nous sommes-nous fourrés ? Cette fille a le mérite d'être moins cauchemardesque que le reste.

Sous son épais maquillage, je distingue de la compassion dans des yeux qui sont comme deux petites étoiles noires au milieu d'une nébuleuse d'eye-liner vert. Elle a la peau sombre. Ses cheveux courts forment des boucles luisantes. Et, comme tout le campement, elle exhale une odeur doucereuse de renfermé, commune à tout ce que touche Madame.

— Pourquoi t'a-t-il appelée « la fille violette » ?

— Je m'appelle Lilas, répond-elle en désignant les fleurs mauves qui ornent sa robe défraîchie, dont la bretelle glisse sans arrêt. Demande après moi si tu as besoin de quoi que ce soit, d'accord ? Il faut que je retourne travailler.

Le pan de toile qu'elle soulève pour sortir révèle un coin de ciel nocturne et laisse entrer une bouffée d'air froid, des rires, les grognements pathétiques des hommes et les gloussements des filles, et toujours le rythme régulier des cuivres.

— C'est ma faute, murmuré-je. (Je caresse le sillon entre les lèvres de Gabriel.) Je nous sortirai de là. Je te le promets.

J'ai du sel incrusté dans les cheveux, et je me sens si sale qu'il est tentant de sauter dans la bassine pour me laver. Mais dès que les gardes du corps m'entendent plonger une serviette dans l'eau, ils en profitent pour… se rincer l'œil par une déchirure dans la toile. Manifestement, toute intimité est proscrite dans les quartiers chauds. Je me limite donc à retrousser mes manches de pull et le bas de mon jean pour procéder à une toilette sommaire. Une robe de soie, aussi verte que cette tente et ornée d'un dragon orangé sur un flanc, a été laissée à mon intention, mais je ne l'enfile pas.

Je me colle à Gabriel, passe un bras autour de lui. Les sels de bain ont déposé sur ma peau l'odeur étrange de Madame, mais Gabriel sent toujours l'océan. Sa peau glisse sous mes doigts quand il respire, les muscles de sa cage thoracique se contractent de façon régulière. Je ferme les yeux, m'imagine qu'il s'agit d'un sommeil ordinaire, et qu'il suffirait de prononcer son nom pour qu'il me revienne.

Le temps passe. Des filles vont et viennent. Je fais semblant de dormir, prêtant l'oreille à ce qu'elles racontent à mi-voix. Elles parlent de choses dont le sens m'échappe. Sang d'ange ; nouvelle jaune ; vertes mortes. Des hommes les hèlent au loin, elles s'éloignent dans un bruissement de bijoux qui cliquettent comme des menottes en plastique.

Quand je sens le sommeil me gagner, j'essaie de résister. Mais un instant je suis consciente, le suivant, je suis ballottée par les vagues scintillantes. Un instant Gabriel est à mon côté, le suivant, c'est Linden qui m'étreint comme il le faisait dans son sommeil. Il sanglote à mon oreille et appelle sa défunte épouse ; j'ouvre les yeux. Sol dur et fine couverture forment un contraste malvenu avec la couette moelleuse et immaculée qui servait de cadre à mon hallucination, et pendant un court instant, Gabriel me paraît étrange. Ses cheveux châtain clair n'ont rien à voir avec les boucles noires de Linden ; son corps est plus robuste, sa peau moins pâle. Je tente une nouvelle fois de le secouer. Pas de réaction.

Je ferme les yeux de nouveau et, cette fois, mon rêve est peuplé de serpents. Leurs têtes sifflantes surgissent de terre, ils s'enroulent autour de mes chevilles. Tentent de m'arracher mes chaussures.

Je m'éveille en proie à la panique. Lilas est à mes pieds, en train de m'ôter mes chaussettes.

— Désolée si je t'ai fait peur, dit-elle.

Je sens que plusieurs heures se sont écoulées, mais la tente entrouverte m'indique qu'il fait encore nuit.

— Qu'est-ce que tu fais ?

Ma voix est rauque. Il fait si froid dans cette tente que je vois de la buée se former. J'ignore comment font ces filles pour survivre dans leurs robes légères.

— Tes chaussettes sont trempées. Il faut maintenir tes extrémités au chaud, tu sais. Sinon, tu risques la pneumonie.

Elle a raison : je suis frigorifiée. Elle entortille des serviettes autour de mes pieds nus. Je l'observe tandis qu'elle farfouille dans une petite valise. Ses cheveux bouclés sont hirsutes, sa robe plus fripée que tout à l'heure. Quand elle s'agenouille près de Gabriel, je constate qu'elle a disposé tout un bric-à-brac sur un mouchoir noir. Elle dissout de la poudre dans l'eau d'une cuiller et porte le mélange à ébullition à la flamme d'un briquet, aspire le tout dans une seringue. Puis elle serre une bande de tissu autour du bras de Gabriel, au-dessus du coude – chose que faisaient autrefois mes parents lorsqu'il fallait administrer d'urgence un sédatif à un patient hystérique, dans leur laboratoire. C'est à ce moment-là que je la repousse.

— Non.

— C'est pour l'aider, plaide-t-elle. Ça va le calmer, et vous épargner des ennuis à tous les deux.

Je repense aux toxines brûlantes qui couraient dans mes veines, suite à mes blessures consécutives à l'ouragan, aux menaces que Vaughn proférait sans que je trouve la force d'ouvrir les yeux. À mon état d'impuissance, d'engourdissement, de terreur. J'aurais mille fois préféré souffrir de mes fractures, entorses et nombreux points de suture plutôt que subir cette paralysie.

— Ça m'est égal, dis-je. Ne lui donne rien.

Elle fait la grimace.

— La nuit va être difficile…

J'en rirais presque.

— Elle l'est déjà.

Lilas ouvre la bouche pour ajouter quelque chose, mais un bruit, à l'entrée de la tente, lui fait tourner la tête. Un court instant, la peur se lit dans ses yeux ; peut-être a-t-elle craint l'irruption d'un homme, mais je la vois se détendre.

— Tu es censée rester cachée, dit-elle. Tu tiens vraiment à fâcher Madame ?

Elle s'adresse à une enfant qui vient de ramper à l'intérieur de la tente, non par l'entrée gardée mais à travers une étroite ouverture au niveau du sol. Des mèches sombres de cheveux raides lui barrent le visage. Elle s'avance un peu plus dans la lumière, tourne la tête vers moi ; ses yeux sont comme deux billes marbrées, d'un bleu si délavé qu'il se devine à peine. Quel contraste saisissant avec sa peau sombre !

Lilas pose la cuiller et pousse la gamine à rebrousser chemin en lançant :

— Allez ouste. Disparais avant qu'on ait des ennuis toutes les deux.

L'enfant s'exécute, mais pas avant de se dégager d'une ruade et d'émettre une protestation indignée en soufflant par le nez.

Voyant Gabriel remuer, je reporte mon attention sur lui. Lilas propose de nouveau la seringue en se mordillant la lèvre ; je ne prends même pas la peine de lui répondre.

— Gabriel ?

Ma voix est à peine plus qu'un murmure. En dégageant son front, je me rends compte que Gabriel est inondé de sueur. Tout son visage est fiévreux. Ses paupières s'agitent, mais il semble incapable d'ouvrir les yeux.

Quelque part dans la nuit, un cri de douleur ou de simple frustration retentit, et Madame lance de sa voix perçante :

— Sale morveuse bonne à rien !

Lilas se relève aussitôt ; elle a laissé la seringue sur le sol, à mon intention.

— Il la voudra, me dit-elle avant de se ruer vers la sortie. Il en aura besoin.

— Rhine ? murmure Gabriel.

Dans ce carnaval brisé, il est le seul à connaître mon nom. Un nom qu'il a hurlé dans la tourmente, alors qu'autour de nous, le monde factice de Vaughn partait en lambeaux. Qu'il a chuchoté entre les murs du manoir, penché au-dessus de moi. C'était ainsi qu'il m'arrachait au sommeil, avant l'aube, tandis que mon mari et mes sœurs épouses dormaient encore. Cette fois encore, il le prononce avec conviction, comme s'il était important, comme si mon prénom, ou tout mon être, était un précieux secret.

— Oui, dis-je. Je suis là.

En l'absence de réponse, je songe qu'il a de nouveau perdu connaissance. Me sentant comme rejetée sur la rive, je commence à paniquer à l'idée de le voir retourner dans ce lieu sombre, inatteignable. C'est alors qu'il inspire à pleins poumons et rouvre les yeux. Ses pupilles, de retour à la normale, ne se perdent plus dans tout ce bleu.

Il claque des dents, grelotte, et c'est d'une voix heurtée qu'il demande :

— Qu'est cet endroit ?

Il s'interroge sur le « quoi », pas sur le « où ».

— Aucune importance, dis-je en passant ma manche sur son visage pour éponger un peu de sueur. Je vais nous sortir d'ici.

Nous sommes pris au piège l'un et l'autre, mais de nous deux, c'est moi qui comprends le mieux le monde extérieur. Je finirai bien par trouver une solution.

Gabriel garde un long moment les yeux rivés sur moi, tremblant sous l'effet du froid et de la substance que contenait la première seringue. Puis il dit :

— Les gardes ont essayé de s'emparer de toi.

— Ils y sont parvenus, complété-je. Ils nous ont capturés tous les deux.

Je le vois qui lutte pour rester éveillé. Un hématome violacé est en train de se former sur sa joue ; ses lèvres gercées saignent ; il est secoué de tremblements si violents que je n'ai pas besoin de le toucher pour les sentir.

Je rajuste la couverture autour de Gabriel, en m'efforçant d'imiter la technique d'emmaillotage qu'utilisait Cecily sur son bébé quand la nuit était froide. C'était l'une des rares occasions où elle semblait sûre de ce qu'elle faisait.

— Repose-toi, susurré-je. Je reste à côté de toi.

Il m'observe longuement ; ses yeux parcourent mon visage de haut en bas. Je m'attends à le voir parler. Je l'espère, même si c'est pour l'entendre dire que tout est ma faute, qu'il m'avait prévenue que le monde extérieur était dangereux. Peu m'importe. Tout ce qui compte, c'est sa présence à mon côté. Le son de sa voix. Mais il ferme les yeux, et je le perds une nouvelle fois.

Je sombre dans un sommeil haché au côté de Gabriel, grelottante, seulement protégée par une serviette humide afin qu'il soit le plus couvert possible. Je fais des rêves où les draps sont impeccables ; où du champagne aux bulles d'or me réchauffe la gorge et l'estomac ; où des ouragans de catégorie trois égratignent un univers parfait, étincelant, et l'effrangent pour faire apparaître des flaques de ténèbres.

Je suis réveillée en sursaut par une série de gargouillis et de haut-le-cœur qui, d'emblée, me rappellent les derniers instants de l'aînée de mes sœurs épouses. Mais quand j'ouvre les yeux, j'aperçois Gabriel plié en deux, dans l'angle opposé de la tente. Les relents de vomi sont à peine perceptibles dans le perpétuel brouillard de fumée et de parfum qui sature les lieux.

Je me rue à son côté, éperdue, le cœur battant. À mesure que j'approche, je sens l'odeur cuivrée du sang, j'aperçois l'entaille entre ses omoplates ; la peau se déchire un peu plus chaque fois qu'il bande ses muscles. Je ne me rappelle pas avoir vu un couteau pendant l'échauffourée, mais tout est arrivé si vite…

— Gabriel ?

Je lui touche l'épaule, incapable de regarder ce qu'il est en train d'expectorer. Quand les hoquets cessent, je lui tends un chiffon dont il se saisit, en équilibre instable sur ses talons.

Lui demander si tout va bien m'apparaît comme une question idiote et je m'efforce de scruter ses yeux. Ils sont soulignés de cernes violets qui vont s'éclaircissant. Le froid ambiant rend son souffle visible.

À la lueur de la lanterne bringuebalante, l'ombre portée de Gabriel danse derrière sa silhouette immobile.

— Où sommes-nous ? dit-il.

— Dans un quartier chaud, le long de la côte. On t'a injecté quelque chose ; j'ai cru comprendre qu'il s'agissait de sang d'ange.

— C'est un sédatif, explique-t-il d'une voix pâteuse. (Il rampe jusqu'à la couverture et s'effondre sur le ventre.) Maître Vaughn en gardait en stock. Il était utilisé en milieu hospitalier, mais on a arrêté de s'en servir à cause des effets secondaires.

Il ne résiste pas quand je le tourne sur le flanc et tire la couverture sur lui. Il grelotte.

— Des effets secondaires ? répété-je.

— Hallucinations. Cauchemars.

Je repense à la chaleur qui s'était répandue dans mes veines après l'ouragan, à mon immobilité forcée; Vaughn ne m'avait gardée consciente que le temps nécessaire pour proférer des menaces. Et, bien que je n'en aie gardé aucun souvenir, Linden avait prétendu par la suite que j'avais marmonné des choses horribles pendant mon sommeil agité.

— Je peux faire quelque chose? demandé-je en ramenant la couverture par-dessus ses épaules. Tu as soif?

Gabriel tend la main vers moi, et je le laisse m'attirer tout contre lui.

— J'ai rêvé que tu te noyais. Notre bateau brûlait, il n'y avait pas de rivage en vue.

— Impossible, répliqué-je. (Ses lèvres crevassées et ensanglantées appuient contre mon front.) Je suis une excellente nageuse.

— Il faisait noir. Tout ce que je voyais, c'étaient tes cheveux qui s'enfonçaient dans les flots. En plongeant pour te rattraper, je me suis rendu compte que je poursuivais une méduse. Tu n'étais nulle part.

— J'étais ici. C'est toi qui n'étais nulle part. Je n'arrivais pas à te réveiller.

Il soulève la couverture comme une aile dont il m'entoure. Dessous, il fait plus chaud que je l'aurais cru, et je saisis à cet instant à quel point Gabriel m'a manqué pendant ses absences. Je ferme les yeux, j'inspire à pleins poumons. Mais sa peau a perdu l'odeur de l'océan. Il s'en dégage un relent de sang et du parfum de Madame; cette fragrance persiste dans la pellicule blanchâtre qui se forme à la surface de toutes les bassines.

— Ne me quitte plus, murmuré-je.

Il ne me répond pas. Je me repositionne dans ses bras, prends un peu de recul pour voir son visage; ses yeux sont clos.

— Gabriel ?

— Tu es morte, marmonne-t-il dans un demi-sommeil. Je t'ai vue mourir… (Un bâillement interrompt son débit.) Vue mourir de toutes ces morts atroces.

— Réveille-toi, lui ordonné-je.

Je me redresse en position assise puis j'arrache la couverture, dans l'espoir de voir le froid soudain provoquer un choc salutaire.

Il soulève les paupières, et ses yeux sont vitreux comme ceux de Jenna quand elle était mourante.

— Ils te tranchaient la gorge, dit-il. Tu tentais de crier, mais tu n'avais plus de voix.

— Ce n'est pas la réalité, protesté-je. (Mon cœur bat à tout rompre sous l'effet de la peur. Mon sang se glace.) Tu délires. Regarde-moi ; je suis ici.

Je passe les doigts sur son cou, qui est trempé et brûlant. Je me rappelle notre baiser, l'atlas de Linden posé entre nous ; les bouffées tièdes de sa respiration saccadée sur ma langue, mon menton et mon cou, le brusque appel d'air quand Gabriel avait rompu notre étreinte. La façon dont chaque élément du décor environnant s'était comme dissout, le sentiment de sécurité qui m'avait habitée.

À cet instant, je redoute que nous ne connaissions plus jamais la sécurité. En admettant que nous l'ayons jamais connue…

La fin de nuit est terrible. Gabriel succombe à un sommeil plus que profond ; quant à moi, je lutte pour rester éveillée, à l'affût des dangers qui rôdent au-delà de notre tente verte.

Quand je m'endors, je rêve de fumée. De sentiers fuligineux, tortueux, ondulants, qui ne mènent nulle part.

— … là-dedans ! braille une voix. Allez, debout, petite tourterelle ! *Réveille-toi !*

Un bras se resserre autour de moi. Je m'éveille en sursaut. Madame s'adresse à moi avec cet accent qui sonne toujours aussi faux ; les consonnes sont aussi épaisses que les volutes de fumée qui s'échappent de sa bouche.

Derrière elle, l'aveuglante lumière du jour emplit les ourlés soyeux de ses foulards de zébrures arc-en-ciel qui forment des crêtes d'iguane, et plongent son visage dans l'ombre. Le vert de la tente se reflète sur ma peau.

Au cours de la nuit, Gabriel m'a attirée contre lui sous la couverture, et il a passé un bras autour de ma cage thoracique. Il enfouit sa figure dans mes cheveux, et je perçois la moiteur de son front. Quand je me redresse, le mouvement ne le réveille pas. Il ne reprend pas connaissance.

La seringue. Elle n'est plus là où l'avait laissée Lilas.

Madame me prend par la main, m'oblige à me relever. Elle serre mon visage entre ses mains parcheminées et me sourit.

— Encore plus jolie à la lumière du jour, mon Bouton d'or.

Je ne suis pas son Bouton d'or. Je ne suis rien du tout pour elle. Mais elle semble m'avoir incluse dans ses possessions, parmi ses bibelots et autres bijoux de pacotille.

Je prie pour que Gabriel ne répète pas mon prénom. Je ne veux pas que Madame l'apprenne, le fasse rouler dans sa bouche, le couve comme elle a couvé des yeux le motif floral de mon alliance. Elle fait la moue.

— Tu ne veux pas porter la jolie robe que j'ai sortie pour toi ?

Celle-ci pend à son bras, à la manière d'un cadavre dégonflé, du corps exsangue de la dernière fille à l'avoir portée.

— Ton pull est si joli. Comment peux-tu le garder sur le dos, sale comme il est ? dit-elle tristement. (Ses traits froncés semblent prêts à fondre et à couler le long de son cou.) L'une des petites va le laver pour toi.

L'accent de Madame s'est modifié : les « v » sonnent comme des « f », les « p » comme des « b ». « L'une des betites fa le lafer bour toi. »

Elle me lance la robe, se défait d'une étole de fourrure qui lui ceint les épaules et me la passe autour du cou.

— Change-toi, je t'attends à l'extérieur. La journée est magnifique !

« Che t'attends. »

Dès qu'elle est sortie, je me change en toute hâte ; il doit s'agir du seul moyen pour moi de quitter cette tente. Et je dois admettre que le contact de la soie est agréable sur ma peau, que l'étole, en dépit d'un parfum étouffant, est si chaude que je voudrais m'y réfugier tout entière. Porter ces choses est peut-être la seule façon qui me permette de sortir à l'air libre, mais qu'en est-il de Gabriel ? Gabriel, toujours piégé dans un banc de brume… Je m'accroupis à côté de lui et tâte son front. Je m'attendais à le découvrir fiévreux, mais il est froid.

— Je vais nous sortir d'ici, répété-je.

Peu importe qu'il m'entende ou non ; mes paroles ne sont pas que pour lui.

Madame soulève le rabat de la tente, fait « tss-tss », m'attrape par le poignet et tire avec une telle violence que cela me rappelle la fois où j'ai eu une épaule déboîtée, et où mon frère avait dû remettre la tête de l'os en place.

— Ne t'en fais pas pour lui, dit-elle.

Je traîne des pieds, je me rends compte que je n'essaie même pas vraiment de suivre son allure.

Alors que nous sortons de la tente, deux petites filles y pénètrent et ramassent mes vêtements roulés en boule. Elles se tiennent la tête baissée, la bouche close. Je n'en recueille qu'une image furtive, mais elles me donnent l'impression d'être sœurs jumelles. Me voilà exposée à un soleil froid, sous un ciel à l'azur irréel, comme si je le contemplais à travers une fine couche de glace. Madame fait grand cas de mes cheveux qui sentent l'eau salée et le quartier chaud. Ils pèsent lourd et semblent tout emmêlés ; l'expression de Madame se fait distante, peut-être désapprobatrice, et je m'attends à l'entendre émettre une critique, mais elle se contente de répéter :

— Ne t'en fais pas pour ce garçon. (Elle affiche un large sourire, et je pourrais jurer que ma silhouette se reflète sur chacune de ses dents trop blanches.) Il se réveillera quand il saura se montrer raisonnable et acceptera de te partager.

À la lumière du jour, sans l'illumination aveuglante de la grande roue, le caractère désolé des lieux saute aux yeux. De longues étendues de sol nu, avec çà et là une machine rouillée qui se dresse sur le sol, comme si elle était sortie d'une graine. Je devine une autre attraction au loin et crois d'abord qu'il s'agit d'une roue plus petite, posée à plat, mais quand nous approchons, j'aperçois des chevaux métalliques à l'intérieur, empalés sur de longues tiges, les jambes relevées comme s'ils s'étaient figés alors qu'ils tentaient de s'échapper. Madame suit mon regard et m'explique que l'on appelait cela un « manège ».

Les yeux noirs des chevaux m'emplissent de douleur. Je voudrais briser le sort qui les emprisonne, redonner vie aux muscles de leurs jambes et les voir s'élancer au grand galop.

Madame me conduit jusqu'à une tente arc-en-ciel, un chapiteau qui domine tous les autres. Quatre de ses garçons y montent la garde, le fusil plaqué en biais sur la poitrine, comme la moitié d'un X. Ils ne prennent pas la peine de se tourner vers moi quand Madame me fait entrer en ébouriffant l'un d'eux au passage.

Quand elle écarte un pan de la tente, un courant d'air froid s'engouffre à l'intérieur, ce qui fait frémir les jeunes filles présentes comme autant de carillons. Elles murmurent et s'agitent. La plupart sont endormies, vautrées les unes sur – ou contre – les autres.

Ces filles-là sont toutes identiques, comme si mon regard s'était perdu dans un dédale de miroirs en trompe-l'œil. De longs membres osseux collés les uns aux autres, des bouches couvertes de rouge à lèvres laissant entrevoir des rangées de dents gâtées. Pour certaines filles, il ne s'agit pas de maquillage… mais de sang. Des lanternes éteintes pendent au-dessus de leurs têtes. Les rais de lumière qui filtrent dans la tente soulignent des pans d'étoffe dans les tons orange, vert et rouge.

Un peu plus loin, j'aperçois l'entrée d'une autre tente, occultée par des carrés de soie qui diffusent un parfum entêtant, ainsi que d'autres effluves : sueur et décomposition. Quand Rose était mourante, elle masquait sa pâleur sous le fard et le fond de teint, mais pas Jenna ; en prenant soin de cette dernière pendant les derniers jours, j'ai vu naître les bleus sur sa peau cireuse, puis les hématomes se creuser jusqu'à l'os et se mettre à suppurer. Cette puanteur a hanté mes cauchemars. L'odeur de ma sœur épouse qui pourrissait de l'intérieur.

— J'appelle cet endroit mon jardin d'hiver, dit Madame. Les filles dorment toute la journée, de façon à être fraîches comme des roses le soir venu. Les fainéantes.

Quelques-unes prennent la peine de lever un œil vers moi, avant de baisser leurs paupières lourdes et de replonger dans le sommeil.

Madame m'explique qu'elle leur a attribué des noms de couleur afin de ne pas s'y perdre. Lilas est la seule dont le sobriquet correspond à la fois à une teinte et à une plante : Jared, l'un des meilleurs gardes du corps de Madame, l'a découverte inconsciente, étendue au pied du lilas qui borde le potager.

— Son ventre menaçait d'éclater, raille Madame avant d'éclater d'un rire dément.

Lilas a accouché sous une lanterne oscillante, dans le chapiteau, entourée d'une foule de curieuses : des Rouges et des Bleues. Ainsi que les Vertes, Jade et Céladon, qui ont depuis succombé au virus.

— Sale petite peste bonne à rien, éructe Mme Soleski en désignant la fillette aux yeux étranges que j'avais aperçue la nuit précédente, quand elle était sortie de l'ombre en rampant. Un coup d'œil à sa jambe atrophiée, et j'ai compris le jour de sa naissance que je n'en tirerais pas un sou l'âge venu. Et impossible de la mettre au boulot ! Tout ce qu'elle sait faire, c'est effrayer les clients… Ou les mordre !

Lilas, enfouie au milieu de ses semblables, attire sa fille dans ses bras sans ouvrir les yeux.

— Elle s'appelle Maddie, marmonne-t-elle d'une voix pâteuse.

— « Maudite », plutôt, fulmine Mme Soleski en agaçant la gamine du bout de sa chaussure.

Maddie lève la tête et lui décoche un regard mauvais. Elle montre ses petites quenottes à la vieille femme, venimeuse, hargneuse.

— Et en plus, elle est muette ! poursuit Madame. Malformée et muette. Horrible, horrible gamine. On devrait s'en débarrasser. Tu savais qu'il y a un siècle, quand un animal ne servait à rien, on l'endormait pour toujours à l'aide d'un produit chimique ?

L'odeur dégagée par toutes ces filles parquées dans si peu d'espace me donne le tournis, et le flot de paroles de Madame n'arrange rien. L'une des filles joue avec une mèche de cheveux qui lui tombe des mains.

Un garde se tient dans l'entrée. Quand personne d'autre ne regarde, je l'aperçois qui sort de sa poche une fraise qu'il tend à Maddie. Celle-ci la fourre dans sa bouche, tige comprise, délicieux secret qu'elle dévore tout entier.

J'entends un bruit s'échapper de la tente voilée. Il doit s'agir d'un toussotement ou d'un râle. Je ne désire pas en savoir plus ; imperturbable, Madame resserre son étreinte autour de mes épaules. Je dois lutter pour respirer normalement, pour ne pas me mettre à hurler. Je suis furieuse, peut-être autant qu'au sortir de la fourgonnette des Ramasseurs. Je m'étais alors tenue très tranquille, alignée au milieu des autres filles. Je n'avais rien dit en entendant claquer le premier coup de feu, synonyme de l'assassinat méthodique des laissées-pour-compte. Nous sommes si nombreuses… Le monde veut de nous pour user de notre matrice ou de notre corps, sans quoi il nous rejette. Il nous enlève, il nous détruit, il nous empile comme du bétail mourant, sous des chapiteaux de cirque, où nous gisons dans la crasse et le parfum jusqu'à ce que l'on veuille à nouveau de nous.

J'ai fui le manoir afin de gagner ma liberté. Mais la liberté n'existe pas. Seules existent diverses formes d'esclavage, plus épouvantables les unes que les autres.

Et je ressens une émotion nouvelle : de la colère envers mes parents qui nous ont fait naître, mon frère et moi, dans ce monde. Qui nous ont abandonnés à notre triste sort.

Maddie braque sur moi ses yeux vitreux, étranges. C'est la première fois qu'il m'est donné de l'observer de près.

Sa malformation est évidente et ne se limite pas au bleu délavé, presque inexistant, de son regard. Outre une jambe atrophiée, elle souffre également d'un bras gauche plus court, et nettement plus fin, que le droit ; enfin, ses orteils se réduisent à presque rien, comme si quelque chose les avait empêchés de pousser. Mais elle possède un visage anguleux et énergique, exempt de peur, tendu par la colère. Ce sont les traits d'une gamine qui a vu le monde, compris qu'il la haïssait et le déteste en retour.

C'est peut-être pour ça qu'elle ne parle pas. Pourquoi s'en donnerait-elle la peine ? Que pourrait-elle dire pour sa défense ? Elle m'observe un instant, puis son regard se fait distant, inaccessible, comme si elle avait plongé dans des eaux trop profondes pour que je l'y suive.

Madame marmonne une méchanceté, donne un coup de pied dans l'épaule de Maddie et m'attire à l'extérieur.

Il y a plein d'autres enfants au corps plus robuste, à la physionomie plus normale. Ils travaillent, polissent les faux bijoux de Madame, lavent le linge dans des bassines en métal avant de l'épingler sur des fils tendus entre des poteaux de clôtures défoncées.

— Mes filles se reproduisent comme des lapins. (Madame a appuyé sur le dernier mot avec malice.) Puis elles meurent et me laissent le soin de m'occuper de ce qu'elles abandonnent derrière elles. Mais qu'y puis-je ? Au moins, les marmots font une main-d'œuvre utile.

« Une main-t'œuvre utile. »

Le président Guiltree a rendu l'avortement illégal depuis longtemps. Partisan de la mouvance proscience, il est convaincu que les généticiens parviendront à corriger le défaut de notre ADN. Dans l'intervalle, il estime que notre responsabilité collective consiste à assurer la continuité de l'espèce humaine. Il existe bien certains médecins aptes à interrompre une grossesse, mais ils demandent en général des sommes exorbitantes.

Je me demande si mes parents l'ont fait. Au vu du temps qu'ils ont passé à surveiller des femmes enceintes, ils devaient certainement savoir comment procéder à un avortement.

Or, si l'interruption volontaire de grossesse est censément interdite, je n'ai jamais entendu dire que le président ait puni quelqu'un pour avoir désobéi à l'une de ses lois. Pour tout dire, j'ignore ce qu'il fait concrètement. Selon mon frère jumeau, la présidence est une tradition inutile qui avait peut-être une fonction précise autrefois, mais qui se limite aujourd'hui à un apparat de pure forme, destiné à accréditer la thèse d'un retour possible à l'ordre ancien.

Je déteste le président Guiltree, qui était déjà à la tête de ce pays avant ma naissance. Avec ses sept épouses et ses quinze enfants, tous des garçons, il n'a pas lieu de croire à l'imminence de l'extinction de l'espèce humaine. Il ne fait rien pour empêcher les Ramasseurs de kidnapper les futures épouses, et encourage même des fous comme Vaughn à faire naître des bébés voués à servir de cobayes. Il apparaît parfois à la télévision, pour l'inauguration d'un bâtiment ou une fête quelconque, distribuant les sourires, levant son verre de champagne devant la caméra comme s'il s'attendait à nous voir trinquer avec lui. À moins qu'il agisse ainsi pour se moquer de nous.

— Il est plutôt pas mal, avait un jour estimé Cecily.

Nous étions toutes les trois en train de regarder la télé, et son visage était apparu dans une publicité. Jenna avait jugé qu'il avait une tête de pédophile. Nous avions bien ri, mais maintenant que je suis dans un quartier chaud, ancien « foyer » de Jenna, je pense qu'elle avait dit ça sérieusement. À force de vivre dans ce genre d'endroit, elle avait dû apprendre à détecter les monstres susceptibles de se cacher derrière une façade honorable.

Madame me fait visiter son « jardin ». Pour l'essentiel, il s'agit de carrés de mauvaises herbes parsemées de bourgeons, et clos par un grillage bas. Les fraisiers, en revanche, poussent à l'abri d'une toile goudronnée.

— Il faut voir ça au soleil printanier, dit-elle, tout excitée. Fraises, tomates, et des myrtilles si charnues qu'elles explosent sous la dent.

Je me demande où elle se procure les graines. En ville, elles sont quasiment introuvables, et les fruits et légumes que l'on y fait pousser prennent la teinte grisâtre des bâtiments.

Elle me montre d'autres tentes où s'entassent les meubles anciens et les coussins tendus de soie, posés à même le sol. Ses clients ont droit à ce qu'il y a de mieux, affirme-t-elle. À l'intérieur, l'atmosphère est chaque fois saturée de sueur. Dans la dernière tente, uniformément rose, Madame me fait face. Elle soulève mes cheveux à pleines mains, de chaque côté de mon crâne, et observe la façon dont les boucles retombent. Une mèche se coince dans l'une de ses bagues, mais je ne tressaille pas quand je la sens s'arracher de mon cuir chevelu.

— Une fille comme toi, finir en tant qu'épouse, c'est du gâchis. (« Du kâchis. ») Tu devrais avoir des dizaines d'amants.

Son regard se fait vague. Soudain, il me traverse sans qu'elle me voie, et cette dérive rend Madame plus humaine. Pour la première fois, je distingue vraiment ses yeux derrière l'épais maquillage, et constate qu'ils sont marron et tristes. Étrangement familiers, aussi, même si je suis certaine de n'avoir jamais vu cette femme, ou son équivalent, de toute ma vie. À New York, je n'ai même jamais osé risquer un œil dans les quartiers chauds des contre-allées.

Ce genre de curiosité ne m'a jamais ne serait-ce qu'effleurée.

Ses lèvres se retroussent pour esquisser un sourire plein de tendresse. Le rouge se fissure, faisant apparaître un rose terne.

Nous nous trouvons près d'un monceau de métal rouillé d'où s'échappent un bourdonnement mécanique et une vague lueur jaune. Sûrement l'un des projets de Jared. Madame ne tarit pas d'éloges sur ses inventions. Ses « machins », comme elle les appelle.

— Celui-ci est conçu pour chauffer le sol. Mon Jared pense que cela facilitera les cultures en hiver, me dit-elle en flattant l'un des éléments oxydés.

— Alors, que penses-tu de ma fête foraine, *chérie* ? demande-t-elle. La plus belle de toute la Caroline du Sud.

Je suis sidérée de voir Madame s'exprimer sans jamais faire tomber la cigarette qu'elle tient calée dans un coin de sa bouche. Peut-être est-ce dû à toute cette fumée inhalée en la côtoyant, mais je suis en admiration devant elle. Sur son passage, les objets se parent de couleurs vives. Les plantes poussent. Elle a fabriqué un étrange pays des rêves avec, pour seuls ingrédients, le spectre d'une civilisation défunte et quelques appareils de deuxième main.

En outre, j'ai l'impression qu'elle ne dort jamais. Maintenant que le jour est levé, ses filles somnolent et ses vigiles montent la garde à tour de rôle, mais elle sillonne sans relâche le village de tentes, arrangeant ceci, enjolivant cela, beuglant ses consignes. Même mes rêves de la nuit précédente étaient imprégnés de son odeur.

— Je n'ai jamais vu un endroit pareil, admets-je.

C'est la stricte vérité. Si Manhattan est la réalité et le manoir une illusion fastueuse, ce campement est une frontière délabrée, un entre-deux incertain.

— Ta place est ici, affirme-t-elle. Pas auprès de ton mari. Ni d'un domestique.

Elle passe un bras autour de mes épaules et m'entraîne vers une parcelle de fleurs sauvages flétries, couvertes de neige.

— Les amants sont des armes, mais l'amour est une blessure. Ton homme, poursuit-elle sans trace d'accent, est une plaie ouverte.

— Je n'ai jamais dit que je l'aimais, riposté-je.

Le sourire de Madame se fait machiavélique, son visage se couvre de rides. Cela me frappe de constater à quel point les gens de première génération vieillissent. Bientôt, ils auront disparu. Et plus personne ne saura à quoi ressemble quelqu'un d'âgé ; vingt-six ans et au-delà disparaîtront derrière un voile de mystère.

— J'ai connu beaucoup d'hommes, me dit-elle. Mais un seul amour. Nous avons eu un enfant ensemble. Une adorable petite fille, dont les cheveux possédaient toutes les nuances de blond. Comme les tiens.

— Que leur est-il arrivé ? demandé-je, pleine d'assurance.

Depuis mon arrivée, j'ai été inspectée sous toutes les coutures par Madame ; maintenant, c'est son tour de révéler ses faiblesses.

— Ils sont morts, répond-elle en affectant de nouveau son accent. (Toute trace d'humanité a déserté son regard, empreint de froideur et de reproche.) Assassinés. Morts.

Elle cesse d'avancer, glisse mes mèches rebelles derrière mes oreilles, fait pivoter mon menton et inspecte mon visage.

— Et c'est ma faute si j'en ai souffert : je n'aurais pas dû aimer ma fille comme je l'ai fait. Pas dans ce monde où rien ne dure. Vous autres enfants, vous êtes comme des mouches. Des roses. Vous poussez et vous vous multipliez, puis vous mourez.

J'ouvre la bouche, mais aucun mot ne sort. Ce qu'elle vient de dire est à la fois horrible et vrai.

Puis je me demande si c'est ainsi que me voit mon frère. Nous sommes venus au monde ensemble, l'un après l'autre, dans un même souffle. Mais je serai la première à partir. C'est ce que l'on m'a promis. Quand nous étions enfants, osait-il s'imaginer un espace vide à côté de lui, à l'endroit même où j'étais en train de glousser, de faire gonfler des bulles de savon entre mes doigts ?

Quand je mourrai, regrettera-t-il de m'avoir aimée ? D'avoir eu une sœur jumelle ?

Peut-être est-ce déjà le cas.

L'extrémité de la cigarette de Madame rougeoie tandis qu'elle inspire à pleins poumons. Selon Lilas, c'est la fumée qui lui fait perdre conscience de la réalité, mais je me demande quelle est la part de vérité dans ce que raconte la vieille femme.

— Vous êtes des amours éphémères. Des illusions. C'est ce que je fournis à mes clients, dit-elle. Ton garçon est trop possessif.

Gabriel. Quand je l'ai laissé, ses lèvres desséchées marmonnaient en silence. J'ai alors remarqué le duvet qui commençait à pousser sur son menton ; on lui avait remis sa chemise de domestique, déchirée aux endroits où les gardes du corps ont tiré dessus. Je me suis fait du souci pour les cernes rougeâtres autour de ses yeux, pour sa respiration heurtée.

— Il t'aime trop, poursuit Madame. Même pendant son sommeil.

Alors que nous traversons le carré des fraisiers, Madame soliloque sur les prouesses de Jared et son installation souterraine qui chauffe le sol et permet aux végétaux de pousser toute l'année.

— Mais la véritable magie, dit-elle, c'est que le sol chauffé profite à mes filles et aux clients.

Tandis qu'elle continue à parler, je repense à ce qu'elle a dit de Gabriel, au fait qu'il m'aime trop, mais surtout au fait qu'il est une blessure pour moi. Vaughn disait la même chose à propos de Jenna ; elle ne lui était d'aucune utilité, ne lui fournirait aucune descendance, ne témoignait d'aucun amour véritable pour son fils. Et elle en est morte.

Dans ce monde, il est important d'avoir une utilité. Les gens de première génération semblent tous d'accord sur ce point.

— C'est un ouvrier costaud, dis-je en interrompant ses divagations sur les moustiques estivaux. Il peut porter des charges lourdes, cuisiner, faire tout ce qu'on lui demande.

— Mais je ne peux pas lui faire confiance, réplique Madame. Qu'est-ce que je sais de lui ? Il a atterri à mes pieds, comme tombé du ciel.

— Pourtant, vous me faites confiance. Vous me racontez toutes ces choses.

Elle m'étreint par les épaules, glousse comme une gamine bizarre et démente.

— Je n'ai confiance en personne, dit-elle. Je ne te fais pas confiance : je te prépare.

— Vous me préparez ?

Alors que nous poursuivons notre promenade, elle pose la tête sur mon épaule, et son haleine chaude me donne la chair de poule. La fumée de sa cigarette est suffocante ; je réprime une quinte de toux.

— Je fais le maximum pour mes filles, mais elles sont fatiguées. Usées. Toi, tu es parfaite. J'ai réfléchi, et je ne vais pas te proposer à mes clients ; ils te feraient perdre ta valeur.

Perdre ma valeur… Je sens mon estomac se contracter.

— Non, enchaîne Madame, je pense tirer meilleur profit de toi si tu restes intacte. Il va falloir te trouver un emplacement.

Te faire danser, peut-être. (Sans voir son visage, je sens son sourire s'épanouir.) Pour qu'ils aient un avant-goût. Qu'ils soient hypnotisés.

Comme je n'arrive pas à suivre le cours sombre de ses pensées, j'annonce sans réfléchir :

— Et le garçon qui m'accompagne ? Si je dois faire tout ça pour vos… affaires… (le mot m'écorche la bouche)… j'exige qu'il soit bien traité. Il lui faut une place ici.

— Entendu, déclare Madame, que l'ennui semble avoir soudainement gagnée. C'est une requête raisonnable. Mais si je découvre qu'il s'agit d'un espion, je le fais exécuter. N'oublie pas de le lui dire.

Le soir venu, Madame me renvoie à la tente verte, qui a dû abriter les dénommées Jade et Céladon avant que le virus les emporte. La vieille dame m'indique que l'une des filles m'y retrouvera sous peu.

Gabriel est toujours inconscient ; une gamine, agenouillée, tient sa tête appuyée sur ses cuisses. L'une des jumelles blondes que j'ai aperçues plus tôt.

— Ne soyez pas fâchée après moi. Je sais que je ne devrais pas être ici, dit-elle sans relever les yeux. Il poussait des cris affreux. Je n'ai pas eu le cœur de le laisser seul.

— Quel genre de cri ? demandé-je à voix basse.

En m'accroupissant à côté de Gabriel, je constate qu'il a encore pâli. Une rougeur est apparue sur ses joues et sa gorge, et la peau autour de son hématome est d'un orange vif.

— Des cris de malade, murmure-t-elle.

Ses cheveux sont blond pâle. Ses cils, tout aussi clairs, semblent lumineux quand ils fouettent l'air. Elle fait courir ses petites mains dans la chevelure de Gabriel et sur son visage.

— C'est lui qui vous a donné cette alliance ? lance-t-elle en désignant ma main d'un signe de tête.

Sans lui répondre, je trempe un linge dans la bassine, l'essore un peu et m'en sers pour éponger le visage de Gabriel. Ce geste a quelque chose d'horrible dans son caractère familier : assister aux souffrances d'un être aimé, et n'avoir que de l'eau pour l'apaiser.

— Un jour, j'aurai moi aussi une alliance en or pur, dit la gamine. Un jour, je serai première épouse. Je le sais. J'ai des hanches de génitrice.

J'en rirais dans des circonstances moins dramatiques.

— J'ai connu une fille qui a grandi en voulant devenir épouse, elle aussi.

Elle tourne vers moi ses grands yeux verts chargés d'intensité. Un court instant, je me dis qu'elle a peut-être raison. En grandissant, elle s'épanouira, sera pleine de vie ; elle tranchera au milieu de filles mornes, collectées par les Ramasseurs ; un homme la choisira, la rejoindra dans son lit tout empli de désir.

— Et elle a réussi ? demande la fille. À devenir épouse, je veux dire.

— C'était ma sœur épouse. Et oui, on lui a offert une alliance en or, à elle aussi.

Quand la gamine sourit, je remarque qu'il lui manque une dent de devant. Son nez est parsemé de taches de rousseur d'un brun pâle, qui ont également colonisé ses joues à la manière d'un fond de teint.

— Je parie qu'elle était jolie, dit la fille.

— Elle l'était. L'est toujours, me corrigé-je.

Si Cecily n'est plus à mon côté, elle est toujours de ce monde. C'est à peine croyable, mais j'ai failli l'oublier. Le moment où je l'ai quittée alors qu'elle hurlait mon nom, près d'une congère, me semble extrêmement lointain. J'ai couru sans me retourner, plus fâchée après elle que je ne l'avais été après quiconque de toute ma vie.

Ce souvenir est à mille lieues de cette fête foraine enfumée et étourdissante. Je ne ressens même plus de colère. En vérité, je ne ressens quasiment plus rien.

— Comment va le patient ? lance Lilas depuis le seuil.

Tous les sens en alerte, la gamine adopte une expression soumise. C'est officiel : elle s'est fait prendre en flagrant délit. Après avoir soulevé la tête de Gabriel de son giron, elle détale en marmonnant des excuses et en se traitant d'idiote.

— C'est son boulot de s'occuper de l'infirmerie, m'explique Lilas. Mais elle n'a jamais su résister à un prince charmant en détresse.

À la lumière du jour, sans maquillage, Lilas demeure une créature superbe malgré des yeux bouffis et tristes, un sourire alangui et des cheveux en bataille, tout aplatis sur un côté du crâne. Sa peau, aussi sombre que ses iris, est dissimulée derrière des voiles bleus vaporeux. Dans son dos, les flocons de neige tourbillonnent.

— Ne t'en fais pas, poursuit-elle. Ton prince n'a rien de grave ; il est un peu assommé par les calmants, c'est tout.

— Qu'est-ce que tu lui as administré ? lancé-je sans chercher à dissimuler ma colère.

— Rien qu'un peu de sang d'ange. Le même produit qu'on prend pour dormir.

— Dormir ? craché-je. Il est dans le coma !

— Madame se méfie des garçons qui débarquent, avance Lilas avec une trace de compassion dans la voix.

Elle s'accroupit près de moi et appuie les doigts contre la gorge de Gabriel. Après un instant de silence pour mesurer son pouls, elle continue :

— Elle redoute les espions qui viendraient lui enlever ses filles.

— Et pourtant, elle laisse entrer tous ceux qui ont de l'argent et qui souhaitent s'amuser avec elles.

— Sous surveillance très stricte, réplique sèchement Lilas. Si jamais un client fait le mariole… et ça arrive… (Elle mime un pistolet avec deux doigts qu'elle tend vers moi et fait mine de presser la détente.) Il y a un gros incinérateur derrière la grande roue, où Madame fait brûler les corps. Jared l'a bricolé à partir de vieux appareils.

Cela n'a rien de surprenant : la crémation est le moyen le plus pratique de disposer des corps. Nous mourons à un rythme si soutenu qu'il n'y aurait pas assez de place pour nous enterrer tous, et selon certaines rumeurs, le virus contaminerait les sols. En conséquence, outre les Ramasseurs chargés de kidnapper les filles, il existe des équipes de nettoyage qui récupèrent les cadavres abandonnés au bord des routes et les convoient jusqu'aux incinérateurs municipaux.

Cette pensée me fait mal. Un court instant, je sens Rowan, j'ai conscience de ses efforts pour retrouver ma dépouille, de son inquiétude à l'idée que j'aie déjà été réduite en cendres. Quand il constate qu'un épais nuage flotte aux environs des incinérateurs, redoute-t-il d'inhaler ma dépouille partie en fumée ? Mes os, ma cervelle, ou mes yeux vairons identiques aux siens ?

— Tu es pâlichonne, s'inquiète Lilas. (Comment peut-elle s'en rendre compte ? Tout est verdâtre, dans cette tente…) Ne t'inquiète pas ; nous ne ferons rien de fatigant ce soir.

Je ne veux rien faire hormis rester ici, assise auprès de Gabriel, veiller à ce qu'il ne reçoive pas une autre injection débilitante. Mais je sais qu'il va falloir jouer selon les règles du petit monde de Madame, si je veux un jour m'en échapper. J'y suis déjà arrivée, me répété-je, et je suis capable de récidiver. Il n'y a pas meilleure arme que la confiance.

Lilas me sourit. C'est un sourire fatigué mais charmant.

— Je crois qu'on va commencer par tes cheveux, ils ont bien besoin d'être lavés. Puis on réfléchira à une couleur dominante pour ton maquillage ; tes traits forment une très jolie toile, on a déjà dû te le dire, non ? Si tu voyais les engins sur lesquels j'ai déjà travaillé ! Certaines filles ont un nez pas possible...

Je repense à Deirdre, ma petite domestique, qui parlait elle aussi de toile pour désigner mon visage. Elle faisait merveille avec les couleurs ; parfois, je la laissais me maquiller uniquement pour tromper l'ennui. Des bruns délicats pour dîner avec mon époux ; un déchaînement de roses, rouges et blancs quand les rosiers étaient en fleur ; du bleu, du vert et de l'argent rappelant le givre lorsque j'avais les cheveux trempés par l'eau de la piscine, et que je m'asseyais vêtue d'un peignoir, puant le chlore.

— Dans quel but, le maquillage ? demandé-je en sentant mon estomac se nouer sous l'effet de l'appréhension.

— Oh, pour l'instant, c'est juste pour s'entraîner. On procédera à quelques essais qu'on montrera à Son Altesse, déclare Lilas en insistant sur les deux derniers mots. Et quand elle approuvera le thème général, on pourra passer à ta formation.

— Ma formation ?

Lilas se cambre, bombe le torse afin de mettre sa poitrine en valeur et fait mine d'ajuster sa coiffure ; les mèches brunes coulent entre ses doigts comme du chocolat fondu. Puis elle imite le faux accent de Madame :

— Dans l'art de séduire, très chère.

« Tans l'art te zéduire. »

Madame souhaite bel et bien faire de moi l'une de ses filles. Me vendre à ses clients, même si ce n'est pas au sens traditionnel.

Je me tourne vers Gabriel : ses lèvres se sont resserrées. A-t-il entendu ? *Réveille-toi !* Je voudrais qu'il vole à mon secours, comme il l'a fait pendant l'ouragan. Qu'il m'emporte au loin. Mais je l'en sais incapable. Tout est arrivé par ma faute, et désormais, je vais devoir me débrouiller seule.

4

CETTE TENTE est rouge, tout comme les guirlandes de perles de verre suspendues au plafond, si bas que nos têtes les touchent presque tandis que nous nous tenons face au miroir. L'atmosphère est saturée de fumée; j'y baigne désormais depuis si longtemps qu'elle agresse moins mes sens. Lilas coiffe mes cheveux en dizaines de petites tresses qu'elle trempe ensuite « pour accentuer les boucles ».

Dehors, le concert de cuivres a démarré. Maddie est assise près de l'entrée, les yeux rivés sur l'obscurité de la nuit. Suivant son regard, j'aperçois le blanc cassé d'une étoffe légère à hauteur de cuisse. J'entends s'élever des halètements rauques, hachés. Lilas, occupée à m'appliquer du rouge à lèvres, laisse échapper un gloussement.

— C'est l'une des Rouges, dit-elle, probablement Écarlate. Elle tient absolument à ce que le monde entier sache qu'elle est une putain.

Elle se redresse et hurle le mot « Putain ! » à la nuit; le mot survole Maddie, qui guette toujours l'obscurité en enfournant dans sa bouche des fraises à demi pourries. À l'extérieur, la fille glapit puis hurle de rire.

J'ai envie de demander à Lilas pourquoi elle laisse sa fille regarder ce qui se passe dehors, mais je me rappelle les taquineries dont m'accablaient mes sœurs épouses. Elles se déshabillaient dans la même pièce que moi, s'élançaient dans le couloir en petite tenue et demandaient à emprunter les affaires de l'autre. Vers la fin de sa grossesse, Cecily ne prenait même plus la peine de boutonner sa chemise de nuit, et exhibait son gros ventre partout où elle allait. Le fait de vivre en milieu confiné, au milieu d'une horde de filles, ne laisse certainement aucune place pour la pudeur.

Et désormais, me voilà contrainte de me fondre dans la masse. Je n'ai pas le droit de cacher ma gêne. Si Madame découvre que mes aventures torrides ne sont qu'un tissu de mensonges, elle ne croira plus un mot de ce que je dis. Je fais donc comme si j'étais blasée quand Lilas entreprend de m'expliquer la façon dont la vieille femme « range » ses filles par couleur.

Les Rouges sont les favorites de Madame ; Écarlate et Corail sont avec elle depuis qu'elles sont bébés, et elle les autorise à emprunter ses bijoux de pacotille. Elle les laisse prendre des bains chauds et leur donne les fraises les plus mûres, qui poussent dans un autre jardinet derrière le chapiteau, car les yeux éclatants et les longs cheveux de ces deux filles suscitent les tarifs les plus élevés.

Les Bleues sont ses filles mystérieuses : Iris et Indigo, Saphir et Azur. Elles sont collées les unes aux autres quand elles dorment, et gloussent de leurs propres plaisanteries. Mais comme elles n'ont plus qu'une poignée de dents noires chacune, les hommes qui les choisissent ne désirent pas dépenser beaucoup et ne restent jamais bien longtemps dans l'arrière-salle. Les clients les prennent à la hussarde, parfois debout contre un arbre, ou même dans la tente principale, sous le regard de tous.

Il y a d'autres filles. D'autres couleurs qui forment un chaos boueux au fur et à mesure que Lilas les égrène. Puis elle fait une pause et demande à Maddie de lui apporter l'eau oxygénée. La gamine, doigts et bouche maculés de jus de fraise, rampe (j'ai remarqué qu'elle ne marche quasiment jamais) jusqu'à un assortiment de flacons, bouteilles et fioles. Elle identifie celle qui est étiquetée « Eau oxygénée » et l'apporte.

— Comment sait-elle quel flacon prendre ? demandé-je.

— Elle sait lire. (Lilas penche la bouteille sur un linge puis ôte une partie du blush qui ornait mes joues.) Elle est très maligne, tu sais. Bien sûr, Son Altesse (nouveau ton sarcastique) préfère la cacher ; pour elle, il s'agit juste d'une malfo bonne à rien.

« Malfo » est un terme péjoratif qui désigne les victimes de malformations génétiques. Dans le laboratoire où travaillaient mes parents, les femmes accouchaient parfois d'un bébé malformé : aveugle ou sourd de naissance, ou encore défiguré d'une façon ou d'une autre. Plus couramment, certains enfants naissaient avec des yeux bizarres, ne maîtrisaient pas le langage ou ne dépassaient jamais un certain stade d'évolution mentale ; d'autres avaient un comportement en perpétuel décalage avec toute forme de recherche génétique. Une fois, ma mère m'avait parlé d'un garçon malformé qui hurlait de terreur nuit après nuit, épouvanté par des spectres imaginaires. Enfin, avant de nous donner naissance à mon frère et à moi, nos parents avaient eu des jumeaux malformés ; souffrant comme nous d'une hétérochromie des yeux – l'un bleu, l'autre marron –, ils étaient en outre aveugles, n'avaient jamais appris à parler, et malgré des soins attentifs, ils n'avaient pas vécu au-delà de cinq ans.

Dans les orphelinats où ils sont considérés comme des parasites inaptes à subvenir à leurs propres besoins, les enfants malformés – quand ils sont viables – sont mis à mort. Dans les labos, en revanche, ils font des candidats parfaits pour la recherche génétique, car personne ne sait au juste ce qui cloche chez eux.

— Madame prétend qu'elle mord les clients, dis-je.

Lilas, qui tient un pinceau d'eye-liner près de mon visage, renverse la tête en arrière et se met à rire à gorge déployée. Ce son se mêle aux grognements et aux cuivres, ainsi qu'à l'ordre que crie Madame à l'un des garçons.

— Bien, déclare-t-elle.

Au loin, Madame commence à aboyer après Lilas, qui lève les yeux au ciel et grogne. Elle marmonne « Encore bourrée », s'humecte le pouce et s'en sert pour étaler l'eye-liner sur mes paupières.

— Je reviens. Ne bouge pas.

Comme si j'avais le choix... J'entends le pistolet du vigile cliqueter dans son holster, à l'entrée de la tente.

— Lilas ! articule difficilement Madame. Où tu es ? Pauvre crétine...

L'intéressée presse le pas en lâchant une bordée d'obscénités. Maddie la suit à l'extérieur, en emportant avec elle le seau de fraises à demi pourries.

Je m'allonge sur la toile rose bonbon qui recouvre le sol et cale ma tête contre l'un des nombreux coussins jetés çà et là. Celui-ci est bordé de perles de verre orange. J'attribue mon état de fatigue à la fumée. Je suis perpétuellement épuisée. Bras et jambes me semblent peser des tonnes. Les couleurs, en revanche, m'apparaissent deux fois plus éclatantes. La musique deux fois plus forte. Les gloussements, grognements et halètements des filles forment une mélopée distincte. Il me vient à l'esprit qu'il y a là quelque magie à l'œuvre ; un charme qui attire les clients de Madame comme la lueur d'un phare attire les chalutiers. Mais ce lieu a aussi quelque chose de terrifiant. C'est terrifiant d'être une fille ici. D'être une fille dans ce monde.

Mes yeux se ferment. J'enroule mes bras autour du coussin. Je ne porte qu'une combinaison de satin doré, hissé au rang de couleur officielle pour le Bouton d'or de Madame, mais en dépit du vent qui souffle dehors, il fait bon dans la tente. Je mets ça sur le compte de la fumée qui y stagne, du chauffage souterrain de Jared et de toutes les bougies qui brûlent dans les lumignons. Madame a vraiment pensé à tout : des filles emmitouflées dans des vêtements d'hiver les rendraient moins appétissantes aux yeux des clients.

Je me sens incroyablement bien dans cette touffeur. L'attrait d'une sieste me paraît irrésistible.

« N'oublie pas la façon dont tu es arrivée ici », me souffle la voix de Jenna. « N'oublie pas. »

Nous sommes couchées côte à côte, entourées par les volants d'un baldaquin. Elle n'est pas morte. Pas tant qu'elle est au chaud dans mes rêves.

« N'oublie pas. »

Je maintiens mes paupières baissées le plus fort possible. Je ne veux pas penser à la mort atroce qu'a connue l'aînée de mes sœurs épouses. À sa peau marbrée, putréfiée. À ses yeux devenus vitreux. Je veux croire qu'elle est saine et sauve, ne serait-ce qu'un court instant.

Mais je ne parviens pas à chasser l'idée que Jenna me prévient de ne pas prendre mes aises en ce lieu dangereux. Je sens l'odeur de médicaments et de pourriture de son lit de mort. La puanteur s'accentue à mesure que je sombre dans le sommeil.

Le rideau s'écarte à la volée, faisant tinter les perles de verre qui encadrent l'entrée ; je m'éveille en sursaut.

Gabriel est là, le regard clair, campé sur des jambes solides, vêtu d'un épais col roulé noir, d'un jean et de chaussettes de laine. La tenue que portent les gardes du corps de Madame.

Nous restons un long moment à nous étudier, comme si nous avions été séparés un temps infini, ce qui est peut-être le cas. Le sang d'ange l'a placé hors d'atteinte depuis notre arrivée ; quant à moi, j'ai été accaparée par Madame chaque fois qu'elle avait un moment de libre.

Je lance « Comment te sens-tu ? » en même temps qu'il dit : « Tu es… »

Je m'assieds dans l'océan de coussins et, quand il prend place à mon côté, la lueur des lanternes me permet de remarquer les poches épaisses qui se sont formées sous ses yeux. Ce matin même, en quittant Gabriel, j'ai entendu Madame donner à Lilas l'ordre formel de cesser les injections de sang d'ange, mais il dormait encore, et sa bouche formait des mots que je n'arrivais pas à saisir. Maintenant, au moins, ses joues ont repris des couleurs. Il pique même un fard. Il faut dire qu'il fait particulièrement chaud dans cette tente, avec tous les bâtonnets d'encens allumés par Lilas et les bougies des lumignons qui dispensent une senteur lourde, sucrée.

— Comment te sens-tu ? répété-je.

— Ça va, dit-il. Pendant quelques minutes, j'ai vu des choses bizarres, mais c'est passé, maintenant.

Voyant ses mains trembler légèrement, je plaque les miennes dessus. Elles sont encore un peu moites, mais ce n'est rien par rapport à ce que c'était quand il gisait près de moi, inconscient, fiévreux. À cette simple évocation, je me jette dans ses bras.

— Je suis vraiment désolée, murmuré-je. Je n'ai pas encore trouvé de plan pour nous sortir d'ici, mais je pense avoir gagné un peu de temps. Madame compte me donner en spectacle.

— En spectacle ?

— Je ne sais pas exactement… Un genre de danse, peut-être. Ça pourrait être pire.

Il n'ajoute rien à cela. Nous savons l'un comme l'autre le type de « spectacle » auquel se livrent les autres filles.

— Il doit y avoir un moyen de franchir le portail, chuchote Gabriel. Ou…

— Chut. Je crois que j'ai entendu quelqu'un dehors.

Nous tendons l'oreille, mais le bruissement que j'avais cru déceler ne se reproduit pas. C'était peut-être le vent, ou une fille de Madame qui passait par là. Au cas où, j'opte pour un sujet de conversation plus sûr.

— Comment as-tu su que tu me trouverais ici ?

— Une petite fille attendait mon réveil. Elle m'a passé ces vêtements et m'a dit d'aller voir dans la tente rouge.

C'est plus fort que moi. Je l'étreins et me colle contre lui.

— J'étais morte d'inquiétude.

Sa réponse prend la forme d'un doux baiser dans le creux de mon cou ; Gabriel balaie les mèches de mes épaules d'un mouvement de la main. J'ai tellement souffert de me retrouver à son côté nuit après nuit, de le sentir affalé comme une poupée de chiffon, de rêver par à-coups à des June Beans posés sur un plateau d'argent, aux couloirs sinueux d'un manoir, à un labyrinthe végétal dont aucune allée ne me rapprochait de lui.

À cet instant, j'ai conscience de son corps contre le mien. Et cela me rend avide, je penche la tête afin que ses lèvres trouvent les miennes, je l'entraîne avec moi quand je m'étends sur les coussins dans un crépitement de perles de verre. Une pierre en toc me rentre dans le dos.

Les vapeurs d'encens sont vivantes. Elles dessinent nos silhouettes. Leur parfum entêtant me fait monter les larmes aux yeux, et je me sens bizarre. Lasse, comme vidée.

— Attends, dis-je alors que Gabriel fait glisser une bretelle de ma combinaison. Tu ne trouves pas ça étrange ?

— Étrange ?

Il m'embrasse.

Je pourrais jurer que la fumée est deux fois plus épaisse.

J'entends un frottement à l'extérieur de la tente ; je me redresse, tous les sens en alerte. Gabriel cligne des yeux, un bras enroulé autour du mien, les cheveux ruisselants de sueur. Il vient de se passer quelque chose. Un genre de sort. L'expression d'une force surnaturelle. Je suis certaine qu'il s'agit de la seule explication valable. J'ai l'impression de revenir de très, très loin.

Puis j'entends le caquetage si particulier de Madame. Elle pénètre dans la tente dans un concert de tintements, son sourire immaculé flottant dans l'épaisse fumée. Elle dit quelque chose dans un français approximatif tandis qu'elle piétine les bâtonnets d'encens pour les éteindre.

— *Merveilleux !* Lilas, combien étaient-ils ?

L'intéressée se glisse à l'intérieur, occupée à trier une pleine poignée de dollars.

— Dix, Madame, dit-elle. Les autres se sont plaints de ne rien voir par la fente.

Horrifiée, j'entends des hommes grogner leur mécontentement de l'autre côté de la cloison de toile. Derrière un rideau de perles, je distingue une large fente qui n'est pas là par hasard. Je ravale un cri et couvre ma poitrine à l'aide d'un coussin de soie rose.

Voyant Gabriel crisper la mâchoire, je pose la main sur son genou dans l'espoir de le calmer. Quels que puissent être les plans de Madame, nous devons jouer le jeu.

— Très efficaces, ces aphrodisiaques, pas vrai ? lance la vieille femme en mouchant la bougie d'un lumignon entre le pouce et l'index. Oui, quel joli spectacle que voilà !

Elle se tourne vers moi et ajoute :

— Les hommes mettront le prix pour voir ce qu'ils n'ont pas le droit de toucher.

5

LES TOURTEREAUX. Voilà comment elle nous appelle. Un nom de scène écrit en français, en pleins et déliés rouges, sur une planche brisée qui provient d'une vieille barrière. Madame fait bâtir une cage à partir de fil de fer rouillé et de cintres. Elle a chargé Gabriel de courber les tiges métalliques et de les enduire de peinture. Il m'a fallu la matinée pour fabriquer cette mixture qui comprend fard à paupières doré, eau et colle. Les filles sont furieuses d'avoir dû céder leur maquillage or. Elles me bousculent en passant ; leurs yeux sans vie me fusillent à bout portant ; elles marmonnent des propos incompréhensibles et crachent par terre.

— Elles sont jalouses, dit Lilas, une épingle coincée entre les lèvres, tandis qu'elle coud des manchettes en dentelle à une chemise blanche. Tu es du sang neuf, tu vois.

Nous sommes blotties dans la tente rouge ; je suis occupée à plonger des plumes grises dans un seau en zinc rempli de teinture bleue, puis à les suspendre à une corde à linge de fortune à l'aide de pinces pour les faire sécher. Je me demande quel oiseau a été tué pour cette cause : pigeon ou mouette, probablement.

J'ai de la teinture sur les doigts, de grosses gouttes atterrissent sur mon tee-shirt usé jusqu'à la trame, et bien trop grand pour moi, qui constitue l'intégralité de ma tenue. Madame refuse de me voir tacher ses vêtements corrects.

— Non, non et non ! éructe la vieille femme en faisant irruption dans la tente qui tremble des piquets au faîte. Tu massacres ces pauvres plumes, petite.

— Je vous avais bien dit que je ne saurais pas m'y prendre, bougonné-je.

— Peu importe. (Madame m'agrippe par un bras et m'oblige à me relever.) De toute façon, il faut que je te parle ; Lilas finira ta robe.

L'intéressée marmonne quelque chose qui m'échappe. D'un coup de pied, Madame projette une motte de terre dans sa direction, et la poussière soulevée fait tousser Son Altesse.

— Il y a une bassine et une robe pour toi dans la tente verte, indique Madame. Rends-toi présentable et retrouve-moi à la grande roue.

Ôter l'essentiel des taches de teinture sur mes doigts ne va pas sans mal. Même après un récurage énergique, il en reste le long des cuticules, ce qui forme un liseré bleu autour de mes ongles : mes mains ressemblent à un dessin d'elles-mêmes.

Quand je retrouve Madame, la grande roue tourne au ralenti.

— Dans ce froid, les rouages ont besoin de chauffer un peu, m'explique-t-elle en passant un châle en crochet autour de mes épaules. Mais nous devons discuter de certaines choses, poursuit-elle. Des choses que des oreilles indiscrètes pourraient vouloir écouter au sol.

Jared actionne un levier, et une nacelle de la roue s'immobilise devant nous.

La vieille femme me fait signe de monter la première puis grimpe à son tour à bord. La cabine tangue et grince en commençant son ascension.

— Tu as des omoplates remarquables, dit Madame sans que je parvienne à identifier l'accent qu'elle affecte aujourd'hui. Et tes vertèbres saillent juste ce qu'il faut. Pas trop pointues. Parfait.

— Vous m'avez observée pendant que je me changeais, dis-je.

Ce n'est pas une question. D'ailleurs, elle ne se donne pas la peine de nier.

— Il faut bien que je sache ce que je vends.

— Que vendez-vous, au juste ? lancé-je.

Osant enfin regarder autre chose que mon poing serré, je scrute son visage nimbé de fumée. Le vent fait voler les cendres de sa cigarette, et je sens leur infime brûlure sur mon genou dénudé. À cette hauteur, loin du chauffage par le sol de Jared, il fait un froid mordant. Mon nez commence à couler. Je resserre le châle autour de mes épaules.

— Je te l'ai dit, répond-elle. Une illusion.

Elle sourit, et ses yeux noirs se font distants tandis qu'elle caresse le creux de ma joue du bout du doigt. Sa voix est basse et mielleuse.

— Bientôt, tu te désagrégeras. Ta chair se décollera de tes os. Jusqu'à la fin, tu hurleras, pleureras. Il te reste si peu d'années à vivre.

Je choisis de ne pas entendre son message. Il est parfois plus facile de nier certaines réalités.

— Vous ferez payer pour voir ça ? dis-je.

— Non. (Elle soupire et balance son mégot dans le vide ; sans lui, elle paraît minuscule et comme incomplète.) Je m'efforce de faire oublier ce genre d'horreur à mes clients. Aucun d'eux ne doit te contempler en pensant à ta date d'expiration. Ce qu'ils doivent voir en toi, c'est une jeunesse qui s'étire à l'infini, comme un canyon.

Je ne peux pas m'empêcher de baisser les yeux. Si la plupart des filles dorment toute la journée, quelques-unes sont éveillées et harcèlent les enfants, s'occupent des jardins envahis de mauvaises herbes ou se pavanent devant les gardes afin d'attirer leur attention. Tout leur est bon pour se sentir vivantes. Toutes me détestent d'évoluer si haut au-dessus de leurs têtes.

— Tu vas assurer le spectacle pour moi, nous sommes bien d'accord ? lance Madame. Il n'y a qu'une seule règle. Toi et ton ami, vous devez vous comporter comme si vous étiez seuls. Mes clients ne veulent pas qu'on les voie. Ils ne sont pas derrière le mur de toile, ils sont le mur lui-même.

La perspective de jouer la comédie pour « le mur » ne me rassure en rien. Mais il faut entrer dans son jeu jusqu'à ce que je trouve le moyen de filer d'ici, et très sincèrement, il y a pire que se retrouver coincée dans une cage à oiseaux de fortune avec Gabriel, en mimant une parodie d'intimité, pas vrai ? Il n'empêche, j'en ai la gorge serrée et toute sèche.

Madame plonge la main dans la superposition sans fin d'étoles bariolées qui lui barrent la poitrine et exhibe un petit poudrier d'argent. Elle l'ouvre, révélant une unique pilule rose.

Je pose un regard méfiant sur le cachet.

— C'est pour t'empêcher de tomber enceinte, dit-elle. Des tas de fausses pilules circulent depuis l'interdiction du contrôle des naissances, mais je connais un revendeur fiable. Il les fabrique lui-même.

Comme pour se moquer de nous, une enfant se met à hurler quand l'une des Rouges la fait passer devant la grande roue en la tirant par les cheveux.

— Je ne peux pas en distribuer à toutes mes filles, bien sûr, poursuit Madame. Seulement aux plus utiles. Je n'ose penser aux horreurs qui pourraient sortir du ventre de Lilas si je la laissais se reproduire une nouvelle fois.

Lilas. Cynique, adorable et intelligente. Et mère aimante, selon moi. Aussi maternelle qu'on peut l'être dans ce genre d'endroit, ou envers une enfant comme Maddie. Mais elle le cache bien quand les clients viennent la voir, soir après soir. Elle est l'une des filles les plus courues, et n'est offerte qu'aux hommes qui y mettent le prix fort : pour l'essentiel, des hommes de première génération avec une bonne situation. Madame était très fière de me l'apprendre. Malgré cela, Lilas n'a pas eu d'autre enfant depuis Maddie. Tout le mérite doit revenir à cette pilule rose.

Je me refuse malgré tout à l'avaler. Dans un tel contexte, comment avoir confiance en quoi que ce soit ? Même les effluves qui flottent dans les tentes sont susceptibles de me faire réagir bizarrement.

Madame introduit le cachet de force dans ma bouche. « Avale », dit-elle en poussant avec un ongle peint et pointu jusqu'au fond de ma gorge. J'ai beau résister, basculer la tête en arrière, j'ai avalé la pilule sans m'en rendre compte. Elle me fait mal en descendant. Mon air revêche fait glousser la vieille femme.

— Tu me remercieras plus tard, dit-elle en passant un bras autour de mes épaules. Regarde. (Son chuchotis m'agace l'oreille.) Regarde la façon dont les nuages forment une tresse, comme les cheveux d'une gamine.

Le froid, la fumée et le cachet ont tous contribué à faire naître mes larmes, et quand je parviens enfin à les chasser en clignant des yeux, la forme des nuages a complètement changé. La mélancolie, en revanche, n'a pas quitté les traits de Madame. « Une tresse, comme les cheveux d'une gamine. » Sa défunte fille doit plus lui manquer qu'elle ne veut l'admettre. J'y puise un étrange réconfort. Après tout, cette douleur prouve qu'elle est humaine...

La terre poussiéreuse est chaude sous mes pieds nus, et le bourdonnement de la machine de Jared la rend comme vivante. Je rechigne à admettre que je suis tentée ; mon esprit revient sans cesse caresser l'idée de m'allonger par terre pour m'y endormir.

Avec Gabriel, nous essayons d'enfoncer les tiges de notre cage géante dans le sol. À quelques mètres de là, Jared et plusieurs autres gardes du corps plantent des piquets et se préparent à dresser un chapiteau pour la représentation de ce soir.

Pour la première fois de la journée, je me retrouve seule avec Gabriel, et même alors, les vigiles sont assez près pour intercepter nos propos. Mais je remarque ses regards appuyés et le pincement de ses lèvres gercées, comme s'il avait quelque chose à me dire.

— Là, glissé-je en prenant appui contre le dos de Gabriel et en passant les bras autour de lui pour l'aider à enfoncer un long piquet dans le sol. Qu'y a-t-il ? murmuré-je.

— Il va vraiment falloir en passer par là ? chuchote-t-il à son tour. Par ce spectacle ?

Je me déplace jusqu'au piquet suivant sur lequel j'appuie de toutes mes forces.

— On n'a pas le choix, à mon avis.

— J'ai pensé qu'on pourrait filer en douce, dit-il. Mais il y a la clôture.

— Elle a quelque chose de bizarre. Tu as remarqué le boucan qu'elle fait ? Le bourdonnement ?

— J'ai cru que ce bruit provenait de l'incinérateur. Ce serait bien de vérifier…

Je secoue la tête.

— Si jamais quelqu'un nous voit, on est faits comme des rats.

— Dans ce cas, assurons-nous que personne ne nous remarque.

— Il y a toujours quelqu'un aux aguets.

Je risque un œil vers Jared, qui n'a pas raté une miette de notre échange et détourne les yeux à cet instant.

— Je crois qu'on peut arrêter, dis-je à voix haute en débarrassant mes paumes de l'excès de poudre dorée. On ne peut pas enterrer cette cage plus profond.

« Les tourtereaux ». La pancarte, élégante et sommaire, a été plantée à l'extérieur du nouveau chapiteau couleur pêche.

Nous nous tenons à côté de notre cage pendant que des filles maussades allument encens et lumignons autour de nous ; nos ombres se mettent à sautiller. À l'origine, Madame souhaitait que la tente soit jaune, mais elle a décidé que la couleur pêche flatterait davantage notre carnation, prétextant que je suis pâle comme la mort. Gabriel vient de me susurrer quelque chose, mais avec toute cette fumée et le martèlement de mon cœur dans mes oreilles, je n'ai pas saisi son message. Il porte la chemise à jabot que Lilas a passé l'après-midi à coudre. Quant à moi, je suis littéralement couverte de plumes ; j'en ai dans les cheveux, mais aussi dans le dos, où elles forment d'immenses ailes d'ange. La teinture, qui n'est pas tout à fait sèche, coule le long de mes bras et les salit.

Gabriel tient mon visage entre ses deux mains.

— Il est toujours temps de fuir, murmure-t-il.

Je découvre que mes doigts tremblent. Je secoue la tête. À cet instant précis, rien ne me plairait plus que de filer, mais nous serions immanquablement rattrapés. Madame, perdue dans sa féerie opiacée, accuserait alors Gabriel d'être un espion et le ferait exécuter. Quant à moi, Dieu sait quel sort elle me réserverait. Je dois profiter du fait que je ressemble à sa défunte fille ; elle s'est entichée de moi au point que ses autres « pensionnaires » y voient une injustice. Je sens une confiance timide s'épanouir entre nous ; je dois en profiter pour, qui sait, gagner plus de liberté. Cela a fonctionné avec Linden, mais dans le cas présent, je suis moins optimiste. Lilas est la favorite de Madame : elle a sa confiance pour tout ce qui touche à l'argent, à la formation, à la supervision des toilettes et des spectacles. Mais je n'ai jamais vu Lilas jouir d'une once de liberté supplémentaire par rapport à toutes les autres filles.

Cela étant, être dans les petits papiers de Madame ne peut pas jouer en ma défaveur.

— Embrasse-moi, dis-je en relevant le loquet de notre cage avant d'y pénétrer.

6

ÉPUISÉE, je me glisse sous les couvertures, dans notre tente verte. L'air y est moins enfumé, même si je m'habitue aux constantes vapeurs d'opium que fait diffuser Madame et aux parfums capiteux que portent ses filles.

Gabriel, assis à mon côté, libère les plumes teintes qui ceignent mes cheveux à la manière d'une couronne. Il les entasse par terre avec soin puis garde les yeux rivés sur elles.

— Qu'est-ce qui ne va pas ? dis-je.

Il se fait tard. En quittant notre cage, j'ai vu l'aube poindre dans le ciel pervenche.

— Ces types t'ont reluquée.

Je chasse cette pensée. Je n'ai pas laissé mon regard errer à l'extérieur de la cage ; occultant les frottements et les murmures, je me suis concentrée sur les cuivres qui jouaient au loin. Au bout d'un moment, tout a fini par se mélanger. Notre peau qu'effleuraient les écharpes pendues aux barreaux ; les baisers de Gabriel, ma bouche entrouverte, mes yeux clos. Tout cela m'a fait l'effet d'un songe trouble, de courte durée. À plusieurs reprises, Gabriel m'a demandé à mi-voix de me réveiller, et j'ai ouvert les yeux pour lire de l'inquiétude dans les siens. Je me rappelle avoir dit « Tout va bien ».

Des paroles que je répète à cet instant. « Tout va bien. » Comme un mantra.

— Rhine, murmure-t-il, cette situation est affreuse.

— Chut, dis-je en sentant mes paupières s'alourdir. Allonge-toi donc un peu à côté de moi.

Il n'en fait rien. Sentant une légère pression dans mon dos, je me rends compte qu'il détache les plumes qui ornent ma robe, une par une.

Les jours s'écoulent au gré des pourpres, des verts et des ors émiettés, ils filent à travers les barreaux dorés tels des empires déliquescents. Et, tout autour de moi, ce ne sont que ténèbres. J'ai l'impression d'errer en somnambule dans un tunnel, de voir le temps s'effilocher entre phases de sommeil et représentations.

Très loin de moi, la voix inquiète de Gabriel me répète qu'il est temps de partir, que tout cela doit s'arrêter. Mais l'instant suivant, il m'embrasse, je sens ses mains s'insinuer sous mes aisselles et je m'affale contre lui.

Les grandes roues tournent, laissant des sillons lumineux dans le ciel. Les filles gloussent et vomissent. Les enfants s'agitent comme des cafards. Les vigiles laissent leur arme bien en vue, en guise d'avertissement.

L'eau froide me heurte en plein visage dans un fracas aveuglant. J'en ai le souffle coupé.

— Tu m'écoutes ? chuchote Gabriel d'une voix cassante.

Je tousse, m'essuie les yeux d'un revers de manche.

— Quoi ? dis-je.

Nous sommes dans notre tente verte, environnés de plumes.

— Il faut partir. Et tout de suite, dit-il. (J'essaie de me concentrer sur ses traits.) Tu es en train de devenir comme elles.

Je cligne des yeux à plusieurs reprises, dans un effort pour me réveiller. Nos couvertures sont trempées.

— Comme qui ?

— Ces filles épouvantables. Tu ne t'en rends pas compte ? Suis-moi.

Il fait mine de me remettre debout, mais je résiste.

— C'est impossible, dis-je. Elle nous rattrapera. Elle te tuera.

— Elle a raison, tu sais, intervient Lilas. (Elle se tient dans l'entrée, les bras croisés. Derrière elle, la lumière du petit matin souligne sa silhouette d'un élégant ruban noir.) Pas de bêtise, surtout. Elle a des yeux partout.

Gabriel se tourne vers elle et ne dit rien de plus. La voyant s'éloigner, il me tend une serviette pour que je m'essuie la figure.

— Il faut qu'on s'échappe bientôt, insiste-t-il.

— Entendu. Bientôt.

Je m'oblige à rester éveillée malgré le poids immense qui m'accable. Avec Gabriel, nous discutons de nos options à voix basse, et c'est vite décourageant. Toutes les idées qui surgissent nous ramènent à la clôture. Aux moyens de l'escalader. De creuser pour passer en dessous. Il m'apprend qu'il doit aller repeindre le manège en compagnie d'une poignée de vigiles, et qu'il en profitera pour inspecter le grillage de plus près.

Nous finissons par nous endormir alors que le soleil est haut dans le ciel ; l'intérieur de la tente verte ressemble au cœur d'une émeraude. Juste avant de sombrer, je sens ses lèvres se poser sur les miennes. C'est un baiser assuré, sincère, que je lui rends avec plaisir. Je sens un tiraillement dans ma poitrine, j'en voudrais davantage, mais je repousse cette idée. Je n'arrive pas à me sortir de la tête qu'on nous épie.

Dans mon rêve, je suis le chemin emprunté par la pilule rose que Madame m'a obligée à avaler. Je glisse le long de la langue et plonge dans une caverne obscure. Puis j'atterris, liquéfiée, affolée, dans une éclaboussure bruyante.

Lilas me tire par les cheveux ; la douleur m'éveille en sursaut.

— Alors, on dort pendant le travail ? dit-elle.

J'ouvre les yeux. Une fois encore, l'air est saturé de fumée et des nombreux parfums de Madame. Lilas était en train de faire boucler mes cheveux ; j'ai dû m'assoupir.

Elle m'attrape par les poignets et me remet debout d'une traction, puis fait bouffer mes mèches.

— Madame veut te voir, annonce-t-elle.

— Tout de suite ?

— Non, demain, quand elle aura la gueule de bois après le départ du dernier client. Passe ça.

Elle me tend une pièce de tissu jaune vif qui doit faire figure de robe, et ne prend pas la peine de se détourner pendant que je me change.

La robe est si longue qu'elle traîne par terre, et Lilas m'aide à la draper par-dessus mon épaule.

— Ça s'appelle un sari, me dit-elle. Au début, on n'est pas très à l'aise dedans, mais fais-moi confiance : quand Madame autorise une fille à en porter un, c'est pour faire de l'effet.

— Faire de l'effet à qui ?

Lilas me sourit pour toute réponse, lisse le pan d'étoffe passé par-dessus mon épaule, puis me prend par la main et me conduit à l'extérieur.

Elle m'entraîne dans la nuit, et l'air est si froid qu'il me fait l'effet… d'une gifle. Les flocons de neige tourbillonnent sans jamais tenir au sol. Rien d'étonnant à cela : c'est la même chose pour tout le reste, ici. Les filles sont animées d'un mouvement perpétuel, tout est mobile comme les rouages d'une machine, les pignons d'une montre géante.

Madame accourt vers moi, bras tendus, dans des volutes orangées, violettes et vertes de soieries et de manches bouffantes.

— Tu as enfin l'air d'une vraie dame, dit-elle.

Jared se tient derrière elle, les bras croisés, un cordon orange enroulé autour du cou, une lanterne à la main. Ses manches déchirées laissent entrevoir des avant-bras musclés, maculés de cambouis. Plus tôt dans la journée, je l'ai vu allongé sous une machine géante qui ressemblait à un amas vibrant de pièces détachées de moteur retenues ensemble par des lumières. Malgré le froid, il a le visage luisant de sueur. Ses yeux noirs, impassibles, sont rivés sur moi.

Madame me pince les joues qu'elle tord entre deux doigts. J'esquisse un mouvement de recul mais parviens à me contrôler et à rester de marbre.

— C'est pour te donner des couleurs, dit-elle avant de se mettre à glousser. Viens, viens.

Elle m'entraîne par la main, et Jared suit le mouvement à distance. Je sens son regard perçant sur ma nuque.

Le gravier s'enfonce durement dans mes plantes de pied. C'est l'une des bizarreries de l'endroit : tout le monde s'y balade pieds nus.

Nous dépassons la grande roue qui tourne, sans personne à l'intérieur de ses nacelles. Puis des tentes d'où montent bruissements, gloussements et lumières clignotantes. Le vent glacial charrie des paroles qui m'échappent. La cendre de cigarette de Madame me vole dans les yeux. Quelque chose remue dans le champ de tournesols morts, nous suit pas à pas. Au début, je crois qu'il s'agit d'un animal, puis j'aperçois la tache blanche de la robe de Maddie. Étrange gamine ; même Lilas est de cet avis. Elle dit que sa fille est folle, brillante et merveilleuse. Qu'elle était destinée à un monde meilleur.

Nous marchons jusqu'au grillage, à travers lequel Gabriel et moi avons été traînés contre notre volonté. Du coin de l'œil, je vois Maddie écarter les herbes folles avec ses mains. Dans les ténèbres, ses yeux sont comme deux étincelles. Elle trace des lettres devant elle, mais je n'arrive pas à « lire » ce qu'elle épelle ainsi.

Jared ouvre la clôture sans me quitter des yeux, comme s'il me provoquait. Comme s'il me disait haut et fort : « Vas-y, essaie donc. »

Mais, comme cette première fois où Linden m'avait emmenée hors du manoir pour visiter une expo, je ne cours pas. Quelque chose en moi s'y oppose. Dans l'ombre, Maddie trace ses lettres de façon frénétique.

J'entends le flux et le reflux dans l'obscurité, je sens l'odeur de l'océan. L'appel du large et l'appréhension me cisaillent l'estomac. Je distingue quelque chose. Quelqu'un qui approche.

— Tu vas rencontrer quelqu'un de spécial, me glisse Madame.

Son souffle chaud m'entre dans l'oreille ; la fumée de cigarette s'enroule autour de ma gorge comme un serpent qui siffle.

Je cesse de respirer : la tache de couleur qui émerge des ténèbres, sous la forme d'un homme beaucoup plus grand que moi, est uniformément grise.

Personne ne connaît la raison qui a poussé les Ramasseurs à choisir le gris pour leurs manteaux et leurs camionnettes. Leurs véhicules sont parfois maquillés à la diable, les vitres rendues aveugles par de la peinture dégoulinante, les roues repeintes à la va-vite. Quant aux manteaux, d'après ce que je sais, ils n'ont rien d'un véritable uniforme. Eux aussi teints à la main, ils ne répondent à aucun critère précis en termes de style ou de coupe. Les Ramasseurs forment une caste souterraine, et si certains affirment qu'ils travaillent pour le gouvernement, une chose est sûre : ils se déplacent en meute. Ils se réunissent dans un abri quelconque et attendent qu'une bonne occasion se présente. Peut-être partagent-ils l'argent qu'ils obtiennent en nous revendant, et qui leur permet de faire le plein des camionnettes, d'acheter des munitions et de se procurer alcool et tout ce qui leur plaît.

Je crois bien que l'odeur de ce type m'atteint avant la couleur de son manteau. Un pot-pourri de moisissure, de tord-boyaux et de sueur. Ce doit être laborieux, de kidnapper toutes ces filles. Cela doit les faire transpirer. Surtout quand ils tombent sur celles d'entre nous qui combattent, griffent, les font saigner par tous les moyens possibles.

C'est son sourire qui émerge ensuite. Des dents gâtées, à l'image des sourires approximatifs des filles de Madame.

L'instinct me fait reculer d'un demi-pas, mais la vieille femme me retient par le bras, et je sens ses ongles et ses bijoux de pacotille mordre dans ma chair jusqu'au sang.

L'homme pose une main sur ma joue, et Madame fait signe à Jared qui lève la lanterne au-dessus de ma tête. J'entrevois alors ce qui se trame. La façon dont ce type, ce Ramasseur, inspecte mes yeux, me rappelle mon frère et moi, lorsque nous choisissions une pomme sur un étal de marché. Je vois un éclair de satisfaction s'allumer dans ses pupilles. Je me refuse à accepter la nature précise de ce qui est en train de m'arriver. Jusqu'à ce que Madame énonce un prix.

Et enfin, enfin, je comprends le mot que Maddie s'efforçait de tracer pour moi.

« Fuis. »

Son index s'agite toujours, comme pour hurler.

« Fuisfuisfuisfuis. »

Le Ramasseur proteste, il affirme qu'il peut trouver des filles bien moins chères dans la rue. Sa colère est telle qu'il paraît prêt à cracher. Madame rit en soufflant des volutes de fumée et rétorque :

— Pas comme celle-ci, ça m'étonnerait.

« Fuis. »

Impossible ! Gabriel est retenu prisonnier. Madame le fera exécuter, j'en suis certaine. Dès qu'elle comprendra qu'il est hors de question de faire de lui l'un de ses sbires. Gabriel n'est pas homme à retenir une fille contre la volonté de celle-ci, à porter une arme, et encore moins à s'en servir.

Et en admettant que je m'échappe, jusqu'où irais-je ? Jared, qui m'éclaire avec sa lanterne, se tient à côté de moi, prêt à m'attraper. J'ai la gorge en feu, l'esprit en ébullition.

« Fuisfuisfuis. »

Fuir où ? Comment ?

Le Ramasseur, outré, ne renonce pas pour autant. Madame, qui sait qu'elle finira par me vendre, affiche un air suffisant. J'aurais dû voir venir le coup. À quoi pourrait lui servir une fille de plus ? Toutes celles qui vivent ici sont flétries, desséchées, usées. Son chapiteau est bondé de filles qui sont à divers stades de progression du virus, et que Son Altesse brade auprès des clients. Quand ils en ont fini, ils essuient le sang qu'ont laissé les baisers des mourantes sur leurs trognes mal rasées. Tout a un prix. À quand remonte la dernière pensionnaire en bonne santé, saine de corps et d'esprit, avec des dents blanches ?

Elle m'a confié que je lui rappelais sa fille.

Cette fille qu'elle a trop aimée. Dont la mort a laissé dans son âme une cicatrice indélébile. Elle n'aimera jamais plus.

« Je n'aurais pas dû aimer ma fille comme je l'ai fait. Pas dans ce monde où rien ne dure. »

Le Ramasseur fait une offre plus basse.

« Vous autres enfants, vous êtes comme des mouches. »

Madame exige le double.

« Des roses. »

— C'est du vol ! crache-t-il.

« Vous poussez et vous vous multipliez, puis vous mourez. »

Le prix demandé passe au triple.

— Celle-ci est un bouton d'or, s'exclame Madame, comme si cela pouvait évoquer quoi que ce soit aux yeux de l'homme. C'est une perle. Tu pourras en tirer une fortune en retour.

— Je me fiche pas mal de ses yeux, dit le Ramasseur. Les filles avec des yeux, c'est pas ça qui manque, dans le coin.

— Pas… comme… les siens. (Madame est rouge de colère. Elle m'étreint comme pour me protéger.) Son alliance à elle seule vaut le prix que je demande ! Si tu ne veux pas d'elle, je trouverai un autre acheteur.

Pendant un instant périlleux, je m'autorise une lueur d'espoir. J'ose espérer qu'il ne va pas m'acheter, que Madame va me renvoyer dans une tente, que je vais retrouver Gabriel et fuir avec lui.

Mais le Ramasseur porte la main à sa hanche et, la seconde suivante, je fais face au canon d'un pistolet. Le lumignon fait ressortir la rage dans les yeux du trafiquant de chair humaine, plus intense encore que dans ceux de Madame ; il hurle qu'il a changé d'avis, qu'il me veut pour rien sans quoi il fera en sorte que personne ne veuille de moi. Et Jared aussi a braqué son arme sur le Ramasseur, et le Ramasseur menace Jared à son tour.

J'entends un souffle dans l'herbe haute, comme si le monde entier était hors d'haleine. Mais ce n'est que Maddie qui s'élance depuis le couvert. L'instant suivant, elle pousse l'un de ces cris perçants dont elle a le secret, puis elle s'accroche à l'homme, telle une sangsue, et lui mord la jambe. Le Ramasseur est cueilli à froid. Il tente de se dégager, mais elle est solidement enroulée autour de sa jambe et mord, griffe et vocifère.

L'homme en manteau gris jure, s'époumone, et je ne pense pas qu'il fasse exprès de tirer – je vois la surprise sur son visage quand le coup part –, mais comment se concentrer dans toute cette agitation ? La balle atteint Jared au niveau du bras. Il y a une petite gerbe de sang.

Puis une nouvelle détonation, cette fois issue de l'arme de Jared.

Pour la deuxième fois de ma vie, je vois un Ramasseur s'affaisser et tomber raide mort. Maddie gémit et se love autour de la jambe de Jared, à la manière d'un chat. Il s'accroupit pour la consoler, flatte sa petite tête d'une main tout en continuant à braquer son arme sur le corps du Ramasseur.

— Salopard.

Madame crache sur le manteau gris. Les yeux du Ramasseur sont ouverts et tournés vers les pieds nus de la vieille femme tandis qu'elle écrase le mégot de sa cigarette.

— L'un de mes plus fidèles clients, à qui j'ai vendu toutes mes meilleures filles, crache Madame. (« L'un de mes blus vidèles glients. ») C'est comme ça qu'il me remercie ? s'emporte-t-elle.

Jared murmure des choses tendres à Maddie. Parmi les filles et les gardes, beaucoup ont un faible pour la gamine, considérée comme un genre de mascotte. Mais Jared est son préféré, et il ne fait visiblement pas bon pointer une arme sur lui.

— Et toi ! (La colère de Madame retombe sur son fidèle adjoint. Elle avance à grandes enjambées vers lui, ce qui m'oblige à suivre le mouvement tant bien que mal.) Regarde le merdier que tu me laisses ! Comment vais-je expliquer sa mort à son clan ? Jamais il ne lui aurait tiré dessus, c'était du bluff !

Solidement campé sur ses appuis, Jared fait facilement une tête de plus que moi ; sensiblement plus grand que Madame, il paraît néanmoins tout petit sous les assauts furieux de Son Altesse.

— Je…, commence-t-il en serrant les poings.

Mais Madame le gifle, d'abord en pleine figure, ensuite au niveau de son bras blessé, là où la peau de Jared a été déchirée par le projectile.

— Tu m'as fait perdre une fortune ! L'affaire de toute une vie !

La colère de Madame est telle qu'elle en oublie son faux accent. Elle commence à vociférer sur de prétendus espions, puis sur le fait qu'elle ne fera plus jamais affaire avec les Ramasseurs s'ils ont vent de ce qui vient d'arriver. Ce faisant, elle le roue de coups, à la manière dont Vaughn a dû s'acharner sur Gabriel, le jour où celui-ci m'avait laissée sortir de ma chambre, ce qui lui avait valu de nombreuses ecchymoses et une claudication prononcée. Pourtant, Jared est bien plus grand que Gabriel et nettement plus costaud. Il pourrait casser Madame en deux… mais n'en fait rien. Il subit sans réagir car elle représente son seul foyer, son unique refuge. Jared est le favori de la vieille femme, son bricoleur de génie, mais Madame a tellement souffert de la mort de sa fille qu'elle ne sait plus que haïr au lieu d'aimer. Haïr et cogner.

Jared subit sans se dérober, sans broncher. Seule Maddie réagit. Quand la coupe est pleine, la gamine hurle et se rue sur Madame avec tant de force qu'elles s'affalent l'une et l'autre. Rubis et émeraude de pacotille volent en tous sens.

Puis Madame se sort des griffes de Maddie, se relève et roue la gamine de coups de pied. Les filles se sont approchées et nous encerclent. Elles sont toutes en train de rire ou de hurler, c'est impossible à déterminer, Lilas accourt vers nous dans un froufrou qui donne l'impression d'un film au ralenti, et Jared tient Madame par les bras, il tente de la faire reculer. Il est fort, mais la vieille femme est possédée.

— Vous allez la tuer ! crie-t-il.

— Je sais ! répond-elle en hurlant.

Maddie se replie sur elle-même, les genoux remontés sur la poitrine, les traits masqués par ses mèches noires enchevêtrées. Elle continue peut-être à vociférer, mais si elle crie, le son est noyé sous la clameur des filles et les imprécations sifflantes de Madame.

Jared parvient à tirer Madame en arrière, qui continue à décocher des coups de pied dans le vide. Avec Lilas, nous nous agenouillons près de Maddie ; un court instant, son inertie me fait croire qu'elle est morte.

— Éloignez la petite, braille Jared pour couvrir les hurlements de Madame. Allez-y ! Je la retiens le plus longtemps possible.

Lilas, qui tremble de peur ou de rage, soulève aisément le corps minuscule de sa fille. Je récupère la lanterne là où Jared l'a laissée, à même le sol, et lui emboîte le pas en courant pour suivre le rythme. Mais en me voyant prendre la direction de la tente verte, Lilas dit :

— Pas par là ! Madame l'y trouvera.

Au pas de course, elle dépasse l'incinérateur qui vibre si fort qu'il me fait trembler des pieds à la tête. Madame est extrêmement fière de cette machine grotesque, soudée à l'aide de panneaux de rue et autres enseignes publicitaires où figurent le prix du pop-corn et d'un produit appelé « barbe à papa ». Le fracas est tel à l'intérieur que l'on croirait entendre quelqu'un de vivant, en train de se jeter contre les parois métalliques.

« Ça rend le nettoyache plus facile », m'a un jour affirmé Madame alors qu'elle me tripotait les cheveux, et que son sourire laissait apparaître des dents à la blancheur suspecte. « Il ne reste que de la poussière. »

Qu'est-ce qui pouvait passer par la tête de cette vieille folle pendant qu'elle prononçait ces paroles ? Caressait-elle l'idée de jeter Maddie dans la gueule béante de cette machine, afin d'écouter les cris de la gamine s'évanouir dans le fracas mécanique ?

Son fiel pourrait être pire encore que celui de Vaughn. Mon beau-père est un animal à sang froid. Il a assassiné ma sœur épouse. Mais c'est un prédateur qui approche de façon calculée, tel un aileron en eau trouble, que l'on ne voit venir qu'une fois environné d'eau rougie. Je n'ai jamais vu de feu brûler dans les pupilles de Vaughn comme le brasier qui couvait dans les yeux de Madame, alors qu'elle s'acharnait sur la petite fille. Elle y prenait plaisir. Elle souhaitait la mort de Maddie.

Le souffle court, je me prends les pieds dans ce sari ridiculement long, mais il n'est pas question de m'arrêter. Faire halte, c'est courir le risque de découvrir que Maddie est morte, qu'elle a cessé de respirer ; elle est si petite dans les bras de Lilas, ses membres inertes pendent comme des brindilles.

Nous avons dépassé les jardins de Madame. Les herbes folles nous arrivent à hauteur de hanche. Lilas se fige, tombe à genoux.

— Approche la lumière, dit-elle en reprenant son souffle.

Je m'accroupis et tends le lumignon au-dessus de nos têtes.

La poitrine de Maddie se soulève et redescend. Maintenant que je suis assez près d'elle, je l'entends pousser des sanglots étouffés, de petits gémissements.

— Chut, susurre Lilas en étendant sa fille dans l'herbe. Tout va bien, mon bébé. Tout va bien.

Voyant Lilas déboutonner la robe élimée de Maddie, je m'étonne du fait que personne ne porte jamais de manteau. Il doit y avoir un rapport avec la fumée et le chauffage par le sol de Jared, car maintenant que je suis loin des vapeurs de Madame et des lumières de la fête foraine brisée, je prends conscience du froid ambiant.

Lilas caresse les côtes et les bras de sa fille, grimace quand elle provoque un cri de douleur. Elle marmonne une série d'insultes à l'encontre de Son Altesse, et je vois des larmes perler dans ses yeux noirs.

Maddie tourne vers moi ses iris couleur de lune et de neige. Il n'y a presque pas assez de bleu en eux pour qu'ils se démarquent du blanc. J'ai envie de me détourner – le regard de Maddie me met toujours mal à l'aise –, mais j'en suis incapable. Il est vrai que les enfants malformés me font peur ; je les ai toujours évités au laboratoire où travaillaient mes parents. Leurs traits ont quelque chose de lointain, comme s'ils vivaient dans un monde qui nous échappe. Selon un credo populaire, ils seraient même en mesure de voir les fantômes.

Mais pour l'heure, les yeux de Maddie n'ont rien de distant. Elle me voit et je la vois. Je constate qu'elle souffre, qu'elle est effrayée.

— Nous ne sommes pas très différentes, toi et moi, murmuré-je. Pas vrai ?

Maddie ferme les yeux de façon appuyée, puis elle se tourne vers sa mère, qui est en train de reboutonner sa robe avec soin.

— Je veux tuer cette femme, déclare cette dernière.

— Elle avait déjà fait un truc pareil ? demandé-je.

— Pas comme ça, répond Lilas. Jamais.

— Il fait froid, dis-je. Laisse-moi au moins aller chercher des couvertures.

Lilas secoue la tête.

— Jared ne va pas tarder.

Elle ne se trompe pas : quelques minutes plus tard, nous voyons débouler une silhouette fantomatique à travers les hautes herbes. Une bande de gaze posée à la diable entoure l'avant-bras de Jared. Il apporte des couvertures, des pansements et des flacons remplis de liquides qui semblent tout droit sortis du sous-sol de Vaughn.

— J'ai pris ce que j'ai pu, il fallait faire vite, dit-il à Lilas. Comment va-t-elle ? Quelque chose de cassé ?

Postés autour de Maddie, ils parlent à voix basse à la lueur de la lanterne. La gamine s'est redressée sur un coude tremblant, et Jared lui écarte les paupières pour examiner ses pupilles.

Je reste en dehors du halo lumineux, les yeux rivés sur la scène, à me faire un sang d'encre pour Gabriel que j'ai laissé seul dans cette lointaine sphère de fumée, de lumières vives et de musique. Il faut que j'aille le retrouver. Que je nous sorte d'ici, maintenant que j'ai vu à quel point Madame est dangereuse.

Sans en avoir conscience, je me relève et je me mets à marcher.

— Où vas-tu ? lance Jared.

— Reviens ici, ordonne Lilas. Tu as perdu la tête ?

Mais leurs voix sont trop faibles et trop lointaines pour m'arrêter. Jusqu'ici, bêtement, j'ai cru qu'obéir aux règles imposées par Madame me fournirait l'occasion de filer. Tout comme j'avais obéi à celles imposées par Vaughn, quand j'essayais de fuir ce mariage forcé avec Linden. Jamais je n'aurais pu prédire le caractère maléfique de ces deux âmes. Les corps amassés par mon beau-père ; la joie mauvaise dans les yeux de Madame tandis qu'elle se penchait sur Maddie pour lui assener le coup fatal.

Je comprends, maintenant.

La seule règle qui vaille, c'est la survie du plus fort.

Je me mets à courir, et j'entends quelqu'un me poursuivre dans les hautes herbes.

— Stop.

Le murmure est bouillant de colère.

— Stop. Stop !

Un bras s'enroule autour de ma taille, mes pieds quittent le sol.

— Je ne peux pas le laisser là-bas, m'écrié-je. Tu ne comprends pas !

Je lutte pour échapper à l'emprise de Jared. Son bras est épais, dur comme de l'acier. Levant le coude, je parviens à cogner – fort – au niveau de sa blessure par balle. Il me lâche, profère un juron, et je me remets à courir dès que mes pieds touchent le sol. Mais Jared empoigne un pan de mon sari et me tire en arrière, sans que je puisse me libérer.

— Écoute-moi bien, gronde-t-il. Tu veux aider Gabriel ? Si Madame met la main sur toi maintenant, tu ne seras d'aucune utilité à ce garçon. Tu ne t'en sortiras jamais.

Je lui arrache l'étoffe des mains, furieuse, indignée, mais je sais qu'il a raison.

— Tu le savais ? lancé-je. Tu savais qu'elle comptait me vendre ?

— Je ne m'occupe pas des affaires de Madame. Mais je sais une chose : si elle te trouve, elle ne te laissera plus jamais filer. Quelque chose en toi la pousse à croire que tu vaux une fortune.

— Qu'elle croie ce qu'elle veut. Il faut que je le sorte de là. Qu'elle essaie seulement de m'en empêcher !

Il y a tant de colère en moi que je la sens bouillonner dans mes veines. Je sais bien que j'ai cessé d'être rationnelle, que la rage qui m'habite ne va pas me rendre plus forte ou irrésistible. Je sais que la situation me dépasse, que j'ai entraîné Gabriel dans cet enfer. Mais au point où j'en suis, tout ce qui me reste, c'est l'énergie de tenter quelque chose.

Derrière moi, Lilas hèle Jared, affirme qu'il y a un problème, que Maddie crache du sang. Paniquée, elle l'implore de venir l'aider, de cesser de se faire du souci pour moi. Et elle a raison ; il en est conscient.

— Pas de bêtise, me met-il en garde.

Mais la seule bêtise consisterait à rester les bras ballants sans essayer d'arranger les choses.

Jared va de son côté, et moi du mien.

Dans la tente verte, Gabriel somnole à moitié, ses yeux bleus écarquillés. Quand il me voit, il tente vainement de se ressaisir.

— M'ont injecté un truc, dit-il en butant sur chaque mot. L'heure de mourir, ils ont dit. Les chevaux sont devenus tout flous.

Madame avait bien préparé son coup, en mettant Gabriel KO afin qu'il ne soit pas en mesure de voler à mon secours. Pour me vendre au plus offrant.

Je m'accroupis dans l'entrée. Derrière moi, le vent mugit, comme invoqué par Madame en personne. Je suis certaine qu'elle est en train de courir vers nous ; à son arrivée, la messe sera dite. J'ignore en quels termes, mais elle sera dite.

— Il faut qu'on parte, dis-je en tendant la main vers lui.

Il se lève péniblement et lance :

— Vite. Pas de temps à perdre.

Le vent hurle.

Non. Ce n'est pas le vent.

Les filles. Ce sont les filles de Madame qui hurlent.

7

J'AI ENTENDU quelqu'un accourir vers moi. De cela, je me souviens. En me retournant, j'ai vu Madame, entourée d'un halo de cheveux blancs épars. À la lueur de tous les lumignons, certaines mèches semblaient blondes. Elle avait un bras levé. *Un couteau*, ai-je pensé. Qu'elle s'apprêtait à me planter dans le cœur. Ma fin approchait.

Mais l'objet qui étincelait dans sa main était trop petit pour être une arme. Effilé, argenté. Quand il s'est planté dans mon épaule, j'ai su de quoi il s'agissait.

Une seringue. Le mot m'est apparu devant les yeux, avant que les ténèbres m'engloutissent en vagues successives.

Désormais, des informations me parviennent de nouveau. Un pouls. Un souffle. Un murmure.

Quelque chose frotte contre ma main, et peu à peu, je sens mon corps se matérialiser. Mais je n'arrive pas tout à fait à ouvrir les yeux. Pas encore.

— C'est fait, annonce une voix.

Une voix sombre de baryton. Jared.

— Elle est morte.

Est-ce de moi qu'il est question ? Peut-être suis-je morte. Peut-être la seringue était-elle remplie de poison, et maintenant, mon esprit reste bloqué dans mon corps. Une fois dans l'incinérateur, ressentirai-je la morsure des flammes ?

— Laisse-moi voir le corps, dit Madame. La robe est sûrement récupérable.

— Je… j'ai tout mis dans l'incinérateur, Madame. Ça faisait un choc à Lilas.

— Bah ! s'emporte la vieille femme. C'est sa faute. (« Za vaute. ») Elle aurait dû me laisser noyer cette gamine inutile dès la naissance.

Non, ils ne parlent pas de moi. Je sens toujours mon cœur qui bat, et qui se serre lorsque je comprends ce qui s'est passé. Madame et Jared parlent de Maddie. Maddie est morte. Incinérée.

Mais ces deux-là ont vite fait de changer de sujet. Madame s'intéresse davantage à la blessure par balle de Jared, elle dit qu'il y a un risque d'infection, et qu'elle n'a pas les moyens d'acheter les médicaments nécessaires.

— Où est cette idiote ? lance Madame. Elle sait y faire, avec les plaies…

— Laissez-lui le temps de se remettre, plaide Jared.

— Sottises…

Leurs voix s'estompent. Je me sens dériver.

Quand je me réveille de nouveau, je m'aperçois que je peux serrer le poing. Dans le rêve que je viens de quitter, j'étreignais quelque chose d'important, mais j'ai oublié de quoi il s'agissait. J'ai seulement conscience de la sensation de vide dans ma main.

Je parviens à ouvrir les yeux et découvre un univers intégralement jaune. Plus précisément de la couleur des renoncules.

Une année, divine surprise, le jardin de ma mère s'en était littéralement tapissé alors qu'elle menait des expériences avec des graines et du compost. « Regarde », m'avait-elle dit en s'agenouillant. J'étais toute petite, à l'époque ; assez pour faire mine de me perdre dans ce lopin de terre, qui m'avait paru bien modeste à la mort de ma mère. Les rayons du soleil brûlaient mes épaules dénudées. J'aimais enfoncer mes doigts dans la terre froide, en quête de vers qu'il me plaisait de voir remuer. Quel spectacle ils offraient, en rétractant et allongeant leur corps rose et beige entre mes doigts…

— Des renoncules, avait annoncé ma mère.

De petites fleurs jaune d'or, aux pétales brillants, qui avaient surgi de terre.

Mon frère, armé d'un bâton en guise d'épée, parait et frappait non loin de là.

— De simples mauvaises herbes, avait-il déclaré.

J'entends le souffle du vent. Tout ce jaune ondule sans cesse autour de moi, et je désespère en prenant conscience que je suis dans l'une des tentes de Madame.

Je n'ai pas encore la force de lever la tête ; la périphérie de mon champ de vision est brouillée, mais j'entends quelqu'un respirer à côté de moi. Je sens une main se poser sur la mienne. Une voix susurrer mon nom. Une voix épuisée, terrifiée.

Gabriel. Je voudrais lui répondre, mais mes lèvres refusent de bouger.

— Ferme les yeux, chuchote-t-il. Quelqu'un vient.

Je m'exécute, mais je perçois toujours l'omniprésence du jaune derrière mes paupières baissées. Quelqu'un ouvre le rabat de la tente, un courant d'air glacial s'engouffre à l'intérieur. Il devrait m'arracher un frisson, mais je perçois ce froid comme une information abstraite.

— Elle ne peut pas les laisser comme ça. (La voix de Lilas.) Regarde-les. Ils vont mourir.

— Elle veut se débarrasser du garçon dès ce soir. (Le timbre grave de Jared semble encore plus menaçant et sinistre lorsqu'il parle à voix basse.) Un autre acheteur vient voir la fille.

J'essaie de me concentrer sur ce qui vient d'être dit. Je sais que c'est important, mais mon cerveau refuse de coopérer. Je ne sors des ténèbres que par intermittence.

D'une façon ou d'une autre, j'ordonne à mes doigts de bouger, et ils viennent frotter ceux de Gabriel. Exerçant un meilleur contrôle que moi sur son corps, il me prend la main et la serre fort.

Nous sommes promis à quelque chose d'épouvantable. Comment m'y opposer ? Je n'arrive même pas à étreindre la main de Gabriel…

Cette fois, quand je me réveille, le choc est brutal. On me soulève par les poignets ; j'écarquille les yeux ; ma tête part en arrière avec tant de violence que je crains d'entendre ma nuque céder.

— Allez, debout ! fait la voix.

Je vacille. Debout, je le suis, mais cela ne dure pas. Je bascule en avant ; on m'aide à me redresser.

J'essaie de dire « Quoi ? », mais rien d'intelligible n'a dû sortir de ma bouche.

On me pousse à l'extérieur. Tout est noir. Pas d'éclairage de fête foraine. Pas de grande roue. Et pas davantage de musique.

Je sens des mains me pousser dans le dos, on m'ordonne d'avancer mais j'en suis incapable. J'ai les jambes en coton, engourdies. Je sens mon estomac se soulever, et sans crier gare, je vomis dans le battement de cœur suivant.

J'entends jurer, marmonner. Je suis encore en train de hoqueter quand un individu me balance sur son épaule et se met à courir. Je sais qu'il ne s'agit pas de Gabriel ; jamais il ne ferait preuve d'une telle violence envers moi.

Tout autour de moi, je distingue des chuchotis affolés, et les pieds nus qui martèlent le sol m'indiquent que des gens se précipitent de tous côtés. Je ferme les yeux et m'efforce de dompter mes haut-le-cœur. Je ne peux rien faire d'autre. C'en est terminé de la fête foraine. Les filles de Madame, d'un naturel alangui, détalent sous l'effet de la terreur. Maddie est morte, son petit corps a été réduit en cendres. Le monde est devenu complètement fou.

Puis, soudain, la personne qui me porte cesse de courir. Me pose au sol. Me tient dans ses bras pour m'empêcher de m'écrouler.

Je ne vois pas grand-chose dans ces ténèbres, mais je reconnais le contour de ces larges épaules. J'aperçois la gaze enroulée autour du bras. Jared.

— Qu'as-tu fait ? (Sa voix est basse, caverneuse.) Quel mauvais sort as-tu jeté sur cet endroit ?

— Je ne… (J'appuie une paume sur mon front afin de m'éclaircir les idées.) Je ne sais pas de quoi tu parles.

— Il y a des gens qui te cherchent, poursuit-il. Madame a ordonné le black-out ; elle craint de voir des espions débouler et tuer tout le monde pour te retrouver.

— Madame est folle, dis-je.

Je papillonne des yeux, histoire de reprendre mes esprits. Au-dessus de nos têtes, l'intensité lumineuse des étoiles se fait anormalement forte, puis diminue. Le sol tangue sous mes pieds.

— Pas cette fois, rétorque Jared. (Je sens ses doigts s'enfoncer dans ma peau quand il me redresse.) Il y a un type au portail ; il en a après toi.

Réveille-toi! m'exhorté-je. Le produit que l'on m'a injecté dans les veines garde ma cervelle en otage.

— Qui ? dis-je en sentant un horrible goût cuivré dans ma bouche.

— Un maître domanial, répond Jared. Il prétend que tu lui appartiens.

Je ressasse mentalement ces paroles. Quand leur sens finit par m'apparaître, mon sang se glace. C'est impossible. Maître Vaughn aurait retrouvé ma trace ? Mon beau-père jouait le rôle du savant fou, c'est vrai, mais son pouvoir ne s'exerçait pas au-delà des portes du manoir.

Je regagne assez de présence d'esprit pour me libérer de l'emprise de Jared. La tête me tourne, mon estomac est secoué de spasmes. Autour de moi, j'entends des insectes bourdonner et s'agiter. L'herbe sèche chatouille mes jambes nues.

— Où est-il ? dis-je.

J'ignore où nous sommes, mais je perçois le bruit de l'incinérateur, ce qui signifie que nous sommes loin de la grande roue et des chapiteaux. Les parages immédiats bruissent de murmures et de mouvements furtifs. Soit je suis victime d'hallucinations, soit tout le monde se cache.

Jared se tourne vers moi, et je ne vois que le blanc de ses yeux.

Sans les lumières et de loin, au clair de lune, la fête foraine ressemble à une esquisse inachevée de Linden, toute en lignes, en arêtes et en angles. J'ai l'impression d'avoir basculé par mégarde dans le monde irréel de son carnet à croquis.

— Madame m'a dit de te cacher jusqu'à ce qu'il propose une récompense correcte.

Elle a beau être folle, elle n'en garde pas moins le sens des affaires…

Autour de nous, les murmures s'intensifient. L'herbe a poussé plus haut que ma tête, se penche vers moi, s'enroule autour de mes bras et jambes, de ma gorge. Je cligne des yeux, et tout s'arrête.

—Il ment, dis-je. Quoi qu'il ait pu dire, c'est un mensonge. Je ne connais aucun maître domanial, et je n'appartiens à personne.

—Vraiment ? lance Jared. (Il croise les bras, son ombre double de volume puis revient à sa taille normale.) Il m'a semblé en savoir très long sur toi… Rhine.

Mon prénom. Il connaît mon prénom. Et toutes les voix qui s'élèvent autour de moi le répètent désormais en chœur étouffé.

Puis mon prénom est hurlé à travers l'étendue de la fête foraine à l'abandon. Madame. Je me tourne vivement dans la direction de cette voix, mais Jared reste sans réaction. J'entends des pas qui s'approchent de moi, sans qu'une silhouette émerge de l'obscurité.

Tu es victime d'hallucinations. C'est à cause de ce que l'on m'a injecté. De cette fumée que l'air froid charrie en permanence.

Jared brandit un filet géant dans lequel il compte m'emprisonner. Mais quand il l'enroule autour de mes épaules, je me rends compte qu'il s'agit d'une pèlerine.

Une voix plus douce lance :

—C'est ton vrai prénom, « Rhine » ?

Lilas se redresse dans l'herbe haute. Est-elle restée cachée tout ce temps dans le pré des murmures ?

Je ne lui réponds pas.

Lilas me prend par la main. Ses doigts sont doux, petits et froids. Elle passe le pouce sur mon alliance et poursuit :

—C'était si terrible, le mariage ? Pire que cet endroit ?

C'est une bonne question, et dans mon trouble actuel, je ne puis qu'y répondre honnêtement.

—Non. Ce n'était pas pire qu'ici.

J'avais un lit confortable. Un mari qui m'adorait. Des sœurs épouses pour apaiser ma solitude – ou, la plupart du temps, pour que nous l'affrontions en commun. Je devrais peut-être m'avouer vaincue. Arpenter une dernière fois cette fête foraine décrépite pour me rendre à Vaughn, et finir de reprendre mes esprits sur la longue route jusque chez moi.

Chez moi. Les murmures dans les hautes herbes me renvoient ces deux mots. Chez moi.

Chez moi, ce n'est pas dans ce manoir. Sous l'étage confortable que j'occupais avec mes sœurs épouses, une réalité plus sombre est tapie. Je revois la main sans vie de Rose dépasser du drap, Jenna mourir sous mes yeux, ce récit à propos de l'enfant mort-né de Rose et Linden. Une accumulation de mort et de destruction, imputable à un seul homme : celui qui m'a suivie jusqu'ici.

— Je ne peux pas y retourner. (Je sens que je reprends mes esprits petit à petit.) Tu n'as pas idée de ce dont ce type est capable. S'il ne me tue pas, il me fera bien pire. Il a *déjà* fait pire. (Ma voix se brise.) Où est Gabriel ? Il faut qu'on parte.

Je ne voulais pas dire son nom à voix haute devant les autres, mais quelle importance, désormais ? La folie absolue règne.

Lilas et Jared échangent un regard hésitant.

— Non, lui souffle Jared d'une voix presque imperceptible.

— Qui protèges-tu ? Madame ? Pourquoi ? (Je me tourne vers Lilas.) C'est un monstre. Elle a tué ta fille !

— Chut ! implore l'intéressée en me prenant par le bras.

Alors qu'elle commence à m'éloigner, Jared s'exclame :

— Elle n'a fait que nous attirer des ennuis. On devrait laisser tomber et la livrer.

— Tu sais bien que j'en suis incapable, réplique Lilas. (Elle me tire par le bras.) Viens.

J'ignore si c'est la voix de Jared ou celle de mon frère qui nous murmure d'une voix pleine de hargne :

Tu es trop sentimentale.

8

LA PRAIRIE semble s'étendre à l'infini.

Je mets un long moment à comprendre que nous ne nous éloignons pas de la fête foraine de Madame, mais que nous la contournons. Lilas me guide en me tenant par le poignet. L'herbe haute murmure des secrets dans des dialectes oubliés et s'accroche à mes chevilles.

— Qu'est-ce qu'elle m'a injecté ? dis-je.

J'ai souhaité parler le plus bas possible, mais ma voix ricoche sur le sol avec fracas. Pourtant, Lilas semble ne pas m'avoir entendue.

— Pourquoi suis-je comme ça ?

Le monde m'apparaît comme une bulle géante sur le point d'éclater dans une gerbe d'abeilles et de mots. J'avance en prenant soin de ne pas déranger cette bulle, tout en étant consciente que mes perceptions sont gravement faussées.

Au-dessus de nos têtes, j'aperçois les nuages qui se tordent et font des bonds dans le ciel nocturne, venant occulter les étoiles. Le tonnerre gronde mon prénom, m'avertit.

— C'est du sang d'ange mélangé à un dépresseur pour te maintenir endormie. Pourtant, tu t'es battue comme un beau diable ; un peu plus, et tu lui crevais un œil.

— Ah bon ?

Je n'en garde aucun souvenir. Tout comme je n'avais gardé aucun souvenir des cauchemars consécutifs à l'ouragan, et dont Linden affirmait avoir été témoin. La perte de mémoire est possiblement le seul effet secondaire miraculeux de cette drogue.

Lilas rit et poursuit :

— Son Altesse t'aurait probablement tuée sur place si tu n'avais pas représenté un tel pactole à ses yeux.

— Elle m'a confié que j'avais les cheveux de sa fille, dis-je.

Quand je parle, les voix qui sortent de l'herbe semblent moins fortes ; je commence à me sentir plus éveillée à mesure que je m'exprime et que j'avance. Peu m'importe où nous allons.

— Tu as connu la fille de Madame ?

— Non. Elle est morte avant mon arrivée, répond Lilas. Mais Jared l'a connue. Il a grandi ici.

— Elle a parlé d'assassinats…

— Son chéri (elle met du dégoût dans ce mot) était un médecin respecté, ce genre de truc. Lui et sa fille, ils ont été liquidés lors d'une émeute pronature. D'après Jared, ça l'a vraiment secouée.

Je ne lui avoue pas que mes parents ont connu le même sort. Les pronature s'opposent aux recherches des proscience qui s'efforcent de trouver un remède au virus qui touche tous les nouveau-nés.

— Je peux imaginer ce qu'elle a dû ressentir, ajoute Lilas d'une voix grave.

Elle peut l'imaginer ? Elle peut même faire mieux que cela : Maddie est morte. Jared l'a affirmé. Son corps a été brûlé.

C'est ainsi que je me sais victime d'une hallucination quand, dès que nous cessons de marcher, l'herbe s'écarte pour me laisser entrevoir les yeux irréels de Maddie braqués sur moi.

Lilas s'agenouille à côté de sa fille, l'oblige à se recoucher, lui susurre des mots doux.

Tout cela n'est pas réel. C'est le sang d'ange qui me joue un nouveau tour.

Dans les ténèbres, je distingue à peine un corps qui bouge, près de celui de Maddie. Mon esprit, peu fiable dans son état actuel, n'enregistre pas l'identité de l'individu avant que celui-ci se retrouve debout face à moi.

Je sens ses doigts se mêler aux miens, serrer fort.

— Gabriel, lâché-je d'une voix aussi tendue que ma respiration suivante est heurtée.

Je le répète, encore et encore, jusqu'à ce qu'il m'attire contre lui et que je sente mes genoux fléchir.

— Je suis désolée. (La chaleur irradie de sa peau tandis que je lui murmure dans le cou.) Je suis tellement désolée.

— J'aurais dû être capable de te protéger.

Sa voix rauque me rappelle que, pendant que je vivais mon enfer personnel, il a dû connaître le sien.

— Non.

Je secoue la tête, empoigne le tissu de sa chemise. Je ne reconnais pas le vêtement élimé qu'il porte. Peut-être Lilas lui a-t-elle donné ce qu'elle a trouvé avant de le cacher ici, loin de Madame.

Mon Dieu. Je m'écrase contre lui.

— J'arrivais à peine à bouger, dit-il. Je t'ai entendue pleurer dans ton sommeil. Te défendre contre cette femme. Mais je n'ai rien pu faire.

— Tout ça est très romantique, murmure Lilas d'une voix sèche, mais baissez-vous ou on va tous se faire pincer.

Maddie pousse un gémissement à briser le cœur ; sa mère l'embrasse sur le front et lui dit : « Je sais, mon bébé. »

Quelqu'un d'autre se tient accroupi dans l'herbe. Je crois reconnaître la petite fille qui s'était occupée de Gabriel. Elle s'adresse à Lilas :

— Elle a bien le bras cassé. J'ai fait mon possible, mais la fièvre ne baisse pas. L'air froid n'arrange rien.

Il est ensuite question de pneumonie et d'infection, mais Lilas garde son calme, tout comme moi quand je voyais Jenna souffrir en sachant que je ne pouvais rien y faire.

— J'ai cru que Maddie était morte, murmuré-je afin que seul Gabriel puisse m'entendre.

— Ils l'ont cachée, me répond-il. Tout le monde se cache ; cette femme, cette Madame, leur a flanqué une peur bleue.

— C'est à cause de Vaughn. Il me cherche.

Je n'entends pas la réponse de Gabriel car, soudain, la fête foraine s'illumine ; Jared crie à Lilas de revenir, que tout va bien, que Madame ne lui veut aucun mal. Qu'elle ne veut de mal à personne. Allez, les filles, revenez.

Lilas s'aplatit dans les hautes herbes et nous fait signe de l'imiter. Le halo lumineux ne nous atteint pas tout à fait, mais je me rends compte avec horreur qu'en dépit de ce qui m'a paru être plusieurs kilomètres de marche, nous sommes toujours proches de la fête foraine. Et que nous nous trouvons à l'intérieur du périmètre grillagé.

D'autres filles se relèvent timidement.

— C'était une fausse alerte ! s'époumone Madame. Il n'y a aucun espion ! Rien qu'un monsieur qui souhaite faire affaire avec moi. Le travail est suspendu jusqu'à ce que ladite affaire soit réglée. Revenez donc vous faire belles. *Vite, vite !*

Elle tape dans ses mains. L'écho se confond dans un roulement de tonnerre.

— *Vite, vite !*

Le corps de Gabriel me couvre partiellement. J'entends sa respiration sifflante, je sens la barbe rêche de son menton frotter sur mon visage. Son étreinte se raffermit.

Je tiens mes poings serrés contre mon corps. Je retiens ma respiration. Vaughn est ici. Je sens presque sa présence. L'écho de ses pas qui approche, comme dans les couloirs de son sous-sol.

Je ne peux pas le laisser me capturer une seconde fois. En tant qu'épouse de Linden, je servais au moins à quelque chose. J'occupais les pensées de mon mari, je le maintenais en vie, je l'éloignais du chagrin causé par la mort de sa première épouse, Rose. Mais si je retourne au manoir, Linden m'aura très certainement tourné le dos. Vaughn sera libre d'agir comme bon lui semble. Il pourra me droguer, me tuer, me disséquer, arracher mes iris bicolores pour les étudier au microscope.

Je laisse échapper un sanglot.

Si nous sommes assez loin des lumières pour nous cacher dans l'ombre, j'y vois assez pour constater que Lilas me regarde. Jared la hèle et crie mon faux nom, Bouton d'or ; il nous exhorte à nous montrer. Elle secoue la tête.

Jared s'exprime à nouveau, sans élever la voix, ce qui m'oblige à tendre l'oreille pour l'entendre. Je crois qu'il s'adresse à Madame.

— … pas trop où elles ont pu aller. Pas bien loin. Tout est bouclé.

— … fichue anguille…, répond Madame sans accent.

Sa vraie voix est sèche, âpre, délibérément mauvaise. Mais je ne peux m'empêcher de penser que cette femme fut autrefois jolie, peut-être même gentille.

Pour l'importance que cela a aujourd'hui…

La voix qui s'élève ensuite est joviale, presque rieuse.

— Très chère ? Tu n'as aucune raison de te cacher. Viens donc.

Vaughn. L'émotion qui me gagne est telle que je manque une partie de la suite et reprends le fil à :

— … Linden se fait du souci pour toi. Cecily est morte d'inquiétude.

Je ferme les yeux, désireuse de retrouver le délire dans lequel j'étais plongée quelques instants auparavant, quand les mots qui me parvenaient n'avaient aucun sens précis. Mais Linden et Cecily refusent de s'effacer. Mon mari mélancolique ; ma jeune sœur épouse déjà flétrie, toujours en train d'essayer de calmer un bébé qui pleure sans cesse dans ses bras.

C'est un piège. Même si je regagnais le manoir, je ne les retrouverais pas. Vaughn ferait en sorte que l'on n'entende plus jamais parler de moi.

Je suis comme pétrifiée. Peut-être ai-je cessé de respirer ; jamais je n'ai connu pareil effroi. Jamais. Même dans cette camionnette. Même en entendant les coups de feu claquer.

Vaughn continue :

— Très chère, sors de là. Rhine, sois réaliste. Tu n'as nulle part où aller. C'est nous, ta famille.

Ma famille. Non. Contrairement à mes sœurs épouses, aux filles qui sont ici et aux milliers de leurs semblables qui peuplent les rues, je sais ce que c'est qu'une vraie famille.

— C'est eux ? dit Jared.

Des foulées dans l'herbe, quelqu'un qui approche au pas de course. Je tressaille, mais la silhouette sombre et massive de Jared me dépasse, enjambe adroitement Maddie et Lilas d'un seul bond et continue sur sa lancée. Au passage, il laisse choir quelque chose. J'entends le bruit sourd que produit l'objet en heurtant le sol, puis Lilas le ramasse et le fourre dans son sac.

Il est en train de les éloigner de nous. À peine ai-je compris cela que Lilas rampe vers Gabriel et moi, et nous pousse dans une autre direction. Tout ce que je vois, c'est sa bouche qui forme le mot « Filez ».

Nous obtempérons, aussi vite et silencieusement que possible. Gabriel me bouscule, à moins que ce soit l'inverse : courir accroupi n'a rien d'évident. Le vent est si violent qu'il agite les herbes hautes, autant que notre progression.

Lilas nous emboîte le pas, Maddie calée sur le dos.

Vaughn, Madame et Jared m'appellent, seul mon nom retentit, il semble venir de partout à la fois, telle une averse. Vaughn essaie également d'autres approches, il me dit que le bébé de Cecily est malade, peut-être même mourant. Que Linden n'est pas sorti de sa chambre, qu'il dépérit.

— Ce n'est pas vrai, murmuré-je dans ma course. Ce n'est pas vrai, ce n'est pas vrai.

— Chut, fait Lilas.

Le courant est de nouveau coupé dans un grondement sourd. Madame commence à insulter Jared qui rétorque :

— C'est le vent, il a dû renverser l'un des générateurs.

Il n'y a ni musique de fête foraine ni lumière ni gloussements féminins, et sans ces éléments, l'aspect cauchemardesque des lieux double d'intensité et change de forme.

Puis j'entends un bruit métallique : mon corps vient de heurter quelque chose. Je tends la main, et mes doigts passent à travers un maillage de fils de fer. Un grillage. Gabriel tâtonne lui aussi, il essaie peut-être de déterminer s'il est possible de l'escalader.

— Il est électrifié, susurre Lilas, hors d'haleine. En temps normal, on entend le bourdonnement. Mais là, le courant est coupé.

— Combien de temps avons-nous ? s'enquiert Gabriel.

— Pas beaucoup. Si Jared ne le rétablit pas en vitesse, Sa Puante Altesse Royale comprendra qu'il y a anguille sous roche.

Déjà occupée à grimper, je me retourne pour voir si Gabriel a besoin d'aide. Mais il n'a aucun mal à suivre et atteint même le sommet de la clôture avant moi.

Lilas suit elle aussi, ralentie par la tâche qui consiste à maintenir Maddie dans son dos.

Le grillage n'est pas très haut ; Gabriel m'aide à en franchir le faîte. Puis nous prêtons main-forte à Lilas, bien en peine à cause du bras cassé de sa fille qui l'empêche de s'agripper correctement.

— Attends, ce sera plus facile comme ça, dit Gabriel en empoignant Maddie, qui gémit et se met à sangloter.

Lilas tente de la faire taire mais les sanglots s'amplifient, et je devine qu'ils vont bientôt déboucher sur une crise de larmes. À la suite de Gabriel, je saute dès que je me retrouve à environ un mètre du sol. Maddie est blottie dans ses bras, et l'odeur salée de ses larmes me parvient alors même qu'il fait trop sombre pour les voir couler.

Lilas a tout juste dépassé le sommet de la clôture quand sa fille se met à hurler.

9

CE HURLEMENT fait office de sirène et suscite une nouvelle vague de panique dans la fête foraine. J'entends des cris portés par le vent, qui disent « Par ici ! » et « Là ! ».

Je plaque une main sur la bouche de Maddie. Elle a beau me mordre et crier tout son saoul, je n'en ai cure. Ma colère est telle que je ne sens pas ses dents s'enfoncer dans ma chair, et je me fiche pas mal de l'éventuel traumatisme que je lui cause.

Après avoir arraché Maddie aux mains de Gabriel, je continue à étouffer ses cris et nous commençons à nous éloigner. C'est alors que les lumières reviennent. L'électricité qui circule dans le grillage produit un bourdonnement. Nous nous accroupissons dans l'herbe haute qui paraît s'étendre à l'infini. Une prairie gloricusc, mcrvcillcusc, à l'infini. J'apcrçois la frêlc silhouctte dc Lilas, secouée par le courant électrique. Alors que je m'attends à la voir mourir, elle s'élance de notre côté de la clôture et heurte le sol dans un bruit mat qui me parvient malgré les bourrasques. Même Maddie se tait, fascinée.

Lilas bouge imperceptiblement, tente de se redresser. Elle mobilise ses dernières forces pour lancer le sac qui pendait à son épaule. Il rebondit sur la cheville de Gabriel, qui s'en saisit aussitôt.

Les lanternes accourent vers elle comme autant de lucioles. Quand Jared crie son nom, je ne décèle aucune trace de cruauté, uniquement de la compassion. Lilas parvient à s'appuyer sur un coude et se tourne vers moi. À travers les herbes hautes, elle me regarde droit dans les yeux.

Puis elle fait face à Jared, qui se tient de l'autre côté du grillage et lui demande si elle a quelque chose de cassé.

— Ils ont filé, l'entends-je dire.

Madame arrive à la clôture, se fige à deux pas du bourdonnement mortel et se met à glousser :

— Petite idiote.

Vaughn arrive ensuite ; grand, calme et élégant, il fait figure de version plus âgée de son fils. Mais, contrairement à ce que je pense de Madame, je ne peux imaginer un Vaughn gentil à quelque période de sa vie.

Pour l'heure, tous semblent se focaliser sur la façon de faire revenir Lilas à l'intérieur du périmètre électrifié. L'intéressée n'a pas un regard dans notre direction.

Maddie est toujours silencieuse, mais je garde une main plaquée sur sa bouche, au cas où elle se remette à vagir. Qui pourrait lui en vouloir ? Posant mon autre main sur son front, je rabats ses mèches en arrière dans un effort dérisoire qui vise à l'apaiser ; je constate au passage qu'elle est brûlante de fièvre malgré l'atmosphère glaciale de cette nuit de janvier. En l'absence de source de chaleur, la petite va décliner très rapidement.

Gabriel en a visiblement conscience car il s'approche et cale une Maddie tremblante entre son corps et le mien.

— Accroche-toi, murmuré-je.

Le fil des événements suivants semble prendre une éternité à se dévider. Jared coupe de nouveau le courant, escalade la clôture, récupère Lilas puis la ramène auprès de Madame, laquelle émet un rire qui ressemble au coassement d'une grenouille. Tout le monde parle à la fois, mais pas assez fort pour que je distingue leurs propos.

En fin de compte, Lilas, Jared, Madame et Vaughn retournent au cœur de la fête foraine, l'électricité est rétablie et la musique reprend. Vu d'aussi loin, le campement paraît presque accueillant. Puis Gabriel dit :

— Elle va mourir, et nous avec, si on ne trouve pas un coin où se réchauffer.

J'ai à peine conscience du froid ambiant. À cause de cette drogue étrange qui coule dans mes veines, je n'ai pas l'esprit aussi clair que je le voudrais. À voix basse, placidement, j'annonce à Maddie que je vais cesser de lui couvrir la bouche, qu'il faut qu'elle soit courageuse et reste tranquille. Je lui promets qu'elle pourra pleurer tant qu'elle voudra par la suite.

Elle semble comprendre. À moins qu'elle soit trop faible pour protester. Quoi qu'il en soit, elle n'émet aucun son lorsque je retire ma main. Gabriel la prend dans ses bras et nous entamons notre fuite à travers les hautes herbes, sans savoir où elle va nous mener.

Alors que nous nous éloignons, j'ai une fois de plus l'impression que tout a été trop facile.

Le panneau indique « Votre avenir pour un dollar en cash ou en troc », avec une faute grossière à chaque mot ou presque.

Peu à peu, la nuit a pris fin ; le ciel a viré au gris, puis des nuances de brun et de rose sont apparues sous la voûte étoilée qui se modifiait progressivement. Mon corps, détaché de mon esprit, a avancé tandis que le monde prenait forme dans le jour naissant. Je me suis imaginé que les étoiles étaient les perles et les diamants incrustés dans le pull tricoté par Deirdre, regrettant amèrement de ne pas sentir sa chaleur délicate contre ma peau. Je ne pourrai plus jamais le récupérer ; je suis condamnée à porter cet horrible sari jaune dans lequel je me prends les pieds. Gabriel m'a aidée à déchirer le pan d'étoffe faisant office de ceinture, puis nous avons emmailloté Maddie dans cette couverture de fortune, ce qui l'a un peu réchauffée.

Il n'y avait pas grand-chose dans le sac que Lilas nous a lancé avant de se laisser capturer. Des bottes et un manteau, lâchés par Jared à notre intention lorsqu'il lançait Madame sur une fausse piste. Trop grand pour Maddie, le manteau a lui aussi servi de couverture. Nous avons enroulé la gamine dedans, ce qui a fait cesser son claquement de dents. Le sac contenait également un vieux livre d'enfant. Des fraises ramollies, enveloppées dans un torchon gorgé de jus. Un morceau de pain rassis. Une gourde rouillée remplie d'eau. Une seringue et un flacon contenant un liquide beigeasse que j'ai identifié comme cette saleté de sang d'ange. L'eau a été la bienvenue, mais avec Gabriel, nous étions trop malades pour manger ; Maddie, elle aussi, a obstinément refusé de s'alimenter.

La neige virevolte au ras du sol comme une poudre enchantée. Plusieurs heures auparavant, la prairie a cédé la place à des entrepôts vides et autres bâtiments squelettiques, débarrassés de leurs murs et de leur contenu. J'ai dit alors que ce pillage systématique portait la marque d'un semblant de civilisation dans les parages. Gabriel a rétorqué en grommelant que ce devait être un *pauvre* semblant. Pendant ce temps, Maddie dormait, le souffle heurté.

Le temps a fini par me donner raison, car nous voici devant un petit édifice dont la cheminée fume. « Édifice » est un terme flatteur : la cahute, à peine plus grande que Gabriel, est constituée d'un assemblage de plaques de tôle et de panneaux de bois. Le seul vrai mur, qui dépasse le toit d'un étage, est celui de la cheminée. Cette paroi en brique est tout ce qui reste d'une maison. La cabane qui s'appuie dessus est dépourvue de fenêtre, même condamnée.

Gabriel fait passer Maddie sur son autre bras. Il l'a portée toute la nuit sans jamais se plaindre, mais il doit être à bout de forces. À la lumière du jour, je distingue des cernes sombres sous ses yeux, et le bleu de ses iris a perdu de son intensité. Il a fallu s'arrêter à plusieurs reprises, quand l'un ou l'autre était victime d'un coup de fatigue, terrassé par le sang d'ange et l'épuisement. Il semble sur le point de s'effondrer, et je ne dois pas avoir l'air beaucoup plus en forme.

C'est moi qui m'approche de la porte – une vraie porte, dont les charnières ont été soudées à une plaque métallique. Je fais mine de frapper quand Gabriel lâche à mi-voix, sur un ton dur :

— Tu es folle ? Et s'il leur prend l'envie de nous assassiner ?

— Ce serait fâcheux, dis-je sur un ton qui me fait paraître plus exaspérée que je ne le suis.

Il me touche le bras comme pour m'inviter à reculer, mais je n'en fais rien et me tourne vers lui.

— Nous n'avons pas le choix. Nous sommes épuisés, malades, et je n'ai vu aucun palace dans le coin. Toi si ?

Maddie, la joue collée à l'épaule de Gabriel, ouvre les yeux. Ses pupilles sont contractées et son regard, d'ordinaire distant, n'est pas aussi inquiétant que d'habitude. Pour la première fois, je m'aperçois que son visage est sillonné de larmes séchées. A-t-elle pleuré toute la nuit dans son sommeil ?

Gabriel et moi sommes terrorisés ; pour elle, ce doit être dix fois pire.

— Nous n'avons pas le choix, répété-je.

Gabriel ouvre la bouche pour ajouter quelque chose, mais je le prends de vitesse en me retournant et je toque à la porte.

Je viens tout juste de comprendre ce qui me dérange chez Maddie : elle me rappelle trop les enfants nés au labo. Ces bébés malformés qui s'accrochaient à la vie pendant des heures, des jours, voire des semaines, mais qui finissaient par rendre l'âme. C'est en voyant la langueur dans son regard que j'ai fait le rapprochement. En traversant les pièces occupées par ces petits êtres tristes, désespérés, je détournais toujours les yeux et fredonnais dans ma tête de façon frénétique jusqu'à ce que la terreur me quitte.

À peine ai-je frappé que la porte grince puis s'entrouvre en produisant un frottement épouvantable. La chaleur de four qui s'échappe de l'intérieur me brûle les narines. Gabriel a passé son bras autour du mien, et j'ai conscience du tissu râpeux de sa chemise.

La femme qui se tient dans l'embrasure est petite et voûtée. Elle porte des lunettes tellement crasseuses que je distingue à peine ses yeux à travers. Bouche ouverte, traits détendus, elle semble considérer le trio que nous formons comme une livraison qu'elle attendait, et dont elle doit à présent estimer l'état général. Après m'avoir détaillée des pieds à la tête – tissu déchiré à la ceinture, ourlet boueux, cheveux en bataille –, elle déclare :

— Tu as tout l'air d'une impératrice déchue.

— On m'a donné pire qualificatif, réponds-je.

Elle se fend d'un sourire distrait. Son attention se reporte sur Maddie, agrippée à la hanche de Gabriel à la manière d'un bébé koala.

— Elle est à vous ? demande la femme. Non, évidemment.

Inutile d'être diseuse de bonne aventure pour arriver à pareille conclusion : Maddie a la peau mate de sa mère, en un peu moins sombre, et ses cheveux lisses d'un noir de jais.

— Elle a un bras cassé, dis-je comme si cela pouvait justifier sa présence.

— Entrez, entrez, poursuit la femme.

Mais avant cela, elle a jeté un rapide coup d'œil aux breloques de Madame qui ornent mon cou. Alors que nous la suivons à l'intérieur – moi d'abord, Gabriel derrière moi, toujours à mon bras –, je dissimule mon poing gauche dans ma main droite afin de masquer mon alliance.

Il règne une chaleur impossible au sein de la maisonnette, dont les parois métalliques reflètent la lumière du foyer comme dans un four. Et il y a des objets partout. Un bric-à-brac sans lien apparent : lanterne rouillée d'où pendent des perles de verre bleues, statue de la Liberté en plastique rose, dragon de jade, tête de cerf empaillée fixée au-dessus de la cheminée, commode recouverte d'autocollants à laquelle il manque le tiroir du haut... Tout porte à croire que la bonne aventure se paie moins souvent en dollars qu'en troc.

Le sol en terre battue est couvert d'un patchwork hétéroclite : linoléum, tommettes, bouts de tapis. Un sac de couchage est posé dans un coin, et une table basse est entourée de coussins de canapé.

La chaleur fait revenir Maddie à la vie. Elle retrouve ses joues rouges, ses pupilles dilatées et la lèvre inférieure retroussée qui marquait son attitude de défi courageux envers Madame.

Je braque mes yeux vairons sur les pupilles anormales de Maddie. Portée à croire que cette bizarrerie commune nous autorise un certain degré de télépathie, je lui transmets un message silencieux : *Pas de folie pour l'instant, s'il te plaît.* J'ignore si elle le capte ou non.

La femme, qui dit se prénommer Annabelle et ne s'enquiert pas de nos noms, nous invite à prendre place sur les coussins.

Alors que la chaleur du feu suffit amplement, elle nous propose des couvertures, puis elle inspecte l'attelle de fortune appliquée sur le bras de Maddie par la petite blonde de la fête foraine. Un simple bricolage fait de branchettes et de gaze mais qui, étonnamment, a tenu bon.

Maddie est si minuscule qu'une fois allongée sur un coussin, elle a les pieds qui en dépassent à peine. Elle étudie tour à tour les objets entassés dans la pièce, puis suit des yeux la lueur des flammes qui danse sur les murs et le plafond. C'est une observatrice insatiable ; son esprit est un oiseau pris au piège de son crâne, qui virevolte sans jamais parvenir à se libérer.

Je sors une fraise du sac de Lilas et la lui propose. Je dois lui agiter le fruit sous le nez pour qu'elle le remarque enfin, puis elle grimace en plissant les lèvres comme s'il s'agissait d'un produit toxique.

— Il faut que tu manges quelque chose.

Je trouve absurde de m'adresser ainsi à elle. Maddie me lance un regard noir qui ravive la douleur lancinante de ma main, à l'endroit où elle m'a mordue presque jusqu'au sang. Elle accepte néanmoins la fraise.

— Des fruits, en cette saison ? s'étonne Annabelle.

Elle décrasse un peu ses lunettes en frottant les verres entre ses deux paumes, ce qui me permet de découvrir ses yeux d'un vert boueux. Il s'agit d'une femme de la première génération, mais sa voix est claire et jeune. Son logis sent le feu de bois, avec un relent doucereux. Il me faut une seconde pour en reconnaître l'origine : de l'encens, moins entêtant qu'à la fête foraine de Madame, et plus doux, comme celui qui brûlait à l'étage des épouses.

Pour une raison qui m'échappe, cette odeur me rend nostalgique.

— Elles ne sont pas très bonnes, dit Gabriel.

— Elles sont même quasiment pourries, complété-je, ce qui n'empêche pas Maddie d'enfourner la deuxième fraise que je lui propose.

Annabelle s'agenouille près du coussin de Maddie ; ses cheveux blancs frisés sont illuminés par le feu. La gamine gronde après elle en découvrant des dents rosies par la pulpe des fraises.

— Je n'ai rien pour soigner une fracture du bras, dit Annabelle. Mais j'ai quelque chose contre la fièvre, si tu es disposée à me céder les fraises en échange. Tu as dit toi-même qu'elles étaient pourries.

— Servez-vous, intervient Gabriel avant que je puisse intervenir.

Je lui jette un regard indigné, mais il a les yeux rivés sur Maddie dont les joues se sont empourprées. Je tends donc les fraises à Annabelle, en prenant soin de ne pas dévoiler le pain rassis. Qui sait quand nous retrouverons à manger…

Nous regardons la femme dévorer les fraises ramollies, plusieurs à la fois, puis racler l'étoffe et enfin se sucer les doigts l'un après l'autre. Son petit manège semble durer un temps infini.

— Ah, grogne-t-elle en s'asseyant en tailleur. Ça fait du bien par où ça passe. En hiver, y a guère que de la nourriture déshydratée.

Cela étant, elle ne demande pas d'où proviennent les fraises, ce que je prends comme un signe de savoir-vivre.

Elle rampe jusqu'à la commode, fourrage dans l'un des tiroirs et en extrait un pot à confiture plein de comprimés blancs. En temps normal, surtout après un séjour chez Madame, je me méfierais des médicaments que me propose une inconnue, mais quand elle tend le récipient, je reconnais la forme ovoïde des comprimés et le « A » estampillé sur chaque cachet : de l'aspirine.

Nous en avions à la maison, mon frère et moi. Il est assez facile de s'en procurer… quand on en a les moyens.

Comblée par les fraises à moitié pourries, Annabelle, outre l'aspirine pour Maddie, nous propose de dormir par terre.

— Seulement jusqu'à midi, précise-t-elle. C'est l'heure où débarquent mes premiers clients.

Puis elle ajoute :

— C'est drôlement chouette, ça, petite.

Je me rends compte qu'elle lorgne l'un de mes colliers, composé de perles de verre jaunes en forme d'étoile et de lune. Sans un mot, je l'enlève et le lui tends. Puis je m'allonge sur la couverture, le dos appuyé contre le torse de Gabriel. Maddie est déjà endormie sur son coussin, ce qui me permet de passer un bras autour d'elle sans incident. J'ai le sommeil léger ; si l'un des deux bouge, je le sentirai.

Annabelle fait comme si nous n'étions pas là. Elle fredonne tout en tisonnant les braises et en disposant ses cartes de tarot sur la table basse. Elle sort quelques minutes plus tard, sans doute pour se rendre dans l'appentis situé à l'écart de la maisonnette.

— Mieux vaut dormir à tour de rôle, me glisse Gabriel dès qu'elle est dehors. Toi en premier ; de toute façon, je n'ai pas sommeil.

J'ai posé ma joue sur son bras. Dans l'abîme de mes paupières, je distingue les bras de Gabriel qui s'enroulent autour de moi, qui me couvrent des pieds à la tête. C'est aussi effrayant que réconfortant. Je me sens perdre pied. Comment peut-il rester éveillé ?

— Entendu, dis-je. (Le son de ma voix semble provenir d'un million de kilomètres. Je ne sais même pas si je parle vraiment ou si je rêve déjà.) Quand tu seras trop fatigué, bouge un peu ; ça me réveillera et je prendrai le relais.

Il repousse quelques mèches qui me barrent la figure, et je sens ses yeux qui m'étudient.

— OK, murmure-t-il.

Ce n'est même pas un mot. Juste une tache blanche qui s'imprime sur mes paupières.

Au côté de mon frère, après la mort de nos parents, j'avais habitué mon corps à dormir profondément par tranches d'une heure, puis à monter la garde l'heure suivante, tous les sens en alerte. Mais depuis lors, j'ai dormi presque un an dans des draps frais et des oreillers moelleux, bercée par la respiration régulière de Jenna et Cecily dans les chambres voisines, par le tic-tac de ma pendulette, par le tassement subtil du matelas quand mon époux, ou l'une de mes sœurs épouses, venait dormir avec moi. Aussi, malgré l'urgence de la situation, le sommeil me ramène-t-il en ce lieu sombre et tiède.

— Bonne nuit, susurre une voix.

— Bonne nuit, Linden, murmuré-je avant de sombrer tout à fait.

10

EN L'ABSENCE de fenêtre, quand Gabriel me réveille, je n'ai aucun moyen de savoir combien de temps j'ai dormi.

—Accorde-moi quelques minutes, d'accord ? souffle-t-il. Réveille-moi si tu sens que tu te rendors.

Mais je ne me suis jamais sentie aussi reposée depuis que j'ai quitté le manoir. Chez moi, le sommeil sans rêve est toujours le plus réparateur, et celui dont je sors le plus aisément.

Maddie, réveillée elle aussi, est allongée sur le flanc de façon à me faire face, son attelle calée sur la hanche. La pellicule de sueur sur son visage m'apprend que sa fièvre est en train de tomber. À la lueur des braises, ses yeux trop clairs traduisent son état d'épuisement et la sérénité qui l'habite. Je lui rends son regard insistant, et chacune scrute le visage de l'autre comme s'il était possible d'y trouver des réponses.

Je me rends compte que je viens d'hériter de cette enfant ; que Lilas a perdu sa fille et l'occasion d'être libre dans un même coup du sort, et qu'elle a confié ce qu'elle avait de plus précieux à deux étrangers. J'ignore pour quelle raison. Évidemment, si Madame était tombée sur Maddie, la petite y serait passée à coup sûr. Lilas a préféré voir sa fille disparaître plutôt que mourir.

— Moi aussi, j'ai perdu ma mère.

C'est tout ce que je trouve à dire.

Maddie cligne des yeux – un geste lent, plein de lassitude. Puis elle soupire ; je vois sa poitrine gonfler, comme celle d'un oiseau minuscule qui défend son nid, avant de dégonfler. Elle tend ensuite son bras valide et joue avec mes colliers.

— Où est Annabelle ? lui demandé-je. Toujours dehors ?

Je ne m'attends pas vraiment à une réponse, mais le regard de Maddie oblique vers la porte avant de se reposer sur mes colifichets.

— Elle est sortie ?

Je crois la voir hocher la tête, mais elle a aussi bien pu chasser les mèches coincées dans ses cils.

Annabelle est de retour quelques minutes plus tard, les bras chargés de planchettes qu'elle a dû arracher dans les bâtiments voisins. Je n'ai pas bien vu les environs, mais ils m'ont donné l'impression d'être à l'abandon.

— Ton visage est bien plus avenant après une petite sieste, déclare la diseuse de bonne aventure.

Elle s'agenouille près de l'âtre où elle dispose le bois en faisceau.

Je m'assieds, ce qui arrache en douceur les colliers posés dans la paume de Maddie. Entendant un tic-tac, je dois m'y reprendre à deux fois, dans mon examen du bric-à-brac ambiant, avant de repérer la pendule métallique fixée à un clou, sur le mur de brique. Il est 10 heures du matin.

— Merci de nous avoir laissés dormir ici, dis-je. Nous n'allons pas tarder à partir.

Annabelle est à moitié tournée vers moi pendant qu'elle travaille et son visage se fend d'un sourire.

— On retourne dans son château en ruine, l'impératrice ?

— Je croyais que les impératrices vivaient dans des palais…

Elle rit, et son rire trouve écho dans le carillon de verre placé devant sa porte.

— Dans une autre vie, tu as été quelqu'un d'important, dit-elle. Une sirène, peut-être, ou une néréide.

Je me redresse, étends les jambes devant moi, puis les croise et m'appuie sur mes paumes. Si je n'accorde aucun crédit aux histoires de vies antérieures et de créatures fantastiques, j'aime bien les écouter ; elles ont le mérite de me changer les idées.

— J'ai toujours aimé l'eau. Dans cette vie, en tout cas.

— Il y a un homme qui est prêt à se noyer pour toi, j'y mettrais ma main à couper, dit Annabelle.

Puis, en imitant mon intonation, elle ajoute :

— Dans cette vie, en tout cas.

Elle adresse un sourire contrit à Gabriel, et je comprends qu'elle ne parlait pas de lui.

Je me garde de répondre. L'art du mensonge consiste notamment à ne jamais laisser une personne perspicace voir qu'elle a deviné juste. J'observe donc le mouvement de ses mains tandis qu'elle alimente le foyer en petit bois. Ses doigts sont fascinants : fripés et très pâles, ils sont couverts d'anneaux en argent, laiton et cuivre à chaque jointure. Le collier que je lui ai donné se marie parfaitement à ses breloques fantaisie. J'ai remarqué que les personnes de première génération sont très attachées aux objets. Mes parents étaient ainsi ; ils possédaient des livres, des bijoux, une brassée de souvenirs qui respiraient la vie.

Je me sens gagnée par une pointe de jalousie. Je ne vivrai jamais assez longtemps pour ressentir la même chose.

Annabelle se lève, se frotte les paumes l'une contre l'autre et va s'asseoir sur un coussin, de l'autre côté de la table.

— Dis-moi, l'impératrice. (Elle joint les mains et se penche vers moi.) Y a-t-il quelque chose que tu aimerais savoir ?

— À propos de mes vies antérieures ?

— C'est ma spécialité. (Elle agite ses doigts à la manière d'une volée de moineaux ; les ombres portées amplifient l'effet visuel.) Mais je te soupçonne de nourrir des préoccupations plus pressantes à propos de la vie *présente*.

Maddie, qui a pris place à côté de moi, passe l'index autour d'un de mes colliers restants. Le plastique produit un raclement sourd, comme si l'on entendait ses rouages mentaux tourner. Après une hésitation, je passe le collier au-dessus de ma tête, et Maddie le lâche.

Je le pose sur la table en guise de paiement.

D'un geste, Annabelle m'invite à tendre les mains. Je m'exécute. Ses pouces sillonnent mes paumes ; ses anneaux sont froids. Elle ferme les yeux, cherche une position plus confortable sur son coussin.

Je vois ses iris s'agiter sous ses paupières baissées. Cela fait partie du spectacle. Selon mon frère, la divination est avant tout affaire de psychologie, et je sais qu'il a raison. Mais une infime partie de mon être – celle qui a le mal du pays, qui n'en peut plus, qui a peur de mourir – a envie de croire que j'ai peut-être été impératrice ou sirène dans une autre vie, que j'ai été vouée à de grandes choses. C'est à ce genre de souhait qu'Annabelle doit tout son bric-à-brac.

Mais elle ne dit rien. Elle ouvre les yeux, plisse les paupières comme si j'avais fait exprès de lui filer entre les doigts.

— Quel est ton signe ? demande-t-elle.

— Mon signe ?

— Oui, ton signe. (Je sens des doigts s'agiter, comme si la réponse était évidente.) Ton signe astrologique.

— Comment le saurais-je ?

— Quelle est ta date d'anniversaire, mon enfant ?

La révélation me frappe de plein fouet.

Au sein du manoir, le temps s'est pour ainsi dire arrêté. Rétrospectivement, les mois que j'y ai passés m'apparaissent comme autant de minutes. Mais, pendant que je gaspillais ma vie dans le pays des rêves de Linden, le monde poursuivait son inexorable rotation. Du temps s'est écoulé. Mon espérance de vie a diminué d'autant. Dans un repli de mon cerveau, j'en ai toujours eu conscience. En entendant claquer le hayon des Ramasseurs; en sentant Linden appuyer son visage contre ma nuque, son souffle dans mon cou; en écoutant s'égrener les notes de piano jouées par Cecily; en voyant Jenna exhaler son dernier soupir. Et depuis mon évasion, alors que la date approchait et que je faisais du surplace par rapport à mon frère jumeau et à mon foyer, j'ai pris soin d'esquiver cette réalité. J'ai passé un temps indéterminé dans les vapeurs opiacées de Madame, allant jusqu'à m'ouvrir à la terreur et aux cauchemars. Tout plutôt qu'affronter l'implacable vérité: mon sablier personnel se vide petit à petit.

— Le 30 janvier, dis-je. Mon anniversaire vient de passer.

Cela fait combien de jours? Certainement pas plus d'une semaine. Mais je suis sûre que février a commencé.

— Verseau, déclare Annabelle en souriant. Le signe des gens imprévisibles.

Me voici donc imprévisible; je décide de le prendre comme un compliment. Par nature, l'imprévisible est difficile à saisir, à museler.

— Pose-moi une question, poursuit-elle.

Rien de théâtral dans sa voix. Pas davantage de boule de cristal. (J'en ai vu plein dans les caravanes des prétendus devins.)

J'essaie de formuler une requête sans dévoiler la réponse escomptée: une chausse-trape de plus de la psychologie élémentaire.

— Je cherche quelqu'un, dis-je.

— Ce n'est pas une question.

— Très bien, alors où est la personne que je cherche ?

Elle me décoche un sourire désabusé puis mélange son jeu de tarot. Maddie, qui s'est redressée, suit notre manège avec intérêt. Les doigts de sa main valide tracent des arabesques sur son genou. Ses cheveux, détrempés par la transpiration, sont tout aplatis.

— Où est cette personne ? Où est cette personne ? murmure Annabelle tout en étalant les cartes face cachée, en les rassemblant et en recommençant. (Elle forme trois piles.) Quelle pile ?

Je désigne au hasard celle située à ma gauche, qu'elle pousse vers moi.

— Une autre, dit-elle.

Je montre la pile du milieu. Elle la fait glisser vers moi.

— Prends la carte du dessus de chaque pile, ordonne-t-elle. (Je m'exécute.) Retourne-les.

Elles atterrissent sur la table sans que je les étudie réellement. L'une, puis l'autre.

Le dessin de la première lame représente un homme, celui de la seconde, une femme. L'un et l'autre portent des atours royaux, avec couronne et livrée ou robe rouge. Je lis leurs légendes respectives :

L'Impératrice.

L'Empereur.

Je sens la chair de poule me gagner. Annabelle lève les yeux vers moi, hausse un sourcil satisfait.

— Je comprends mieux pourquoi tu m'échappes : il n'y a pas que ta nature imprévisible. Il te manque aussi ton autre moitié, ton Empereur.

M'appuyant sur les paumes, bras tendus en arrière, je maintiens une expression neutre.

— J'ignorais que les cartes s'adressaient à un sexe donné. Qu'est-ce qui vous rend certaine que je suis l'Impératrice, et non l'Empereur ?

— Le sexe n'a rien à voir là-dedans, répond Annabelle en faisant glisser les deux cartes vers moi. C'est l'arcane que tu as tiré en premier qui te détermine.

— Tiré au hasard, rétorqué-je en prenant soin de masquer mon regain d'intérêt.

— Souhaites-tu savoir ce que l'Impératrice me suggère ? demande Annabelle.

Son sourire me dévoile deux rangées de dents jaunies. Manifestement, elle apprécie la justesse de son approche.

Je passe en revue la façon dont elle a battu les cartes en quête d'une quelconque anomalie : coup d'œil furtif, manipulation visant à obtenir le résultat escompté. Mais rien ne me revient en mémoire, et même s'il s'agit d'une arnaque, cette agréable distraction ne m'a coûté qu'un collier auquel je n'attache aucune valeur. Aussi rétorqué-je simplement :

— Quoi donc ?

— L'Impératrice est une bonne carte. Elle symbolise la fécondité, la loyauté. Mais… (Elle louche du côté de l'Empereur.) Avec une faille possible.

D'un coup de menton, elle désigne mes mains posées sur la table, doigts croisés.

— Ton alliance ne m'a pas échappé, dit-elle.

— S'il faut que je vous la donne pour connaître la suite, n'y comptez pas.

— Je voulais juste jeter un coup d'œil aux motifs qui sont gravés dessus. (Elle fait un geste vers ma main ; j'hésite.) Je ne te demanderai pas de l'enlever, promet-elle.

Je lui confie ma main avec réticence, et elle fait courir l'index le long des ramures et des fleurs gravées sur mon alliance.

— L'Impératrice aime s'occuper des choses vivantes, les regarder pousser. Mais quand on arrose trop une fleur, elle fane.

Je repense aux lis plantés par ma mère, à leur santé éclatante de son vivant, à mes efforts désespérés pour les entretenir après sa mort ; à l'importance que revêtait pour moi la survivance d'une infime partie de son existence, à mon échec cuisant.

— Peut-être, poursuit Annabelle, aimes-tu trop violemment.

Une nouvelle fois, je ne laisse aucun muscle de mon visage trahir le fait qu'elle a mis le doigt sur une vérité. C'est ainsi que cela fonctionne : les voyants avancent des hypothèses et se fondent sur les réactions physiques du sujet.

— Et l'Empereur ? dis-je en retirant ma main que je dissimule sous la table.

— L'Empereur figure le courage et l'autorité. Comme tu as tiré cet arcane juste après le tien, je pense qu'il représente un proche. Quelqu'un qui compte autant que toi dans ta construction personnelle.

Derrière les verres crasseux de ses lunettes, ses yeux se font scrutateurs.

— La personne que tu cherches serait-elle ton jumeau, par hasard ?

Impératrice, Empereur : la déduction tombe sous le sens. Ce qui ne m'empêche pas de sentir un picotement remonter le long de ma colonne vertébrale.

— Oui, avoué-je. C'est mon frère.

Je n'entends pas ce qu'elle raconte ensuite, trop occupée à essayer de comprendre comment elle a pu me percer à jour aussi aisément. Mon regard court sur tous les objets alignés au mur, chacun étant le fruit d'un troc contre une séance de voyance. Annabelle a dû broder un millier de mensonges crédibles, uniquement grâce à un art consommé du décryptage des émotions. Je me suis crue un peu plus maligne que les autres, mais elle a réussi à déchiffrer mon code, et je suis presque tentée de la croire. À la lueur des flammes, mille fragments de verre, de plastique et de métal m'adressent un clin d'œil.

Annabelle claque des doigts pour attirer mon attention. Je me tourne vers elle.

— Si j'ai un mal de chien à voir ton frère jumeau, s'agace-t-elle, c'est parce qu'il y a un aspect de sa personnalité que tu refuses d'admettre.

— Ce n'est pas vrai, répliqué-je. Je sais tout de mon frère. Sauf sa position actuelle.

N'est-ce d'ailleurs pas l'objet de cette séance ?

La cartomancienne darde sur moi un regard sceptique et ajoute :

— L'Empereur est un arcane puissant. Il indique une personne qui aime commander.

C'est Rowan tout craché. À la mort de nos parents, il s'est occupé de tout. Il nous a trouvé du travail, il faisait en sorte de me tirer du lit chaque matin au lieu de me voir ruminer mon chagrin. Il a toujours été le plus fort de nous deux, avec ses raisonnements logiques. Lors des mois qui ont suivi mon enlèvement par les Ramasseurs, je me suis accrochée à l'espoir qu'il avait gardé cette force.

Même si je n'accorde aucun crédit à ces cartes, l'Empereur m'apporte un certain réconfort. Il m'indique que Rowan se bat toujours. Qu'il n'a pas perdu espoir.

— La troisième carte nous en apprendra peut-être davantage, dit-elle.

Je pioche la carte du dessus de la troisième pile et la pose, face apparente, à côté de l'Empereur.

Le Monde.

— Cet arcane n'est jamais sorti, déclare Annabelle. Sauf, si je me souviens bien, lors d'une séance dans ma ville natale, quand j'étais gamine. Avant que cette histoire de virus éclate au grand jour... Je ne l'ai jamais vu sortir depuis.

— Qu'est-ce qu'il signifie ?

— C'est une bonne carte, dit-elle. Elle signifie que tout va retrouver sa place. Que ton univers va rentrer dans l'ordre.

— C'est donc un signe positif ?

Elle grimace, les yeux rivés sur la carte.

— Quand je fais un tirage à trois arcanes, il représente les trois lois universelles. Vie, mort et renaissance. Dans les légendes, il y a toujours trois souhaits, trois marraines fées. Chaque lecture est différente, mais dans le cas présent, l'Impératrice symbolise ta vie, et le Monde peut symboliser ta renaissance.

— Et l'Empereur la mort ? avancé-je.

Ce n'est pas bien difficile à imaginer : nous connaissons tous une fin rapide.

— Pas nécessairement, précise Annabelle. Le mot « mort » n'est pas toujours à prendre au pied de la lettre. Il peut signifier un changement : le terme de ta vie précédente, de tes relations antérieures.

Comme lorsque les Ramasseurs m'ont poussée dans cette fourgonnette et arrachée à tout ce qui constituait mon existence...

— Qui a changé ? dis-je. Moi, ou l'Empereur ?

— Peut-être les deux. Mais je suis sûre d'une chose : la situation va empirer avant de s'améliorer.

Voilà un dicton que semblent apprécier les gens de première génération : l'histoire du beau temps qui vient après la pluie. Ma mère le répétait souvent, quand j'étais malade et qu'elle me susurrait des mots doux en m'épongeant le front. Les choses vont empirer avant de s'améliorer. Encore un peu de souffrance avant de voir baisser la fièvre.

Évidemment, ils peuvent se le permettre. Ils vivent vieux. Pour nous autres, attendre que la situation s'améliore est un luxe insensé.

— Vous ne pouvez donc pas me dire où il se trouve.

Ce n'est pas une question.

— Il n'est pas conforme à tes souvenirs, répond Annabelle. C'est tout ce que je peux te dire.

— Mais il est vivant ?

— Je ne vois aucune indication contraire.

J'hésite ; la question suivante reste un long moment suspendue à mes lèvres avant de sortir.

— Il a renoncé à m'attendre ?

La diseuse de bonne aventure semble compatir. Elle rassemble toutes ses cartes en une pile qu'elle range avec soin.

— Je suis désolée, dit-elle. Je n'en sais rien.

11

QUAND REVIENT mon tour de dormir, je rêve de feu. La maison de mes parents, à Manhattan, est la proie des flammes. Par la porte ouverte, je distingue des rideaux successifs orange et jaune. La fenêtre est occultée par des planches. Je hurle après mon frère. « Rowan ! » Crier m'irrite la gorge.

Je le hèle depuis le brasier, je crie que je suis vivante.

Il ne m'entend pas. Ce rêve m'entraîne dans un puits de ténèbres.

Maddie, penchée sur moi, secoue mes colliers qui tintent de façon agressive. J'ouvre les yeux. Ma respiration est saccadée et superficielle.

— Tu faisais un cauchemar. (Gabriel, accroupi à côté de moi, me tend un quignon de pain rassis prélevé dans le sac de Lilas.) Tu devrais manger un morceau avant qu'on parte.

Il a des poches sous les yeux, une barbe de trois jours et une mine de papier mâché. Je me redresse ; la première bouchée de pain me fait prendre conscience de la faim qui me tenaille. Il m'est intolérable de songer au merveilleux petit déjeuner qui m'aurait été servi au manoir.

— Et toi, tu as mangé ? demandé-je.

— Un peu, pendant que tu dormais. Annabelle a proposé de nous faire chauffer un bain si je l'aide à rapporter de l'eau du ruisseau. J'attendais ton réveil.

— Je vais vous donner un coup de main, dis-je.

Mais dès que je fais mine de me lever, il pose une main sur mon épaule.

— Je m'en occupe. Repose-toi encore un peu ; tu en as besoin, on dirait.

Je pourrais jurer qu'il y avait une trace de sarcasme dans le ton de Gabriel. Je scrute son visage. Des vestiges de coquards soulignent toujours ses paupières. Selon moi, son regard distant n'est pas totalement imputable au sang d'ange qu'il n'a pas fini d'évacuer de son organisme.

Il est fâché après moi. Je ne peux pas lui en vouloir ; c'est moi qui l'ai persuadé de fuir le manoir, je suis à l'origine de toutes les épreuves qu'il a subies depuis lors. Plus je l'observe, plus j'en suis certaine. Mon cœur chavire.

— On est partis sur de mauvaises bases, Gabriel, dis-je. Je suis désolée. Je te promets que ça en vaut la peine. Au moins, nous sommes libérés de…

— Laisse tomber, m'interrompt-il en se relevant. Repose-toi. Je reviens.

Je tends ce qui reste du quignon à Maddie qui le dévore goulûment alors que je me lève.

— Je viens avec toi, insisté-je.

Quand nous émergeons de la maisonnette, Annabelle inspecte une paroi de fortune. Elle maugrée sur le vent qui finit toujours par arracher des bouts de panneau. Puis elle désigne le cours d'eau et un assortiment hétéroclite de seaux rouillés qu'elle garde pour recueillir l'eau et la faire chauffer.

Avec Gabriel, nous marchons dans un silence si tendu que j'ai peine à le supporter. Nauséeux, épuisés et affaiblis par les difficultés des derniers jours, nous haletons l'un et l'autre. Pour couronner le tout, je culpabilise. Je me sens coupable de ce que je lui ai fait endurer, et de mon manque d'honnêteté quand je l'ai persuadé de fuir avec moi.

Nous étions assis sur mon lit lorsque je lui ai dépeint Manhattan, la liberté, la pêche et les gratte-ciel, et fait part de mes rêves imbéciles de retrouver une vie normale. Ma captivité a rendu le monde extérieur de mes souvenirs deux fois plus attrayant et merveilleux, et si délicieusement tentant que j'ai souhaité le lui faire découvrir. J'ai voulu qu'il sache à quoi ressemblait la vie en dehors du manoir de Vaughn. Dans mon enthousiasme, j'avais oublié à quel point le monde peut se montrer cruel. Chaotique et dangereux.

À plusieurs reprises, j'ouvre la bouche pour tenter de m'expliquer, mais en fin de compte, je me borne à lancer :

— Comment Vaughn m'a-t-il retrouvée si rapidement, selon toi ?

— Aucune idée, répond Gabriel d'une voix soucieuse. J'y ai réfléchi ; peut-être sommes-nous encore assez près du manoir. Suffisamment pour qu'il connaisse des gens dans le coin.

— Ça m'étonnerait. On a couvert pas mal de distance, il me semble.

Gabriel hausse les épaules.

— Il faut qu'on s'éloigne davantage.

Le silence se réinstalle entre nous.

Porter l'eau depuis le ruisseau jusqu'à la maison d'Annabelle prélève un lourd tribut sur moi. J'ai les bras douloureux, la gorge en feu et la peau à vif en raison du froid ; quant à mes jambes, elles semblent sur le point de céder. Mais au moins, je me rends utile.

Annabelle fait chauffer l'eau dans la cheminée, un seau à la fois, et remplit peu à peu une baignoire.

L'eau chaude me fait un effet miraculeux, même si j'en suis réduite à me récurer à l'aide d'un lambeau d'étoffe. C'est agréable de se débarrasser de la couche de crasse accumulée.

Je troque mon sari jaune partiellement déchiré contre un sweat-shirt informe de couleur verte et un jean.

Je repense au pull magnifique tricoté par Deirdre ; il est perdu à jamais, désormais, au sein du manège dément de Madame.

Quand nous partons, Annabelle m'étreint sur son perron, me dit d'être prudente. Elle me prodigue ce conseil dans un souffle, comme s'il s'agissait d'un grand secret, d'un coin de voile que sa science des cartes a permis de lever. Je jurerais que j'aperçois de l'inquiétude dans les yeux de la cartomancienne, alors qu'elle nous presse de partir avant l'arrivée des clients potentiels. Je ne décèle nulle part la promesse d'un client : nous sommes dans une ville fantôme, plus décrépite encore que la fête foraine de Madame. Tous les bâtiments ont été dépouillés jusqu'à la charpente, leurs matériaux sont allés former l'ossature de cabanes comme celle d'Annabelle.

Gabriel, la mine toujours défaite, se fend d'un « Merci pour votre hospitalité » si formel que l'on dirait que nous n'avons pas quitté le manoir. Puis il prend Maddie par la main, je me charge du sac de Lilas et nous repartons.

Gabriel ne demande pas quelle sera notre prochaine étape. Je crois qu'il a renoncé à toute forme d'initiative. Quant à moi, je n'aurais eu aucune réponse à lui offrir. Je sais qu'il est impossible de rallier Manhattan à pied ; qu'il nous faudra trouver un abri d'ici ce soir. Annabelle a parlé d'une ville, à quelques kilomètres d'ici en longeant la côte. Nous progressons donc en restant assez près du rivage pour sentir les effluves de l'océan, pour entendre les vagues rouler et se briser.

Je repense aux propos de Vaughn, à Linden qui dépérit et au bébé de Cecily qui se meurt. Après une hésitation, je demande :

— Tu crois qu'il a dit la vérité ? À propos de Linden, de Cecily et de Bowen ?

— J'en doute, répond Gabriel sans se tourner vers moi.

Je sens la colère qui affleure sous sa peau, qui vibrionne avec une intensité presque audible. Les muscles de son visage sont contractés, ses lèvres pâles comme de la craie.

Au sein du manoir, il se montrait toujours chaleureux, plein de vie. Dans la fraîcheur automnale, quand il m'apportait un chocolat chaud, après avoir été tapi un moment sous les feuilles mortes, il avait les joues et les mains toutes rouges. Il semblait constamment sur le point de m'offrir un sourire éclatant. Aujourd'hui, il n'est plus du tout ce garçon-là. Je ne le reconnais plus.

— Laisse-moi voir tes yeux, dis-je.

— Quoi ? marmonne-t-il.

Il se raidit, mais ne retire pas son bras quand j'établis le contact.

— Gabriel, glissé-je. Regarde-moi.

À nos côtés, Maddie étudie la scène en tripotant la fermeture Éclair de son manteau.

Quand il me fait face, je vois le ciel vide se refléter dans ses pupilles contractées.

— Tu as repris du sang d'ange.

Il se tourne vers l'océan invisible et le bruit du ressac. J'imagine les corps ballottés des sirènes, les cadavres des impératrices qui ont préféré sauter par-dessus bord plutôt qu'être privées de liberté. Je me demande si notre fuite ressemble à la leur.

— J'y voyais trouble, se défend-il. J'avais tellement mal…

— Moi aussi, j'ai été malade.

— Pas comme moi. J'ai fait cauchemar sur cauchemar. J'ai rêvé de toi. Toujours toi. En train de te noyer. De brûler vive. De hurler. Même quand j'étais éveillé et que tu dormais auprès de moi, ton souffle résonnait dans mes oreilles comme un tremblement de terre, comme si la terre allait se déchirer pour t'engloutir.

Quand il me fait face de nouveau, ce n'est plus la drogue ni Gabriel que je distingue dans ses yeux, mais un entre-deux ensommeillé. Un être que j'ai créé. Un garçon que j'ai détruit.

Petite, j'avais eu droit à un poisson rouge : une bestiole orangée et bouffie, cadeau d'anniversaire de mon père. Quelques jours plus tard, j'avais transvasé l'animal dans un verre le temps de nettoyer son aquarium et d'en changer l'eau. Mais, quand j'avais remis le poisson dans son bocal limpide, il avait nagé en tous sens un court instant avant de flotter le ventre en l'air, mort.

J'avais procédé trop vite, m'avait sermonnée Rowan. Le passage d'une masse d'eau à l'autre devait impérativement s'opérer de façon graduelle. Le choc que je lui avais fait subir l'avait tué.

Glissant les mains dans les manches de Gabriel, je lui serre les poignets. Il m'est impossible de lui en vouloir : c'est moi qui l'ai arraché au manoir, ce vivarium virtuel dans lequel Vaughn contrôlait tout, hormis le climat. Qui l'ai plongé dans un monde peuplé d'assassins, de voleurs et de miséreux vidés de leur substance, avec pour toute compensation la promesse d'une liberté qui ne signifiait rien pour lui avant qu'il me rencontre.

— OK, dis-je d'une voix douce. Combien il en reste ?

— Presque tout le flacon.

— Essayons de le rationner, pour qu'il te soutienne jusqu'à ce qu'on trouve un endroit pour souffler. Ensuite, il faudra que tu luttes pour te défaire de cette cochonnerie, entendu ?

Il acquiesce, et je vois sa tête dodeliner d'avant en arrière. Je passe un bras autour de sa taille, prends la main de Maddie dans la mienne, et notre trio reprend sa route.

Nous traversons une ville qui, au premier abord, semble à l'abandon. Mais, quand j'entends des gens trottiner derrière des bâtiments en ruine et des machines soupirer, je n'ai pas besoin de m'attarder davantage pour comprendre que nous ne sommes pas les bienvenus.

— Rhine ? bredouille Gabriel au bout de ce qui m'apparaît comme plusieurs heures de silence.

— Mmh ?

— Quand vas-tu accepter l'idée qu'on ne peut pas marcher en ligne droite jusqu'à Manhattan ?

Maddie libère sa main et s'accroupit dans la poussière pour inspecter un cafard qui tourne sur lui-même. Il y en a certainement des centaines d'autres : nous sommes au bord d'une décharge, et l'odeur nauséabonde me fait monter les larmes aux yeux.

— OK, dis-je. Faisons une pause et profitons-en pour nous orienter. Mais pas ici ; cherchons un endroit où l'air est plus pur.

— De l'air plus pur, il n'y en a *nulle part*, rétorque Gabriel. Depuis qu'on est partis, c'est une succession d'endroits épouvantables. (Il me regarde droit dans les yeux, et poursuit en ménageant à dessein un silence entre chaque mot.) Mieux qu'ici, ça n'existe pas.

Une benne à ordures qui passe au loin fait trembler le sol. Le camion, qui s'arrête dans un panache de fumée, ajoute sa cargaison aux monceaux de détritus de la décharge. Bien que cela semble impossible, la puanteur monte d'un cran.

— Bien sûr que ça existe, insisté-je. La preuve : les ordures, c'est synonyme de civilisation. Il doit y avoir une grande ville à proximité.

Gabriel pose sur moi un regard vitreux ; sa peau est tavelée, livide. Et d'un seul coup, il me manque tant que c'en est douloureux. Sa chaleur douce et sa désinvolture me manquent. Ses mains sur mon visage, quand il s'était penché sur moi lors de notre premier baiser. Je sais que c'est moi qui l'ai arraché à son élément sans qu'il y soit préparé. Le voyant ouvrir la bouche, j'espère de tout cœur l'entendre prononcer des paroles familières, réconfortantes. Mais il ne dit qu'un seul mot :

— Maddie !

Je pivote sur moi-même pour suivre son regard. La gamine s'éloigne de nous, elle court vers le petit bâtiment bleu flanqué de l'inscription « Ordures ménagères » en majuscules blanches.

— Attends !

Je m'élance derrière elle. Étonnamment, Gabriel me talonne malgré le sac de Lilas qui lui bat le flanc, à la manière d'une aile brisée.

— Maddie ! Attends. Tu ne sais pas ce qu'il y a là-bas…

Mais elle ne m'écoute pas, et avance vite malgré sa patte folle. Elle tourne à l'angle du bâtiment à toute allure puis, à ma grande surprise, s'immobilise et nous attend. Nous la rejoignons, hors d'haleine, et je m'apprête à lui demander ce qui lui a pris quand Gabriel m'attrape par le bras.

— Regarde.

Le visage de Maddie s'illumine. Un gros camion de livraison stationne sur un terre-plein, son hayon à l'arrière béant.

—Je crois qu'elle nous a trouvé un moyen de transport, constate Gabriel.

J'hésite, le cœur battant à tout rompre. Malgré la distance, je sens les relents métalliques du camion qui me rappellent l'obscurité vibrante à l'intérieur de la fourgonnette des Ramasseurs. Un poids énorme pèse sur mon crâne ; les vrilles de la folie s'enroulent autour de mes bras et jambes.

—On… (Ma voix dérape.) On ne sait pas où il va. Si ça se trouve, il part dans la direction opposée.

—Il n'y a pas un moyen de le savoir ? demande Gabriel.

L'espoir suscité par ce rebondissement a redonné un peu de couleur à ses joues. Je tente de ravaler mes peurs. Ce serait égoïste de le priver ainsi – de tous nous priver – d'une occasion en or.

—Le code de stationnement, dis-je. Mon frère a procédé à des tas de livraisons : quand il avait terminé, il fallait toujours garer le camion à son port d'attache. À l'arrière, il devrait y avoir une plaque avec un code qui commence par l'abréviation de l'État.

Gabriel s'éloigne de moi. Je le vois approcher du véhicule comme s'il avançait au ralenti.

—C'est ça ?

—Par quoi ça commence ? dis-je.

—PA… La Pennsylvanie ? C'est loin de New York ?

—Juste à côté, réponds-je en feignant l'enthousiasme.

Je préférerais marcher jusqu'à Manhattan plutôt que me retrouver dans les ténèbres d'une remorque. Maddie, bien sûr, ne voit aucun problème à grimper dans la gueule de l'abîme.

Le flanc du camion est orné d'un poussin hilare autour duquel figurent les mots « Biscuits apéritifs et sodas Callie » disposés en cercle.

Gabriel monte après Maddie et me tend la main pour m'aider à embarquer. Il ne me voit pas pousser un profond soupir censé me donner la force de le faire.

12

NOUS NOUS CACHONS derrière des cartons de chips et de biscuits apéritifs jusqu'à ce que le chauffeur referme le hayon. Puis, après une secousse, le camion démarre.

Il n'existe pas de ténèbres plus totales qu'au sein des espaces confinés. Il fait plus sombre qu'à l'intérieur de mes paupières, plus sombre qu'en pleine nuit. Les yeux écarquillés, j'essaie de m'acclimater, de distinguer une forme, une silhouette, n'importe quoi. Mais tout ce que je vois, ce sont les membres agglutinés des victimes des Ramasseurs. J'attends le premier hurlement.

Au bout d'un moment, Maddie s'endort. Je perçois son souffle flûté qu'amplifient les parois métalliques.

Gabriel garde le silence, même si je sens sa présence à côté de moi, son bras collé au mien, et si j'entends de temps à autre son crâne qui vient heurter la paroi.

Il vient de me susurrer quelque chose, mais cela m'a échappé. Ou peut-être est-ce le fruit de mon imagination. À moins que je rêve. J'ai soudain des difficultés à distinguer cauchemar et éveil.

— Rhine ? dit-il.

— Ouais ?

Ma voix est plus tendue que je l'aurais souhaité.

— Je te demandais combien de temps nous allons mettre à rallier la Pennsylvanie, d'après toi.

— Quelle différence ? On ne peut pas lire l'heure...

Consciente de l'avoir sèchement rabroué, j'ajoute d'une voix radoucie :

— Comment te sens-tu ?

Son corps appuie davantage contre le mien. Je scrute les ténèbres, dans sa direction.

— Tu trembles, dit-il.

— Non, ça va.

— Si, insiste-t-il, tu trembles. Je croyais que c'était dû aux vibrations du camion, mais ça vient de toi.

Je ramène les genoux contre la poitrine et ferme les yeux, désireuse de voir mes paupières se teinter de beige rougeâtre sous l'afflux de lumière. L'obscurité n'offre aucun répit. C'est un étau qui me comprime le cerveau.

Gabriel tâtonne jusqu'à ce que ses mains trouvent mes cheveux. Il y passe les doigts, et je laisse mon corps s'appuyer contre le sien. Sentant des perles de sueur couler de son visage, je sais qu'il s'agit des premiers effets du sevrage. Il vit son enfer, et moi le mien.

— J'aurais dû m'en douter, dit-il. Ça te rappelle la camionnette des Ramasseurs, pas vrai ?

Je ne lui réponds pas. Ses doigts sillonnent mon cuir chevelu puis vont du front au menton et repartent en sens inverse. Quand j'étais petite, j'agitais une lampe torche dans les ténèbres pour voir la rémanence du faisceau lumineux ; j'imagine à cet instant que c'est l'effet produit par les doigts de Gabriel. Des traits de lumière qui vont et viennent sur ma peau.

Je me surprends alors à raconter ce que j'ai vécu :

— Le jour où les Ramasseurs m'ont capturée, j'ai su que je n'allais pas mourir. (J'observe une pause le temps de trouver les mots justes.) J'ignorais ce qui allait m'arriver. Rien de bon, *a priori*. Mais dans ma tête, la mort ne faisait pas partie des options.

— Comment pouvais-tu en être sûre ?

— Aucune idée. D'ailleurs, comment nourrir ce genre de certitude ?

En penchant la tête, je sens sa clavicule contre ma joue. Les vêtements de Gabriel sont imprégnés de l'odeur qui régnait dans l'étrange bicoque d'Annabelle ; je ressens la chaleur du feu qui y brûlait. Je revois les cartes de tarot, disposées en piles bien nettes devant moi. L'Impératrice. L'Empereur. Le Monde.

— Je n'ai jamais pensé à ma propre mort, dis-je. Mon frère disait toujours que je n'avais pas encore accepté l'idée.

— À t'écouter, ton frère ne te ressemble pas du tout, observe Gabriel.

— Et c'est le cas. Il est plus intelligent que moi. Il sait réparer les choses, résoudre les problèmes.

— Toi aussi, tu en es capable. Ne te rabaisse pas ainsi. Tu es la personne la plus intelligente que j'aie jamais rencontrée.

J'émets un petit rire.

— Tu n'as pas rencontré grand monde…

— Je te l'accorde.

Je sais qu'il arbore un petit sourire satisfait. Il penche la tête en avant, et ses lèvres viennent glisser contre mon front ; elles sont gercées et chaudes, et je sens tous mes nerfs s'éveiller. Mon Gabriel est de retour.

Un court instant, je m'autorise à penser que la prophétie d'Annabelle n'était peut-être pas si délirante. Que tout va rentrer dans l'ordre.

Je m'éveille avec la nette impression d'émerger d'un endroit sûr. D'un endroit éclairé. Mais quand j'ouvre les yeux, les ténèbres règnent toujours dans le camion, les trépidations de la route continuent à nous bercer.

Quelqu'un frissonne à côté de moi. Je me rends compte qu'il s'agit de Gabriel. Je suis vautrée contre lui, et en tâtonnant, je tombe sur son visage trempé d'une sueur froide.

— Tu es réveillée ?

Sa voix est grinçante, presque inhumaine.

— Oui, dis-je en me redressant et en dégageant à l'aveuglette les mèches qui lui barrent le visage.

Ailleurs dans la remorque, j'entends que l'on froisse un emballage, que l'on mâche des chips ; pour l'heure, le menu larcin opéré par Maddie sur la cargaison est le cadet de mes soucis.

— Tu es en pleine crise de manque, dis-je.

Les halètements rauques de Gabriel me terrifient d'autant plus que je suis incapable de le voir.

— Gabriel ? (Grognement pitoyable pour toute réponse.) Où as-tu mal ?

Il met un moment à trouver le souffle nécessaire pour répondre :

— J'ai l'impression d'avoir tous les organes entourés de ficelles sur lesquelles quelqu'un tire.

En lui touchant le bras, je suis effrayée par la tension de ses muscles. Ses veines saillent, j'en jurerais.

— Continue à me parler.

— Impossible.

Il s'écarte violemment de moi quand je lui touche la main, et j'entends le choc sourd que produit son corps recroquevillé en heurtant le sol.

— Gabriel ?

— Donne-moi du sang d'ange, pleurniche-t-il, un authentique gémissement si terrifiant qu'il me donne envie de faire ce qu'il demande. Rien qu'un peu… Pour la fin du voyage.

— Je ne peux pas.

Je m'allonge à côté de lui et m'imagine que je suis capable de le voir à travers ce rideau de noirceur. Son haleine froide me fouette le visage ; j'y décèle des relents aigres avec un arrière-goût de sang.

— Je ne verrais pas ce que je fais avec l'aiguille, poursuis-je. Ça pourrait te tuer.

— Ça m'est égal, murmure-t-il.

Je fais la sourde oreille à cette dernière remarque.

— On n'en a plus pour très longtemps. Repose-toi un peu, je monte la garde. Avec mon frère, on faisait la même chose : chacun veillait sur l'autre.

Gabriel émet un son qui pourrait passer pour un grognement ou un rire.

— Jenna disait vrai, déclare-t-il. Tu es convaincue d'avoir à veiller sur tout le monde.

— Qu'est-ce que tu racontes ? Quand est-ce qu'elle a dit ça ?

— Avant.

Sa voix s'estompe ; je suis certaine qu'il délire sous l'effet de la douleur et du manque.

— Avant quoi ?

— Avant de tomber malade.

En me redressant, je renverse un carton de biscuits qui produit un tel fracas que l'espace d'une seconde, je vois tout en blanc.

— Qu'est-ce qu'elle a dit ? dois-je implorer d'une voix haut perchée en sentant ma poitrine se serrer.

Comme il ne me répond pas, je le secoue par l'épaule. Il proteste en grommelant et s'éloigne un peu.

— Elle a dit que tu étais tellement occupée à rassembler ton courage que tu ne t'en es pas rendu compte. Mais ça n'a pas échappé à maître Vaughn, ce qui t'a mise en danger.

Sa voix dérape ; le sommeil commence à le gagner.

— Rendu compte de quoi ?

Je me sens submergée par l'émotion. J'ai toujours su que Jenna me cachait des choses, mais ces choses sont mortes avec elle, et je n'aurais jamais pensé déterrer l'un de ses secrets. Or, à cet instant, les mots qui sortent de la bouche de Gabriel me donnent l'impression fugace de retrouver ma Jenna.

Il s'agit probablement d'une information confiée à Gabriel sous le sceau de la confidence, sans quoi il m'en aurait fait part auparavant, quand il était plus lucide. Mais le sevrage et le délire qui l'accompagne ont brisé les défenses de Gabriel, et j'ai peut-être tort d'en profiter, mais c'est plus fort que moi : il faut que je lui repose la question.

— Je ne me suis pas rendu compte de quoi ?

Il me répond juste avant de sombrer dans le sommeil.

— De ton importance.

13

LE CAMION S'IMMOBILISE. J'ignore combien de temps il a roulé. Des heures. Toute une journée, peut-être. Je tends la main dans l'obscurité, tombe sur le petit corps de Maddie et l'attire à moi. Dieu merci, elle ne crie pas.

La tête de Gabriel repose sur mes genoux. Pendant les derniers kilomètres, sa respiration régulière m'a appris qu'il dormait, mais à cet instant, il se redresse comme un ressort.

— Chut, lui soufflé-je. Baisse-toi. On s'est arrêté.

Nous nous cachons tous ensemble derrière une pile de cartons. Un emballage crisse dans la main de Maddie ; mon poing se referme sur le sien pour étouffer le bruit.

Des voix assourdies font gonfler une boule d'angoisse dans ma gorge. Gabriel passe un bras autour de mes épaules et retient sa respiration.

Le hayon s'ouvre. Je me mords l'intérieur de la joue ; un hurlement réprimé rebondit contre les parois de mon larynx, tel un papillon pris au piège. J'entends les captives des Ramasseurs s'écarter du brusque afflux de lumière, je perçois leurs murmures effrayés.

L'écho de grosses chaussures sur le métal, la remorque qui gémit sous le poids d'un homme.

— … roulant toute la nuit, on pourrait livrer le reste en Virginie-Occidentale d'ici à demain matin.

Une voix d'homme jeune.

Des cartons sont soulevés, sortis de la remorque. Une autre voix lance :

— On pourrait aussi s'arrêter cette nuit.

— Je peux pas me le permettre.

— L'un de nous pourrait dormir dans la cabine, l'autre là-dedans.

Un gros rire qui s'estompe en s'éloignant.

Je risque un œil au-dessus des cartons et distingue la lueur jaune vif du soleil qui se couche derrière un rideau d'arbres dénudés. Les routiers ont disparu dans un bâtiment flanqué d'un néon rose qui indique « Flamingo Six » en style cursif. En dessous, un panneau écrit à la main : « Ouvert ».

— Allons-y, dis-je à voix basse en poussant Maddie devant moi.

Gabriel est tellement dans les vapes que pour me suivre, il est contraint d'avancer à quatre pattes. Désireuse de l'aider à descendre en douceur, je l'extirpe du camion un peu plus brusquement qu'escompté, inquiète à l'idée de voir resurgir les chauffeurs avant que nous soyons hors de vue.

Maddie étreint le sac de sa mère, désormais bourré de paquets de chips. J'ignore pourquoi Madame trouvait cette enfant stupide ; à chaque occasion, elle fait preuve de plus d'esprit d'initiative que moi.

Cachés derrière une benne à ordures, nous assistons au déchargement des cartons de biscuits apéritifs et sodas Callie. Heureusement que nous sommes sortis de la remorque, car les caisses derrière lesquelles nous étions cachés n'y sont plus. L'un des hommes referme le hayon, l'autre s'installe au volant.

Le regard absent de Gabriel est rivé sur ses genoux ; les paupières lourdes, il se moque éperdument de la mouche qui bourdonne près de son visage. Quand Maddie lui propose une canette de soda tiède, il refuse sèchement et marmonne quelque chose qui m'échappe.

La lumière grisâtre s'accommode à son teint, de lourds cernes soulignent ses yeux ; ses lèvres gercées sont blanches ; une auréole de sueur s'est formée autour de son col.

N'ayant nulle envie d'envisager le caractère extrême de la situation, il me faut pourtant dresser un bilan. S'il n'y a pas de neige au sol, il fait froid. Et presque nuit. Nous n'avons aucun point de chute. J'ai un grand malade et une enfant sous ma responsabilité. Notre unique moyen de rallier la ville suivante est sur le point de démarrer. En plissant les yeux, j'aperçois l'un des routiers qui fait des signes à l'autre.

— On remonte dans le camion, décidé-je.

— Tu vas faire des cauchemars, bredouille Gabriel à mi-voix. (Son ton est tellement saccadé qu'il me faut répéter mentalement ce qu'il vient de dire avant d'en comprendre le sens.) Tu… Dans ton sommeil, tu me l'as dit.

— Ne t'en fais pas pour moi. Allons-y.

Gabriel ne proteste pas quand je l'aide à se relever, mais nous ne sommes pas assez rapides. Le camion est parti avant que nous nous approchions du hayon.

Maddie pousse un grognement indigné. Ses mèches de cheveux s'étalent sur son front.

En s'ouvrant, la porte du *Flamingo Six* laisse déferler une foule hilare d'individus de première génération qui se dispersent bientôt dans des voitures. Nous devons nous trouver près d'un quartier riche pour que ces gens possèdent des automobiles, un luxe réservé aux nantis de la première génération. Ils colonisent des quartiers entiers, comme si le reste de la population leur était devenu insupportable. Certains boycottent les naissances : ces pronature comptent vivre le reste de leur existence loin des vicissitudes des nouvelles générations, condamnées dès le jour où elles viennent au monde.

Il m'arrive de les envier d'avoir vécu soixante-dix ans, d'être en paix avec la mort.

J'entends le lointain brouhaha de la ville, et pour la première fois, j'étudie notre environnement immédiat. Le *Flamingo Six* est apparemment un genre de restaurant, et nous avons échoué sur son parking. Plus loin, en bas d'une petite côte, j'aperçois des bâtiments, de l'éclairage urbain, des rues.

— Regarde, dis-je à Gabriel.

Il s'agit du premier endroit prometteur sur lequel nous tombons, et je tiens à ce qu'il se rende compte que la vie hors du manoir vaut parfois la peine d'être vécue.

Mais ses yeux restent dans le flou, et la sueur qui imprègne ses cheveux hirsutes les rend plus foncés. Tandis qu'il s'appuie contre moi, je discerne nettement l'odeur de maladie qui émane de lui. Après une grimace, je compatis en murmurant son prénom ; il ferme les yeux.

— Qu'est-ce que vous faites là, les enfants ? lance une femme depuis le seuil.

Elle baigne dans une lumière chaude, et une odeur sucrée flotte autour d'elle. Voyant un homme apparaître derrière elle, Maddie se réfugie dans mon dos et s'agrippe à mon sweat-shirt.

Greg et sa femme, Elsa, sont arrivés à la conclusion que Gabriel souffre du virus, et je me suis bien gardée de les contredire. Les symptômes doivent en effet ressembler à ça, et ils ne se montreraient peut-être pas aussi généreux s'ils savaient que l'état de Gabriel est dû au résidu de sang d'ange qui court dans ses veines : certains membres de la première génération sont hostiles à notre existence, même quand ils ne voient pas en nous des toxicomanes.

Ils nous font traverser la cuisine saturée de vapeur et d'arômes délicieux, puis nous font asseoir autour d'une petite table pliante, dans la salle de repos, où ils nous servent des bols de soupe aux nouilles et au poulet ainsi que des sandwichs toastés. Gabriel ne mange rien ; je constate qu'il fait de son mieux pour rester droit, mais ses épaules sont secouées de spasmes et ses paupières sont lourdes.

— Croyez-le ou non, mais ça fait trente ans qu'on a ouvert ce restaurant, lance Elsa en nous apportant à chacun un verre de citronnade que Maddie s'empresse d'engloutir. Quelle charmante petite, ajoute-t-elle.

J'imagine que cela demande une explication, vu que Maddie n'est clairement pas notre enfant.

— C'est ma nièce, dis-je simplement.

Elsa s'en satisfait ; son intérêt se porte essentiellement sur Gabriel.

— Tu devrais manger un peu, mon cœur, lui conseille-t-elle alors que je vois la tristesse envahir ses yeux noirs. C'est bon. Et ça te donnera des forces.

— Il a surtout besoin de repos. On essaie de rallier la Virginie-Occidentale, ajouté-je en repensant à ce que disait l'un des routiers quelques instants plus tôt, déduisant que le camion nous a conduits jusqu'en Virginie. C'est là que vit sa famille, poursuis-je. On a pensé que ce serait mieux si… vous savez, s'il était auprès d'eux.

Ce mensonge me fait aussitôt culpabiliser quand je vois les yeux d'Elsa se remplir de larmes ; elle nous prie de l'excuser et quitte la pièce.

— Quelle menteuse tu fais, murmure Gabriel en nichant la tête contre mon épaule. Tu n'as même pas bronché.

— Chut, lui dis-je. Essaie de manger un peu.

Mais, quelques secondes plus tard, il ronfle déjà.

Quand Elsa revient, elle fronce les sourcils en voyant la forme endormie de Gabriel.

— Vous n'avez nulle part où aller, cette nuit ?

Maddie, la bouche pleine de sandwich, me lance un regard inquisiteur.

Je tisse un pieux mensonge, et je suis si fatiguée, j'ai l'esprit si embrouillé, qu'il doit s'agir d'un bobard sans queue ni tête. Une histoire de panne d'autobus, de trafic suspendu jusqu'à demain matin qui nous laisse effectivement sans point de chute. Mais Elsa semble mordre à l'hameçon, ce qui me laisse penser qu'elle doit avoir un grain.

Et quand elle nous invite à passer la nuit dans l'appartement du couple, situé au-dessus du restaurant, cela confirme mon diagnostic.

Alors que Gabriel se tient appuyé contre moi dans un crépuscule inquiétant qui le pousse à marmonner et à remuer la jambe (mouvement qui ne cesse que lorsque je pose une main sur sa cuisse), Elsa s'installe sur une chaise pour discuter avec moi. Mais si ses paroles s'adressent à moi, elle n'a d'yeux que pour Gabriel. Un regard attentionné, presque éperdu.

— Pauvre petit, se lamente-t-elle. Il ne fait pas ses vingt-cinq ans.

Pas étonnant dans la mesure où Gabriel en a dix-huit, mais je ne la corrige pas. En fait, il est possible que je me trompe. Je côtoie Gabriel depuis près d'un an ; peut-être a-t-il laissé filer sa date anniversaire, comme Jenna l'avait fait. Comme je l'ai fait. Un an plus près. Mon poing se referme sur l'étoffe de sa jambe de pantalon.

J'ouvre la bouche, prête à dire qu'il lutte, qu'il a tenu plus longtemps que ce à quoi je m'attendais, mais je me retiens. Je ne veux pas prolonger ce mensonge. La mort est omniprésente en ce bas monde, elle est penchée jour après jour sur la ravissante génération factice à laquelle nous appartenons, Gabriel et moi ; je ne souhaite pas entrer dans son jeu fatal.

Pour tout dire, j'éprouve une soudaine envie de pleurer.

Mais je n'en fais rien. Je finis ma soupe et écoute Elsa évoquer un garçon nommé Charlie. « Mon Charlie », comme dans « Mon merveilleux, adorable, pauvre Charlie ». J'imagine qu'il s'agit de son fils. Ou plutôt de son fils défunt, car Elsa déclare maintenant que Gabriel lui ressemble beaucoup, que les dernières semaines ont été très difficiles, qu'elle entend son fantôme dans les couloirs. Les paroles de Charlie, dit-elle, ont été emprisonnées dans le papier peint, elles sautillent d'une petite fleur bleue à une autre, résonnent, semblent jouer entre elles.

Maddie est captivée par les propos de cette femme. La tête relevée, elle regarde les lèvres d'Elsa remuer. Je me demande si ces deux-là sont sur la même longueur d'onde. Si Maddie pouvait parler, évoquerait-elle un rire qui cascade des nuages, des fantômes qui hantent ses cheveux ?

Quand elle remarque mon alliance, Elsa présume que Gabriel est mon époux et me confie que son fils ne s'est jamais marié. Qu'elle adorerait trouver un jour une fille capable de l'atteindre par-delà la mort. Puis elle me demande si je sais chanter.

Mais elle ne m'interroge pas sur mes yeux, sur le pourquoi de la chose ou sur une éventuelle malformation, et je lui en sais gré. Peut-être est-ce dû au fait que, dans le monde d'Elsa, tout est mal apparié.

Greg, qui l'a entendue nous parler, vient la chercher en lui disant :

— Allons, ma chérie. Il y a des clients à servir.

Son irruption brise le sortilège sous l'emprise duquel se tenait Maddie : elle se fige en le voyant approcher, puis se glisse sous la table quand il s'éloigne. Comme elle refuse d'en sortir malgré mes exhortations, je finis par renoncer. Je joue alors à marquer le rythme d'une chanson entendue à l'une des fêtes de Linden en tapant du pied par terre, puis, sans crier gare, je change de support et passe à la jambe de Maddie.

Elle apprécie. Je l'entends hoqueter, ce qui, présumé-je, s'apparente chez elle à un gloussement de rire.

— Importante, susurre Gabriel dans mon cou.

Où qu'il se trouve, il est désormais hors d'atteinte. La nuit promet d'être difficile...

— Il faut excuser ma femme, dit Greg qui refait son apparition et s'essuie les mains à l'aide d'un torchon. Elle a du mal à faire la différence entre les gens et les chatons égarés.

Il doit s'agir d'une boutade, car il rit. Sous la table, Maddie s'agrippe à ma jambe, et quand Greg se penche pour lui faire signe, je sens ses ongles s'enfoncer dans mon pantalon comme des serres, et je suis sûre qu'ils ont meurtri ma chair jusqu'au sang.

— On a une chambre qu'elle aime bien louer, ajoute-t-il. Contre un peu d'argent, bien sûr, mais pour ça, on s'arrangera demain matin.

Son visage respire la gentillesse. Des yeux noirs et tristes, comme ceux de sa femme. Des rides d'expression. Ses cheveux bruns grisonnent, et il est rasé de près. Mais quand il me sourit, je ressens confusément l'envie de me réfugier sous la table. Pas pour m'y cacher avec Maddie : pour la protéger.

14

À LA FERMETURE du restaurant, un peu après 22 heures, je sors Gabriel de la torpeur qui fut la sienne pendant des heures, affalé sur la table dans une mare de bave. Puis je l'exhorte à manger un peu tandis que nous faisons la vaisselle. Maddie, juchée sur une caisse de citrons, essuie le couvert avec une méticulosité étonnante. Mon petit doigt me dit que le fracas d'un verre qui se brise déclencherait chez elle une crise, et qu'elle en est consciente.

Elsa s'efface pour nous laisser emprunter l'escalier jusqu'à leur appartement du premier étage : deux chambres, une cuisine et une petite salle de bains au bout d'un long couloir qui s'élargit pour former un minuscule coin télé.

Le papier peint du couloir est orné de petites fleurs bleues, et Elsa a un geste affectueux pour elles en nous conduisant à notre chambre. Gabriel lève les yeux vers moi ; je me borne à secouer la tête.

Constatant que la chambre ne comprend qu'un seul lit grinçant, je m'apprête à suggérer de laisser Maddie y dormir quand celle-ci prend le sac de sa mère, dérange le dessus de lit impeccable en tirant d'un coup sec sur un oreiller et se glisse sous le lit. L'habitude de se cacher aux yeux de Madame, je présume.

J'insiste pour que Gabriel passe le premier à la douche : l'eau chaude devrait l'aider à sortir de son hébétude. Laissant la porte de la chambre ouverte, je prête l'oreille au bruit irrégulier de l'eau qui coule sur son corps. Maddie s'agite sous le sommier, puis sort la tête et se tourne vers moi.

— Il faut qu'on te lave un peu, dis-je.

À l'aide d'une trousse de premiers soins dénichée sous l'évier de la cuisine, Elsa refait le bandage autour du bras cassé de Maddie. La gamine se laisse faire, assise sur le plan de travail bleu pâle, un ton plus foncé que ses yeux délavés. Elle présente son bras menu à la manière d'une offrande, l'air innocent, tandis qu'Elsa fredonne, lui sourit et affirme qu'elle aurait tant voulu avoir une petite-fille. Elle lave les cheveux noirs et lisses de Maddie au-dessus de l'évier, puis va même jusqu'à rectifier les pointes à l'aide d'une paire de ciseaux, comme devait le faire Lilas. Fredonnant toujours, parfois dans une langue que je n'ai jamais entendue, elle décrasse ensuite les bras et la figure de Maddie. Il s'agit peut-être d'un jargon de son invention. Voyant la petite remuer les lèvres, j'en viens presque à croire qu'elle va se mettre à chanter, elle aussi, mais bien sûr, elle n'en fait rien.

Pendant tout ce temps, je reste sur le seuil, les bras croisés, consciente du fait que je ne m'autoriserai pas une minute de sommeil tant que nous serons ici ; Gabriel est trop épuisé pour veiller.

De retour dans la chambre, je constate qu'Elsa nous a laissé des vêtements de jeune homme en guise de pyjamas de fortune : un tee-shirt ample dans lequel Maddie tient tout entière, une chemise qui me glisse sur les épaules et un pantalon de jogging trop large qui ne tient pas sur mes hanches même lorsque je serre le cordon au maximum.

Gabriel est toujours sous la douche, et quand je m'assois sur le lit pour l'attendre, Maddie grimpe à côté de moi avec l'ouvrage prélevé dans le sac de sa mère. C'est un livre d'enfant écorné, dont la reliure peine à retenir les pages fatiguées. En vérifiant l'année de publication, je constate qu'il remonte presque à la naissance de mes parents. Une écriture enfantine, hésitante, a tracé « Grace Lottner » au crayon de couleur bleu. Maddie désigne l'inscription dont elle entreprend de suivre les angles et les arrondis. Puis, les yeux rivés sur moi, elle tourne la page. Sur la page de titre, je découvre une profusion de fleurs et de gribouillis, ainsi qu'un dessin qui doit être censé figurer un oiseau. Mais il y a autre chose dans ce fouillis. Une nouvelle inscription manuscrite, presque illisible tant elle est passée et confuse.

« Claire Lottner » suivi de chiffres et d'un nom de rue, puis « Quartier résidentiel, Manhattan, New York ».

— De qui s'agit-il ? demandé-je à Maddie. Sais-tu qui vit là ?

Elle chasse une mèche de cheveux d'un soupir appuyé. Maintenant qu'elle est propre, sa tignasse fait penser au fin duvet d'un poussin noir.

Elle tourne une nouvelle page, désigne le premier mot qui y figure, au-dessus d'une illustration représentant deux enfants qui enjambent une flaque d'eau d'un bond, et attend que je lui fasse la lecture.

Quand Gabriel sort de la douche, il enfile le bas de pyjama écossais soigneusement plié qui a été déposé à son intention. Il lui va parfaitement, comme s'il se coulait dans l'enveloppe spectrale du fils d'Elsa. Il y a aussi un tee-shirt qu'il est trop fatigué et trop perclus de douleurs pour mettre.

Une fois Maddie au lit – ou plutôt sous le lit –, il s'allonge sur le matelas, face au mur, dans une position visant certainement à masquer ses souffrances. Mais j'entends sa respiration heurtée, je vois ses muscles tressauter sous sa peau.

Quand j'ai fini ma toilette, je retourne dans la chambre et me couche à côté de Gabriel, puis décris des cercles à peine appuyés dans son dos. Il est tendu à l'extrême, comme l'était Cecily quand nous l'avions trouvée gisant dans sa chambre, au premier stade de son accouchement. L'afflux de sensations l'avait tellement choquée et horrifiée qu'une fois capable d'ouvrir la bouche, elle s'était mise à hurler.

Mais Gabriel n'est même pas capable de se retenir ainsi ; je sais que les râles et les halètements échappent à son contrôle.

— Je te fais mal ? murmuré-je. Tu veux que j'arrête ?

Il lui faut un moment pour parvenir à répondre « Non ».

Mes cheveux mouillés ont trempé l'oreiller, mais je suis trop lasse pour m'en soucier. Gabriel marmonne quelque chose à propos d'une odeur d'abricot.

— Ce sont mes cheveux ? dis-je en me servant d'une mèche pour tracer un cercle humide sur son épaule nue.

Quand je l'entends émettre un petit bruit, comme si ce contact lui apportait un quelconque soulagement, je réitère les arabesques mouillées sur son bras, sur l'éminence de son épaule, dans son cou. Depuis ma position, derrière lui, j'aperçois sa joue qui se gonfle sous l'effet d'un sourire.

Je m'approche dans un grincement de ressorts jusqu'à ce que mon ventre vienne effleurer son dos ; j'appuie le front contre son crâne. En expirant, je le sens se couvrir de chair de poule. Et je pense : *C'est sa peau. C'est la personne avec laquelle je voulais partager ma liberté*. Je devrais être heureuse de nous voir ainsi libres de définir la distance qui nous sépare, libres d'explorer nos sentiments mutuels sans avoir à s'inquiéter des bruits dans le couloir, de mon abominable beau-père ou d'un sous-sol rempli de dépouilles humaines. Hélas, malgré notre évasion, un voile semble toujours flotter au-dessus de nos têtes.

Je sais qu'il faut que je concentre mon attention sur le présent. Je me suis montrée trop égoïste. Pendant que Gabriel encaissait un double choc – une plongée dans un monde sans hologrammes et la prise d'une drogue épouvantable –, je m'angoissais à propos de mes sœurs épouses en rêvassant à un édredon moelleux et en regrettant le goût des June Beans. C'est mal. Tout cela appartient au passé. Il est grand temps de m'en séparer, de tout ranger dans un recoin de mes souvenirs et de ne plus en parler.

Mais avant cela, avant de m'en séparer, je dois savoir une chose.

— Gabriel ?

— Mmh ?

Il est fatigué mais pleinement conscient. J'ai bon espoir de le voir bientôt libéré du sang d'ange.

— Quand nous étions dans le camion, tu m'as dit que Jenna t'avait parlé, avant de tomber malade. Qu'elle t'avait confié que j'étais tellement occupée à rassembler mon courage que je ne m'étais pas rendu compte que j'étais en danger.

Gabriel relève un peu la tête, mais ne se retourne pas vers moi.

— J'ai dit ça ?

Je sens la déception me soulever l'estomac.

— Est-ce vraiment arrivé, ou était-ce un délire provoqué par la drogue ?

— C'est arrivé, dit-il. Mais je n'aurais pas dû t'en parler. Je ne savais plus où j'en étais.

Il vient ainsi confirmer mes doutes selon lesquels tout cela ne me regarde pas, mais je ne peux pas m'empêcher de poursuivre :

— Jenna m'a caché des choses. (Je comprends alors que j'ai du mal à lâcher prise parce que je suis en colère.) C'était comme une sœur pour moi. Ma confidente. Comment a-t-elle pu me taire ce qu'elle a partagé avec toi ?

Gabriel prend une longue inspiration, sans forcer. Puis son épaule se contracte brusquement ; il étreint sa jambe de pyjama, mais je parviens à insinuer mes doigts de sorte qu'il s'accroche à moi. En l'entendant bafouiller quelque chose, j'ai le cœur qui se serre. Je suis sur le point de lui dire que je suis désolée d'avoir mis ça sur le tapis, qu'il devrait se reposer quand il lance tout à trac :

— Elle savait que le maître domanial… que Vaughn allait la tuer.

Vaughn. L'artisan de toutes les souffrances endurées par mes sœurs épouses et moi-même. Bien sûr, je le savais confusément responsable du décès prématuré de Jenna. Mais l'entendre à voix haute, en avoir ainsi confirmation, provoque une douleur brutale et entièrement nouvelle. J'ai grand-peine à articuler :

— Comment ?

— Elle s'était introduite au sous-sol dans l'unique but de me trouver.

Cela avait eu lieu l'après-midi de sa disparition, et quand nous en avions parlé plus tard, dans la bibliothèque, elle s'était bornée à m'avouer qu'elle s'était rendue au sous-sol sans répondre à mes questions, allant jusqu'à me crier après sous prétexte que je la harcelais.

— Qu'est-ce… (Ma voix se brise.) Qu'est-ce qu'elle a dit ?

— Qu'elle savait que nous comptions nous évader, et qu'elle s'inquiétait. Elle a dit qu'à force de t'occuper des autres, de vouloir tout contrôler, tu ne te rendais plus compte du danger. Et que le manoir n'en manquait pas. Elle m'a demandé de veiller sur toi, même quand tu n'admettais pas en avoir besoin. Quant au reste, elle m'a fait promettre de ne pas t'en parler. Cependant, et tu dois me croire, je te dirais tout si j'estimais que cela puisse t'aider. Mais pour ton bien, Rhine, le mieux, c'est que tu laisses tomber.

Que je laisse tomber. Que je laisse les secrets de Jenna mourir avec elle.

Sans un mot de plus, j'éteins la lampe de chevet située derrière moi. Sous le sommier, Maddie s'agite dans les ténèbres, peut-être en proie à l'un de ses rêves étranges, sans parole.

Au moment où je suis certaine que Gabriel s'est endormi, il ajoute :

— Je n'ai pas confiance dans ces gens.

Moi non plus. Elsa est perdue dans le désert mélancolique de son esprit ; quant à Greg, il terrifie Maddie. Je tente de rationaliser la chose en considérant que la gamine, après une petite enfance passée à voir des hommes aller et venir dans la fête foraine de Madame, avait pris tous les mâles en grippe. Mais non, ça n'a aucun sens. Elle a témoigné de l'affection envers Jared, et Gabriel ne l'a jamais fait réagir ainsi.

— Je monte la garde, dis-je. Je te réveille dès que je sens la fatigue venir.

Ses épaules sont secouées par un petit rire.

— Menteuse.

Mais c'est dit sans malice. L'instant suivant, il dort.

Le sommeil de Gabriel est agité. Je passe la nuit à étreindre ses poings crispés pour calmer ses ruades, à éponger la sueur avec ma manche, à supporter en grimaçant les insultes haineuses qu'il profère dans son état de semi-conscience. Je sais que ses paroles ne me sont pas adressées ; ce qui m'effraie, c'est d'ignorer à qui, ou à quoi, il en veut ainsi. Il donne l'impression d'être habité, et peut-être est-ce réellement le fantôme du fils d'Elsa qui surgit des murs : à un moment, Gabriel ouvre les yeux et se tourne vers moi sans me voir, comme si quelqu'un se tenait de l'autre côté du lit.

J'allume la lumière, à la fois pour lui montrer qu'il n'y a personne d'autre et pour me le prouver. Je constate alors la démence qui habite ses yeux bleus, sa peau laiteuse, ses lèvres blêmes qui lui donnent l'air d'un mort.

— Rhine ? lance-t-il, manifestement surpris de me trouver ici, comme si le mystérieux périple qu'il a entrepris cette nuit m'avait rendue invisible alors que je faisais mon possible pour le réconforter.

— Salut, dis-je en dégageant les mèches qui lui collent au visage. Je peux faire quelque chose pour toi ?

Le son de ma voix semble l'apaiser un peu. Je suis assise à côté de lui, et quand je pose mes mains sur les siennes, il déplie les doigts. Puis il reste un long moment à me dévisager, dérouté et exténué, et finit par dire :

— On était en train de discuter du retour au manoir en hélicoptère ?

Après un rire qui fuse malgré moi, je secoue la tête.

— Non.

— Oh. Je l'aurais juré, pourtant… Et après, tes cheveux se sont transformés en essaim d'abeilles.

J'agite une mèche de cheveux au-dessus de son visage ; les boucles blondes à la teinte changeante rebondissent comme des câbles entremêlés.

— Pas d'abeille en vue. Tu as soif ?

— Un peu, dit-il.

Alors qu'ils se referment, je vois ses yeux se révulser. Il va s'en remettre, me répété-je. Ça va passer.

Ça va passer.

Ça va passer.

— Je reviens de suite, murmuré-je.

J'arpente le couloir, teint en rose par toutes les veilleuses disposées par Elsa. Peut-être pense-t-elle que cela tient le fantôme de son fils en respect, ou que cela le guide.

La cuisine, en revanche, est plongée dans le noir, seulement éclairée par la lune et par la lumière du réfrigérateur une fois celui-ci ouvert. J'y trouve une bouteille d'eau en plastique. Le plastique, affirme mon frère, est la plus belle invention de la chimie. Il ne se détériore jamais, et quand il a rempli son office, on peut le fondre pour fabriquer autre chose, ou le laisser pourrir à jamais dans une décharge.

Selon Rowan, les scientifiques savent faire les bouteilles, mais pas les humains.

— Ton mari n'en a plus pour très longtemps, pas vrai ? lance Greg.

Je sursaute. La porte du frigo m'échappe et se referme. Dans la pénombre, je distingue à peine la silhouette voûtée de Greg, qui surplombe la table de cuisine.

— Je ne voulais pas te faire peur.

— Pas de problème, dis-je d'une voix que j'aurais voulue plus ferme. Je venais juste chercher un peu d'eau.

— Pour ton mari ? demande Greg sur un ton neutre, presque éteint.

— Oui.

— C'est bien de t'occuper de lui, dit Greg qui tourne la tête vers moi sans que je distingue ses traits. Mais n'oublie pas de t'occuper de toi. Quand on voit les gens mourir comme ça…

on a l'âme qui se vide de son énergie. L'impression d'être à la place du mourant.

Je sens mon souffle se bloquer dans ma gorge. Gabriel n'est pas mourant ; son corps se remet des effets secondaires du sang d'ange, tout ira bien ensuite. Mais Jenna *était* mourante. Et, accroupie à côté d'elle dans son lit de douleur, alors que sa tête reposait sur mes genoux et que j'essuyais le sang qui ruisselait sans cesse de sa bouche, je me suis effectivement sentie mourir en même temps qu'elle. J'ai beau avoir fait le serment de couper les ponts avec mes sœurs épouses, cette douleur-là ne me quittera jamais. Elle est piégée pour toujours dans un repli de mon cerveau, et pour l'heure, en entendant Greg, j'ai l'impression d'être malade.

— Je sais, dis-je.

— Notre fils est mort il y a plus de trente ans, poursuit le vieil homme.

Puis il répète ces paroles, plus lentement, avec plus de punch.

— Trente ans. Elsa s'en est toujours pas remise.

Il boit une gorgée, et j'entends les glaçons tinter dans son verre. Le relent d'alcool me parvient d'un seul coup ; je me rends compte qu'il bute sur les mots depuis le début.

— Sale coup qu'on vous a fait, à vous autres mômes…

Quand il se relève, sa chaise part en arrière et s'écrase au sol. Imperturbable, il avance vers moi, et je me colle dos au congélateur pour m'écarter de son chemin alors qu'il ouvre la porte du frigo. La lueur bleutée me permet de distinguer la tristesse dans ses yeux noirs, ses cheveux en bataille, la détresse qui émane de Greg comme d'une chanson déprimante. Il se tourne vers moi et dit :

— Quel effet ça fait, de savoir exactement quand on va mourir ?

J'ai un mouvement de recul, froid dans le dos, et ma paume moite étreint la bouteille que je suis venue chercher. Selon moi, Greg n'attend même pas de réponse de ma part. Il me décoche un sourire distant, fatigué, terrifiant. Les lettres tracées par Maddie s'illuminent dans ma tête : « Fuis. »

Me voyant esquisser un pas, il m'agrippe par le bras.

— Attends, dit-il. Attends… Tu es encore si pleine de vie. Tu es la chose la plus chaude que j'aie vue depuis des années.

Quand je me débats, la pression qu'il exerce s'accentue. Son regard s'assombrit.

— Lâchez-moi.

— Dans quelques années, tu seras plus rien qu'un tas de cendres.

Il m'embrasse. Un baiser violent, sous la contrainte : sa langue s'insinue de force dans ma bouche, je suis assaillie par des relents de sel et d'alcool bon marché, par son haleine chaude et cuivreuse. Ma réaction est immédiate, mon corps bouge de son propre chef, je pousse, je donne des coups de pied, je résiste. Mes efforts ne suffisent pas à lui faire relâcher son étreinte, à décoller sa bouche de la mienne. Je sens sa langue m'envahir, m'étouffer. Son autre main se glisse sous le cordon de mon pantalon de jogging. La peau de ses doigts est calleuse, parcheminée, comme celle de Vaughn dans tous mes cauchemars ; ils progressent et se referment sur ma hanche.

Je hurle, mais sa bouche me fait suffoquer et mon cri reste coincé dans sa gorge. Un silence irréel s'est abattu sur la pièce. Mon cœur bat la chamade dans ma poitrine, dans ma tête et jusqu'au bout de mes doigts, sans produire le moindre son.

Je n'entends même pas la bouteille d'eau s'écraser par terre.

Puis il y a un craquement d'os, et je vois Greg s'éloigner de moi. Non, pas s'éloigner. Tomber. Il se retrouve à quatre pattes, au bout d'une épaisse traînée de sang. Est-ce moi qui ai fait ça ? Je regarde mes mains, incrédule. Non, j'étais en train de le repousser, mais jamais je n'aurais eu la force de lui assener un coup pareil.

Puis je distingue une autre silhouette qui bouge dans l'embrasure de la porte, écumante de rage, un pied posé sur la forme recroquevillée de Greg, comme pour lui décocher un coup si l'homme fait mine de riposter.

— Gabriel ?

— Ça va, toi ? me demande-t-il sans quitter Greg des yeux.

— Je... oui, dis-je en clignant des paupières, en proie à un haut-le-cœur.

Brusquement, les bruits de la cuisine sont de retour. La vie, qui avait ménagé une inexplicable pause, a repris son cours. Et maintenant qu'il est derrière moi, le moment épouvantable que je viens de vivre est réduit à une taille insignifiante. Je m'essuie la bouche et la langue sur ma manche de chemise alors que Gabriel me prend par la main et m'entraîne hors de la cuisine.

— J'aurais pu le tuer, marmonne-t-il en me traînant dans le couloir jusque dans la chambre. J'aurais pu le *tuer*.

— C'est un effet du sevrage, dis-je. Ça ne te ressemble pas. Tu n'es pas comme ça.

— Oh que si, se défend-il. Maddie, lève-toi. On s'en va.

Il tend le bras sous le lit et oblige la pauvre petite à se mettre debout avant qu'elle ait repris ses esprits. Quand je saisis le sac de Lilas que Maddie avait abandonné à même le sol, je suis surprise de constater que mes mains tremblent. La pièce tourne. Je dois fermer les yeux une seconde pour me ressaisir.

Greg remue dans la cuisine, et avant que je puisse réagir, Gabriel court déjà vers lui.

— Non ! susurré-je. Tu vas réveiller Elsa ! Filons d'ici.

— Je te rejoins. Sors avec Maddie.

Pour sortir, il faut traverser le restaurant. Je descends les marches en aidant Maddie que je tiens par la main. La gamine, habituée à courir se mettre à l'abri, est plus rapide que moi ; mais a-t-elle jamais connu la sécurité ?

Et qu'en est-il pour moi ?

Dès que nous arrivons au pied de l'escalier, elle part comme une fusée. À peine ai-je le temps d'articuler « Attends » qu'elle ouvre la porte à la volée, ce qui déclenche le système d'alarme. Les décibels se mettent à pleuvoir du plafond. Cela me rappelle le tintement des boîtes de conserve disposées par mon frère et moi quand elles s'entrechoquaient, mais multiplié par cent, par mille. C'est tellement assourdissant que je vois rouge. Après ça, pas question de rattraper Maddie. Je la vois un instant dans l'embrasure, puis elle disparaît d'un bond dans les ténèbres, tel un oiseau qui prend son envol.

À ce stade, inutile de continuer à finasser. Je crie son nom, et dans le chaos ambiant, je crois distinguer une réponse. Maddie, ou un fantôme. Des mains me poussent dans le dos, je cours jusqu'à la porte, et je continue lorsque mes pieds heurtent le gravier. Quelqu'un, ou quelque chose, me conduit jusqu'à l'abri de la benne à ordures, notre cachette initiale.

J'y retrouve un semblant de calme et me rends compte que c'est Gabriel qui m'a poussée à avancer. Il porte le tee-shirt qu'Elsa avait sorti à son intention ; quant à moi, je découvre que je serre dans mes bras les vêtements prêtés par Annabelle. Mais ce qui me frappe le plus, c'est qu'accroupie dans l'obscurité, je tremble toujours.

Maddie, en petite futée qu'elle est, nous a attendus là, accrochée au sac de sa mère. Par-dessus le vacarme, Gabriel me demande quelles autorités l'alarme aura alertées. Il s'attend toujours à ce qu'un arbitre, un Dieu, un Vaughn, vienne châtier les coupables.

— Aucune, dis-je. Personne ne viendra. L'alarme sert uniquement à les réveiller en cas d'intrusion.

La frêle et menue Elsa, le sombre et titubant Greg, qui est à sa manière aussi dérangé que sa femme. Ils sont les gardiens de leur petit restaurant. Les seuls à le protéger. Tout comme, avec Rowan, nous étions les seuls à protéger notre maison à l'aide des boîtes de conserve et des ficelles que nous disposions dans la cuisine.

Chacun veut défendre ce qui lui appartient. Je dois avoir dit la dernière phrase à voix haute, car Gabriel répond « Pas assez bien » et desserre le poing pour me montrer une liasse de billets verts froissés.

Gabriel. Je ne l'en aurais pas cru capable. Et j'aurais peut-être pris ombrage du vol qu'il vient de commettre chez des gens qui nous ont hébergés, si je ne sentais pas encore la main de Greg sur ma hanche. Si ma lèvre inférieure n'était pas en train de trembler.

— Ça devrait suffire à payer l'autocar, estime Gabriel une fois le restaurant derrière nous. Comme ça, tu n'auras plus à te cacher à l'arrière d'un camion.

Il aurait été plus simple pour lui de subir les effets du sevrage allongé dans la fraîcheur et l'obscurité d'une remorque. Mais il a fait ça pour moi, parce qu'il a senti ma réaction aux ténèbres et compris que je n'avais pas envie de revivre ce genre d'expérience. Je suis submergée par une vague que je n'arrive pas à expliquer, mais qui me rend tout à la fois heureuse, faible et nauséeuse.

Au loin, l'alarme cesse. Greg sait que personne n'est entré par effraction dans son restaurant, bien sûr, et il n'est pas en état de nous donner la chasse. Même s'il en meurt d'envie.

Nous descendons une route pavée qui nous conduit dans une ville endormie, chichement éclairée par des lampadaires. Toutes les maisons paraissent en bon état ; les jardins ne sont pas envahis par la mauvaise herbe et la terre battue. Voilà qui renforce ma conviction selon laquelle le quartier est aux mains de la première génération. J'utilise cet argument pour me convaincre qu'il n'y aura pas de camionnettes de Ramasseurs… ce qui ne m'empêche pas de bloquer ma respiration au passage d'une voiture. Gabriel me demande ce qui ne va pas, pourquoi je me suis figée. Je lui assure que tout va bien.

— Je m'inquiète surtout pour toi, dis-je. Comment te sens-tu ?

— Fatigué. Pas trop mal.

Il se baisse pour prendre dans ses bras Maddie, qui traîne des pieds, mais comme elle s'y refuse, il la laisse tranquille.

— Et toi, encore des hallucinations ? demandé-je.

— Je vois toujours des serpents dans les coins sombres.

Des serpents. Au plus fort de mon délire médicamenteux, Vaughn prenait toujours la forme d'un serpent. Jusqu'ici, je croyais que cela tenait à sa nature plus qu'à tout le reste. Pendant un ouragan, je m'étais retrouvée coincée au sous-sol avec Vaughn, Linden et mes sœurs épouses. Je m'étais assoupie, et dans mon demi-sommeil, Vaughn s'était mué en insecte géant en plein discours. Il s'était transformé en criquet, je crois. Pas aussi terrifiant qu'un serpent, mais dérangeant quand même. Et chaque fois qu'il me parlait, je sentais des cafards courir sur ma nuque. Ce qui n'a rien de surprenant : à mes yeux, Vaughn n'a jamais été humain.

Je suis encore perdue dans ces pensées lorsque nous tombons sur la gare routière. C'est l'un des rares bâtiments éclairés. Je ne pense pas à ce qui pourrait surgir de l'ombre, et Gabriel ne dit pas un mot sur ce qu'il y voit grouiller. Je l'admire pour cette retenue.

Au sein du manoir, il était voué à la soumission. Il se conformait aux règles, suivait son emploi du temps de façon mécanique. Mais il y avait toujours quelque chose de plus sous la surface, dissimulé dans les emballages colorés des June Beans qu'il m'apportait. Et ses bras tendus m'avaient rattrapée, le jour de l'ouragan, quand j'étais tombée du phare. Je l'ai toujours su plus fort que ce qu'exigeait sa fonction.

Et alors que nous pénétrons dans la gare routière, la lumière des néons me rappelle sa pâleur extrême, les poches sombres sous ses yeux. Le moins que je puisse faire, c'est déchiffrer la carte bariolée au mur et trouver l'itinéraire le plus sûr pour nous sortir d'ici.

— Assieds-toi et mange un peu, lui dis-je. Il reste des biscuits Machin dans le sac de Lilas.

— Des biscuits Machin, raille Gabriel. Miam.

Mais il n'en fait rien. Il me regarde tandis que je fais courir un index sur une ligne verte de la carte, tout comme je le faisais sur mon couvre-lit, au manoir, lorsque je lui racontais mes rêves de grandeur, soutenant que tout espoir n'était pas perdu en ce bas monde.

— Pourquoi tu ne te reposes pas ? dis-je.

— Et toi ?

— Quoi ? m'exclamé-je. Moi ? Tout va bien.

Je pince les lèvres et tente de me concentrer sur les noms des villes, mais ils se ressemblent tous. Pour quelque obscure raison, je ne comprends pas ce que je contemple.

Gabriel pose une main sur mon épaule.

— Rhine. Tu ne vas pas bien, admets-le.

— Non. (Aussitôt ce mot lâché, je claque des dents. Je déglutis et inspire à fond tandis qu'il me fait pivoter face à lui.) Je vais bien, je t'assure. J'ai juste besoin de faire le point.

Il chasse les mèches qui me barrent le visage.

— Admets-le.

Sa voix est si douce, je me sens brusquement si triste que j'appuie la tête contre son épaule. Il m'attire à lui et je sens mes genoux fléchir, mais ça n'a pas d'importance car il me retient.

— Tout va bien, murmure-t-il.

Mes lèvres lui frôlent le cou ; je sens son odeur de transpiration, de fièvre, la maladie qui suinte de tous ses pores. Tout va de travers. C'est moi qui devrais être en train de le réconforter, et non l'inverse. Mais c'est moi qui tremble. Et ce sont mes larmes qui viennent s'écraser sur son col.

Il me frotte le dos et, tandis qu'il me parle tout bas, ses lèvres se collent à mon oreille de telle sorte que ses paroles sont comme un bourdonnement.

— Tout va bien. Je ne laisserai plus personne te toucher comme ça. Promis. Plus jamais.

— Gabriel…

Ma voix n'est plus qu'un gémissement.

— Je sais.

Son timbre grave m'apaise, et il sert également d'avertissement à toutes les choses dangereuses qui voudraient s'insinuer entre nous. Peut-être continue-t-il à voir des serpents.

Je sanglote. Et quand les vibrations de mon corps se communiquent à celui de Gabriel, je décèle une vraie douleur dans sa voix.

— Je sais, Rhine, je sais.

Je n'arrive pas à me débarrasser du contact de la main de cet homme sur ma peau. Encore et encore, je sens ses doigts s'enfoncer dans la chair de ma hanche. Et ce n'est pas tout. Il y a aussi ses paroles, si profondément incrustées dans mon esprit qu'elles y resteront gravées à jamais : « Tu seras plus rien qu'un tas de cendres. »

Comment Jenna a-t-elle fait pour me connaître de façon si intime, même par-delà la mort ? Comment pouvait-elle savoir à cette époque lointaine, quand elle a demandé à Gabriel de veiller sur moi, qu'à cet instant précis, je n'aspirerais à rien d'autre ?

15

PEU APRÈS L'AUBE, nous embarquons dans un autocar qui doit nous conduire en Pennsylvanie. Par la suite, il nous restera assez d'argent pour rallier le New Jersey, et de là, Manhattan. Gabriel m'a tout expliqué avant l'arrivée du car, et depuis, le nom de ma ville résonne dans ma tête. Comme un cadeau du ciel. Une chose inaccessible. Je n'arrive pas à croire que nous soyons si près du but.

Je m'installe près de la vitre et Gabriel prend place côté couloir, avec Maddie coincée entre nous deux. J'ai la bouche sèche. Le sourire que je réprime est perceptible de l'intérieur ; il tend les muscles de mon visage et de mon cou, il me donne le tournis. Manhattan. Chez moi. Le moteur vrombit sous mes pieds.

Quand je penche la tête au-dessus de Maddie pour la poser sur l'épaule de Gabriel, il dit :

— Je prends le premier tour de garde.

— OK.

Mais je doute de parvenir à trouver le sommeil, même en sentant mes paupières s'alourdir.

Je ne rêve ni du manoir, ni de Greg, ni du couloir et de ses fleurs bleues hantées. Dans mon rêve, l'autocar s'est arrêté, et quand j'en sors, il y a plein de gens à l'extérieur. Pas des gens de première ou de nouvelle génération, mais de « vrais » gens : enfants, ados, jeunes adultes, adultes, personnes âgées. Comme si la photo d'une coupure de journal du XXIe siècle s'animait devant moi.

J'ai quelque chose à la main, et je baisse les yeux. Il s'agit de la carte de tarot d'Annabelle : le Monde. Le monde entier.

Il y a pourtant un léger problème. Je n'arrive pas à trouver Rowan. Une horrible pensée me vient : on ne lui a peut-être pas dit que le monde était sauvé, que la preuve se trouvait là, dans ma main. « Trop tard », m'annonce une voix. « Tu es arrivée trop tard. »

J'en reconnais le timbre au moment où tous les gens reculent dans les ténèbres, et ma parole ne fuse pas assez vite.

— Maman ?

Mes paupières se soulèvent toutes seules, et la lumière du jour n'est pas la bienvenue ; je cache mes yeux derrière mon avant-bras.

— Où sommes-nous ? marmonné-je.

Gabriel ne me répond pas tout de suite. Ma joue repose paresseusement sur sa poitrine ; il tourne la tête, juste assez pour me regarder, et dégage une mèche folle qui me barre le visage. Je répète ma question.

— Je voulais être sûr que tu es bien réveillée, dit-il. Tu parlais pendant ton sommeil.

— Ah bon ?

— C'est assez fréquent, dernièrement.

Pour quelque obscure raison, il semble mécontent ; j'ai le temps de m'en rendre compte avant qu'il relève la tête. Ses doigts viennent jouer dans mes cheveux. Je ferme les yeux, bercée par ses caresses et le ronronnement du moteur. Quand il reprend la parole, j'ai déjà oublié ma question.

— Tu peux te rendormir un peu, si tu veux.

— Je prendrai le prochain tour de garde, grommelé-je. Merci.

Ses doigts bougent au rythme du moteur. Ils sont chauds et animés par ses battements de cœur, son énergie. Et je dérive dans un demi-sommeil, à l'écoute des voix de l'autocar, rêvant parfois à des visages, à des panneaux qui défilent trop vite pour que je parvienne à les déchiffrer.

Je rêve à ma situation actuelle et à ce qui m'attend, sans songer au passé ou à ce que j'ai laissé derrière moi. Je me répète que je suis en train de vivre ce que j'ai souhaité depuis les premiers instants de ma captivité, et que je devrais être heureuse.

En dépit d'un sentiment de vide tenace, je devrais être heureuse.

À la gare routière de Pennsylvanie, Maddie et moi laissons Gabriel le temps de profiter des toilettes pour dames. Gabriel nous attend à la sortie des W.-C. ; il paraît encore fatigué, mais moins accablé. Nous patientons sur des sièges en plastique, en grignotant des chips Callie et en buvant du soda tiède et éventé.

— Comment tu te sens ? demandé-je.

— Ça peut aller, répond Gabriel. Un peu mal à la tête et au dos.

— C'est parce que tu étais tout crispé. Tes muscles sont raides.

— Je sais, dit-il.

Mais il y a quelque chose qu'il ne me dit pas. Les hallucinations, les horreurs qu'il a subies pendant que je dormais paisiblement appuyée contre lui. Ou d'autres secrets qu'il partageait avec mes sœurs épouses. D'autres choses que je ne suis pas censée savoir.

Pendant qu'il mâchonne une chips, j'étudie ses yeux. J'y vois un bleu éclatant, plein de jeunesse, le regard du garçon qui m'apportait des June Beans au petit matin. L'ombre du sang d'ange qui l'a retenu en otage a disparu. Mais quand j'observe à la dérobée le sac de Lilas, je constate que l'ampoule de liquide s'y trouve toujours.

Une fois dans l'autocar, Gabriel s'endort avant même que le véhicule s'ébranle. Assis à côté de moi, il a la tête posée sur mon épaule. Ses lèvres bougent contre mon cou et forment des mots silencieux.

— Fais de beaux rêves, murmuré-je en espérant que ma voix lui parvienne.

J'imagine mes paroles sous la forme d'une brume pénétrant dans ses cauchemars, enveloppant les monstres et se resserrant jusqu'à ce qu'ils sombrent dans l'oubli.

— Rhine, chuchote-t-il. Regarde.

Profitant de la rangée vide devant nous, Maddie joue à plier les genoux au-dessus du dossier et à se suspendre comme une chauve-souris. Elle semble bien s'amuser, au moins, même si cela agace plusieurs personnes de première génération qui lui lancent des regards noirs. Je sens les stigmates qu'ils voient sur Maddie. Et sur moi, et sur Gabriel. À cause de notre jeunesse. De la mort qui nous guette. Comme si c'était notre faute d'être nés dans ce monde.

Cela étant, je ne souhaite pas que nous attirions l'attention, surtout dans la mesure où Vaughn a su me débusquer à la fête foraine de Madame.

— Maddie, glissé-je. Viens lire avec moi.

Nous lisons son livre d'enfant usé, puis la brochure située dans le rangement du siège de devant. Nous apprenons ainsi combien de *miles* séparent tel palace du front de mer, et où manger les meilleurs crustacés. Cette litanie désuète finit elle aussi par nous lasser, et nous revenons au livre. Cette fois, c'est Maddie qui l'ouvre à la page des gribouillis. Elle suit le contour de chaque lettre avec application : G-r-a-c-e L-o-t-t-n-e-r. Puis elle tourne la page, étudie un instant l'inscription au crayon de couleur bleu et en souligne également le tracé. C-l-a-i-r-e L-o-t-t-n-e-r. *A priori*, l'adresse qui figure sous le nom n'est qu'à quelques kilomètres de ma maison de Manhattan. Autrefois, ce quartier s'appelait le Queens, il me semble. Mais il doit s'agir d'une coïncidence. Ce livre est probablement de deuxième main ; un client de Madame, qui n'avait pas la somme requise, l'aura donné à Lilas. Un petit cadeau en échange d'un peu de sa chair.

Je pose malgré tout la question :

— Maddie, de qui s'agit-il ?

Elle ne me répond pas, évidemment.

Le car est sur le point de s'arrêter dans un gémissement de freins lorsque je secoue Gabriel pour le réveiller.

— On est arrivés.

Je fais le forcing comme si, faute de quitter l'autocar au pas de course pour monter dans le suivant, nous étions condamnés à rester coincés ici indéfiniment. Prochain arrêt : Manhattan. Manhattan. Ce simple mot m'envoie des décharges électriques et des frissons dans tout le corps ; j'en ai la chair de poule. Je n'arrive pas à me rappeler la dernière fois où j'ai connu pareille excitation.

Je m'efforce également d'ignorer le sentiment mêlé à cette euphorie : une angoisse qui ne m'a pas quittée pendant toute l'année écoulée, et qui menace de muer ma fébrilité en anxiété, mon espoir en crainte.

— Gabriel !

Il me repousse vertement en marmonnant :

— J'ai entendu, d'accord ?

— Désolée. Vraiment désolée. Mais il faut qu'on y aille ; le prochain car part dans dix minutes, et c'est notre dernier arrêt aux stands.

— C'est quoi, un arrêt aux stands ?

Alors que nous nous dirigeons vers la porte du véhicule, il bâille et je réprime l'envie de lui faire presser le pas.

— Je ne sais pas… C'est une expression qu'utilisaient mes parents. Ça vaut pour arrêt pipi, salle de bains, ravitaillement.

Mais la nourriture n'intéresse pas vraiment Gabriel. Tandis que nous attendons à l'extérieur l'arrivée de l'autocar suivant, je parviens à lui faire avaler un peu de soda tiède. Sa main tremblante remue la canette en tous sens, et je pose une main sur la sienne pour la stabiliser.

Selon moi, il s'agit des ultimes effets secondaires : ces trépidations indiquent que la drogue quitte son système sanguin. Je m'apprête à suggérer que nous jetions le flacon rangé dans le sac de Lilas quand le car apparaît. Il s'immobilise dans un chuintement pneumatique, et les portes s'ouvrent. Le temps que Gabriel me rejoigne, je me suis déjà assise avant tout le monde, les poings coincés entre mes genoux qui tressautent.

Il se fait tard. La cabine de l'autocar est baignée d'une lumière dorée, comme si nous étions à l'intérieur d'une lampe halogène. Gabriel plisse les yeux. Il a la peau cuivrée ; le duvet de son avant-bras a des reflets blonds tandis qu'il fait courir un doigt sur l'arrondi du siège placé devant lui. Sa lèvre inférieure, qu'il est en train de mordiller, a repris des couleurs. Sur son visage, la barbe naissante a frisé comme autant d'embryons de mes propres boucles.

J'observe les mouvements de son index, d'abord sur l'arête du siège puis dans le vide : il dessine des formes, trace des sillons.

— Où es-tu ? soufflé-je.

— En train de naviguer. Là, ce sont les côtes de l'Europe. (Je me penche vers lui, le menton posé sur son épaule ; j'attends la suite.) Voici la mer du Nord, l'Allemagne. (Son doigt descend.) Et là les Alpes suisses.

Il se remémore l'atlas de Linden. Je le devine à son expression distante, qui ne doit rien à la drogue mais à une pensée captivante. Il est perdu comme je le suis, lorsque je rêve du monde tel qu'il était autrefois ou tel qu'il devrait être.

— Je remonte le cours du Rhin, dit-il.

— Et je suis à ton côté ?

Toute trace de concentration quitte ses traits. Il se tourne vers moi, et je lève la tête de son épaule.

— Tu es partout, répond-il.

— Parce qu'il n'y a plus d'Allemagne. Plus d'Alpes suisses.

Rien que des lambeaux de fleuve dans une mer agitée ; comme l'a dit Gabriel, le Rhin est partout.

Aucun de nous n'arrive à trouver le sommeil. Maddie, qui n'a pas l'habitude de cette immobilité forcée, commence à ramper sous les sièges, imitant la façon dont elle crapahutait de tente en tente dans la fête foraine de Madame, chipant des fraises du jardin et mordant les chevilles des clients.

Avec Gabriel, nous ne faisons rien pour l'en empêcher. Elle a perdu sa mère et accepté de bonne grâce d'être ballottée sans arrêt, arrachée au sommeil, placée des heures entières dans des recoins sombres. J'ai le sentiment que si nous la privions de cette liberté dérisoire, elle ferait tout un drame. Qui pourrait lui en vouloir ? Pas moi. Aussi le désagrément causé aux autres passagers ne me fait-il ni chaud ni froid. Certains ne s'offusquent pas de son irruption sous leurs pieds ; ils disent « Hello petite » et « Voilà un ruban peu ordinaire » en référence au semblant de fleur en papier toilette que Maddie a confectionné et fixé dans ses cheveux.

J'ai toutes les peines du monde à tenir en place. Je m'efforce de ne pas penser à Manhattan : cela rend le voyage encore plus interminable. Je préfère me focaliser sur l'atlas de Linden, à la page que Gabriel avait choisie. France, Luxembourg, Belgique et Pays-Bas, dont les côtes sont autant de barreaux d'échelle le long de la Manche puis de la mer du Nord. Des représentations à plat, incapables de rendre justice à ce qui fut autrefois une partie des terres émergées et qui a sombré dans les flots.

Tout cela m'amène à penser à ma mère, mi-poète mi-rêveuse, cent pour cent scientifique. Au bout d'une chaîne en argent, elle portait en sautoir un globe terrestre en bois de la taille d'un grain de raisin, que mon père avait sculpté pour elle. Quand elle se penchait pour me souhaiter bonne nuit, le pendentif venait cogner contre mon menton.

Je revois mentalement ses sourcils froncés, agrandis et étirés par le bécher qu'elle levait à hauteur d'yeux. Elle travaillait si dur, et avec tant de passion, que le bleu de ses pupilles prenait parfois une teinte différente. Je me rappelle mon angoisse de la voir à la fois déborder d'enthousiasme et de tristesse. De voir son globe miniature peser le poids du monde qu'elle s'efforçait de sauver. Une fois, j'avais trouvé ma mère assise sur la dernière marche du perron, les yeux rivés sur ses paumes ouvertes, comme si celles-ci l'avaient trahie.

Maddie interrompt ma rêverie en émergeant de sous le siège. Elle m'escalade en prenant appui sur ma cuisse, puis sur mon estomac, et vient s'intercaler entre la fenêtre et moi. À la voir ainsi, on pourrait jurer qu'elle est tout excitée, elle aussi.

Je vais devoir me montrer très persuasive auprès de mon frère pour qu'il accepte Maddie. Il voudra certainement la coller dans un orphelinat, ce qui équivaut à une sentence de mort pour une gamine malformée. Il martèlera qu'elle n'est pas sous notre responsabilité. À moins que le bonheur de me retrouver le rende plus tolérant.

Il se peut également que mon absence prolongée lui ait tapé sur les nerfs. Nous n'avons jamais été séparés si longtemps ; j'ignore quelle sera sa réaction. Tout comme j'ignore à quel point l'année écoulée l'a changé. Déjà que je n'ose penser aux bouleversements que cette année a produits sur moi…

— On trouvera une solution pour toi, assuré-je à Maddie.

Elle porte sur moi un regard inexpressif, son index battant la mesure sur ses lèvres. Puis elle se détourne, appuie les mains sur la vitre et regarde notre car s'engager sur un pont qui franchit l'océan. Manhattan se devine au loin, uniformément grisâtre, telle une pensée qui commence à émerger.

16

IL FAIT NUIT quand notre autocar s'immobilise dans une gare routière plus crasseuse que les précédentes. Les néons peinent, constellés d'ailes de papillon de nuit. Un relent tenace de pot d'échappement se mêle à l'odeur de l'océan, et les camions de livraison rugissent dans l'obscurité. Mon frère faisait la tournée de jour dans ce genre d'engin. Est-ce toujours le cas ?

Bien sûr, il y a aussi d'autres véhicules. Je préfère ne pas y penser.

Un coup d'œil rapide à la carte placardée au mur me confirme que nous ne sommes pas très loin de la maison. La maison. Ces deux mots m'emplissent d'un tel espoir que je ne parviens pas à les dire à voix haute, me contentant d'énoncer :

— On peut y être cette nuit même.

Mais Gabriel s'y oppose. Il nous reste assez d'argent pour une nuit au motel situé face à la gare routière, dont le M de l'enseigne au néon clignote tandis que le L reste éteint. Ce n'est pas l'idéal, affirme-t-il, mais c'est toujours plus sûr que de tenter notre chance de nuit. Il n'a pas besoin d'en dire plus : je sais pertinemment à quel point ce genre d'expédition peut être dangereux.

Je suis incapable de fermer l'œil. Maddie s'est réfugiée sous les lits jumeaux et utilise la lampe torche d'urgence pour lire son livre.

Je suis assise sur le rebord de la fenêtre, les yeux rivés sur le faisceau mobile du phare qui sillonne les flots. La respiration de Gabriel m'apprend qu'il ne dort pas non plus, mais il reste allongé dans le noir sans rien dire. Je sais qu'il est exténué, qu'il a puisé dans ses dernières forces pour m'aider à tenir le coup.

— Tu devrais venir te coucher, murmure-t-il au bout d'un silence qui m'a donné l'impression de durer une heure environ. (J'entends le matelas grincer quand il se redresse.) Quelque chose te préoccupe ?

Des tas de choses. Mon frère. L'état dans lequel je vais le trouver. Ce sentiment d'effroi qui refuse de s'estomper. Le monde qui pèse au cou de ma mère, et l'impression diffuse que j'en ai hérité à sa mort.

Je ne sais pas comment expliquer tout cela de façon rationnelle. Peut-être parce que ces angoisses n'ont rien de rationnel. Alors, sans dire un mot, je m'allonge à côté de Gabriel. Nous restons couchés sur la couverture à cause de la propreté douteuse des draps, et nous nous servons de nos vêtements supplémentaires pour nous couvrir.

Gabriel s'assoupit ; sa respiration se fait plus régulière. Je passe un moment à l'écouter, m'inquiétant au moindre changement de rythme, à chaque soubresaut, mais ses rêves ne semblent pas tourner au cauchemar. Allongée sur le flanc, je lui caresse un moment l'avant-bras, remarquant au passage qu'il n'a plus les muscles noués. Puis je finis par m'étendre sur le dos et fermer les yeux, et quand je les rouvre, le jour s'est levé. Gabriel me laisse prendre une douche en premier ; lorsque je tourne le robinet, les tuyaux hoquettent et l'eau s'écoule jaune. Après un peu moins d'un an en tant qu'épouse de Linden Ashby, la réalité cachée derrière les hologrammes et les jardins luxuriants est bien terne. Seule mon alliance lance des reflets éclatants.

C'est malgré tout ma ville, et tout en m'efforçant de me laver les cheveux sous le mince filet d'eau, je souris.

Nous sommes assez près de mon quartier pour rallier celui-ci à pied. Le vent est froid, mais au moins, il ne gèle pas. Gabriel me demande pourquoi la neige est si grise.

— Ce n'est pas de la neige. C'est la cendre des usines et du crématorium.

Je n'aurais peut-être pas dû répondre aussi franchement, car je le vois grimacer puis relever son col comme pour s'en faire un cache-nez.

— Ce n'est pas dangereux d'en inhaler ? demande-t-il.

— On s'y fait, lui promets-je.

— On s'habitue à respirer des cendres ? J'aurai vraiment tout vu…

— Oh que non. Il s'en faut même de beaucoup ! Suis-moi ; je sais exactement où nous sommes.

Je passe mon bras autour du sien et l'entraîne vers la plateforme en béton qui surplombe les flots. Maddie se penche au-dessus de la rambarde ; bras tendus, elle agite les doigts de sa main valide au-dessus de l'eau.

— Je venais très souvent avec mon père, dis-je. Et c'est ici que mon frère a essayé de m'apprendre à pêcher. Pile à cet endroit.

Grisâtre et tristounette, l'étendue d'eau ne ressemble certainement en rien à la description que j'en avais faite, par un après-midi où j'étais allongée à côté de Gabriel. Je vois dans son regard qu'il n'est pas enthousiaste.

— L'East River coulait ici même il y a plus d'un siècle, lui indiqué-je. Avant l'érosion massive.

— Et maintenant, c'est l'Atlantique en direct ?

— Tout juste.

Gabriel, amoureux des bateaux et de l'idée de naviguer, n'a appris que dans les cartes périmées et les atlas du manoir. Il y a un siècle, la surface de notre pays faisait presque le double d'aujourd'hui. Une partie a été dévastée par la guerre, mais c'est surtout l'érosion naturelle qui l'a peu à peu grignoté en engloutissant des régions entières dans l'océan. Passant sous silence cette leçon d'histoire sinistre, je préfère lui indiquer la silhouette qui se dresse au milieu des flots. Une femme uniformément vert pâle, coiffée d'une couronne à pointes et brandissant une torche.

— Voilà la statue de la Liberté, dis-je. On la voit mieux à condition d'introduire 5 dollars dans l'un de ces télescopes.

Quelque chose change dans les yeux de Gabriel tandis qu'il contemple le monument.

— Je l'ai déjà vue, dit-il.

— Dans un livre ?

Il l'observe un instant de plus avant de chasser l'hébétude qui l'habitait en s'ébrouant.

— Probable. À l'orphelinat, j'imagine. Je ne me rappelle plus trop les années que j'y ai passées ; j'étais encore jeune quand j'ai été vendu aux enchères.

Il avait neuf ans quand son orphelinat avait décidé de le céder au plus offrant, le condamnant à l'esclavage à perpétuité. Il était jeune, certes, mais il avait alors déjà vécu plus d'un tiers de sa vie.

Maddie a peut-être décelé les nuages noirs qui viennent assombrir mon humeur quand elle me prend par la main et m'entraîne loin du rivage, à moins qu'il s'agisse d'une pure coïncidence. Alors que nous pressons le pas, je lui parle de la fumée charbonneuse qui s'échappe des hautes cheminées d'usine, de ces ateliers d'où sortent tous les produits finis possibles : objets en plastique ou en acier, mais aussi nourriture. Les arbres, petits et dénudés, se limitent à quelques cèdres sur les trottoirs. S'ils n'ont rien à voir avec la floraison exubérante des oranges du manoir ou au rouge sang des pétales de la roseraie, ils m'ont manqué quand même. Cette atmosphère aux relents cuivrés m'a manqué. Cet horizon d'immeubles m'a manqué. Partout, des bâtiments : usines imposantes, immeubles d'habitation et maisons en brique croulantes qui viennent former un tout cohérent. Un paysage urbain qui ressemble à une photo sépia.

La bibliothèque de mon père comprenait une série de cartes postales anciennes, remontant au XXe siècle, et figurant l'île de Manhattan vue depuis l'Hudson. Pris au crépuscule, tous les clichés faisaient étinceler les angles des gratte-ciel comme s'ils étaient en feu, et les reflets dans les fenêtres donnaient l'impression d'un circuit imprimé très dense. C'était une ville qui ne dormait jamais, affirmait mon père. Mais, peu à peu, elle avait été grignotée. Une carte postale plus récente montrait le même paysage par un après-midi brumeux : il semblait incomplet. Aujourd'hui, si cette ville demeure la plus grouillante que je puisse imaginer, elle n'est plus que le fantôme de ces vieilles photos.

Alors que nous tournons dans une rue en pente, près d'un cratère de brique qui était une église quand mes parents étaient enfants, je sens l'anxiété former une boule dans ma poitrine. Ma rue est telle que je l'ai laissée. Je reconnais la maison de style colonial à façade turquoise, avec son porche effondré, le grand chêne où l'homme qui vit dans la plus petite bicoque du quartier attache son colley qui aboie tout le temps, dans l'espoir que la pauvre bête dissuade les cambrioleurs. Il y a aussi la maison en brique à deux étages où vivait ma petite voisine, avec nos fenêtres si proches l'une de l'autre que nous pouvions nous toucher en tendant le bras.

Et bien sûr, à côté de sa maison, il y a la mienne.

En la voyant, j'ai le souffle coupé. D'abord sous l'effet de l'exultation… puis quand je me rends compte qu'il ne s'agit pas vraiment de ma maison. Il ne reste plus qu'un squelette calciné. Les fenêtres sont soit défoncées, soit maculées d'un genre de boue marron.

Je reste impuissante devant ce spectacle. Devant l'ossature de ce qui fut le foyer de ma famille. La porte d'entrée a disparu, et les marches du perron – j'avais l'habitude de les compter matin et soir, un, deux, trois – sont jonchées de verre et de débris noirâtres.

C'est impossible. Il devrait y avoir de la couleur. Et je suis sûre d'avoir fait fausse route car, un court instant, j'entrevois la vraie teinte des briques, les rideaux de grosse toile, et tout l'édifice frémit en prenant une profonde inspiration.

Je sens mes genoux fléchir, une main me rattraper par le bras pour éviter que je percute le trottoir qui se rue vers moi.

Je sens un contact froid et caoutchouteux sur mon visage. Je cille : Maddie fait glisser une feuille mouillée le long de ma joue. Elle l'a cueillie sur l'un des arbustes à feuillage persistant de ma mère, qui ont tous survécu sous la fenêtre de la cuisine. Ce genre de plante meurt moins volontiers que les fleurs, et pousse quasiment partout. Mon frère les a toujours assimilés à de la mauvaise herbe. Mais, après la mort de nos parents, même lui n'a pas eu le cœur de les arracher.

Je suis assise sur la marche supérieure – numéro un le matin, numéro trois le soir –, le regard perdu dans les yeux bleus irréels de Maddie. J'y aperçois le reflet des merles qui prennent leur envol. Peu à peu, le monde alentour redevient net. La rue familière, dans laquelle j'ai grandi. Le ciel couvert. Les branches sans vie, secouées par une bourrasque glacée de février.

Je gémis, étends les jambes à l'horizontale et porte la main à mon front douloureux.

— Attention, dit Gabriel. Il y a du verre.

— J'ai perdu connaissance.

Je voulais poser la question, mais je n'ai pas eu la force d'élever la voix en fin de phrase.

— Quelques minutes.

Gabriel me masse l'épaule, comme pour raviver ma circulation. Ses pupilles sont assombries par l'inquiétude.

— Ça ne va pas, dis-je.

— Tiens, bois un peu.

— Je…

— Le sucre va te faire du bien.

Il tient une canette de soda devant mes yeux, mais je l'observe sans y toucher.

— Je ne comprends pas. Comment…

Je ne poursuis pas sur ma lancée. Le mot flotte devant moi et ricoche dans le vide. *Comment, comment, comment…*

Gabriel porte la canette à mes lèvres ; je m'étouffe une seconde puis m'oblige à boire.

Je laisse le sucre et l'énergie se répandre dans mon organisme. La force et les pensées cohérentes vont me revenir. Au bout d'un long moment, je parviens à me convaincre de tourner la tête pour regarder ma maison. Elle est dans un tel état que même les traces de lierre centenaire ont disparu.

— Oh, Rowan. Qu'as-tu fait ?

J'avance soigneusement, en dérangeant les cafards qui se dispersent et se réfugient dans l'ombre. Il ne reste rien du papier peint orange pâle de la cuisine. Les carreaux de linoléum – ceux qui restent – sont calcinés. La pointe de ma chaussure butte dans une canette vide, ce qui fait rouler celle-ci dans un tas de cendre.

Non, pas de cendre. De papier.

Je m'accroupis près du monticule de feuilles ratatinées, à côté du chambranle. La forte odeur d'essence et l'ovale noir au mur m'indiquent que le feu a dû partir d'ici. Je tâtonne dans le bûcher en quête d'un feuillet qui ne soit pas totalement détruit, qui ne tombe pas en poussière, et finis par en trouver un. Je le défroisse et lis les mots qui ont été griffonnés :

fleurs hybrides
cil
coquilles d'oeuf et chloroforme
les idées de ma soeur
gaz de serre
les mains de ma mère
cent jours
toujours aucun signe

Les fragments sont alignés les uns au-dessus des autres, comme le poème chaotique d'un fou. Le reste a été biffé à gestes rageurs ; le stylo a failli trouer le papier.

— C'est l'écriture de mon frère, dis-je.

Gabriel se penche derrière moi et lit à son tour. Les mots n'ont de sens pour aucun d'entre nous, mais ils ne le blessent pas comme ils me blessent. Car cette page appartient à plusieurs dizaines de feuillets. À eux tous, ces écrits auraient peut-être raconté quelque chose, mais nous ne pourrons jamais vérifier cette hypothèse.

Mon frère a mis le feu à ses écrits. S'il n'y a plus aucun message à mon intention, c'est parce qu'il n'a pas cru à l'éventualité de mon retour.

La tête me tourne. Les jambes en coton, je dois prendre appui sur Gabriel pour me redresser. Comme il n'y a rien pour s'asseoir, je m'adosse à lui pour embrasser la pièce du regard. Il n'y a rien pour moi, ici. Au-delà du seuil, je constate que le salon est dans le même état.

— Il y a peut-être eu un incendie criminel, avance Gabriel. Qui a obligé ton frère à évacuer les lieux.

Je sais qu'il s'efforce de me remonter le moral, mais je me sens trop vidée pour me laisser berner par de faux espoirs.

— Non, je suis sûre que c'est lui qui a fait ça.

Quand il s'agit de défendre son bien, mon frère peut se montrer impitoyable ; un hiver, il a laissé le cadavre d'une orpheline sur notre palier pendant des jours, en guise d'avertissement aux éventuels cambrioleurs. Je l'imagine très mal se faire chasser de chez lui contre son gré.

— Il ne comptait pas revenir, et ne s'attendait pas davantage à ce que je me présente ici.

— Mais pourquoi mettre le feu ? demande Gabriel.

Je n'ai pas de réponse.

Un souvenir de ma mère, nimbée de lumière, refait surface. Une image lumineuse, où le bleu domine. Elle était occupée à accrocher des tourterelles en verre, au-dessus de la fenêtre de la cuisine, à l'aide de fil à cerf-volant. Un genre de carillon. J'entends sa voix si mélodieuse me parvenir tandis que je souffle dans mes doigts pour faire des bulles de savon, assise sur le plan de travail.

« Prends toujours bien soin de ton frère. Il n'a pas ta force. »

L'absurdité de cette remarque m'avait fait glousser. Rowan était plus fort que moi, bien sûr. Il avait toujours été le plus grand des deux, il était capable de plier une branche pour que je cueille les plus jolies feuilles d'automne. De tenir fermement une canne à pêche lorsqu'un poisson luttait, sans faiblir ni laisser la prise filer dans l'océan. Quand j'en avais fait part à ma mère, elle m'avait répondu :

« Ta force est d'une nature différente, mon cœur. Chacun de vous est fort à sa manière. »

Un craquement sonore m'arrache à mes pensées. Je reconnais le bruit que produit la dernière latte de parquet avant la porte de la cave.

— Maddie, attends ! m'écrié-je. C'est dangereux !

Mais elle a déjà ouvert la porte et descend dans le puits de ténèbres. Gabriel et moi la suivons. Elle a gardé la lampe torche du motel, qu'elle agite devant elle. Je suis surprise de constater que l'escalier soutient notre poids cumulé, mais le sous-sol a visiblement été épargné.

Une marche, deux, trois, quatre. À chacune, je dois lutter contre l'espoir qu'une fois arrivée en bas, je découvrirai que quelque chose m'y attend. Ou que mon frère n'a pas quitté la maison. Puis je me demande pourquoi ma mère m'avait ainsi mise en garde. Je devais alors être toute petite, car mes pieds nus pendaient dans l'évier de la cuisine, et l'eau du robinet s'écoulait entre mes orteils. Je me rappelle ces menus détails. Ainsi qu'une odeur de cuisson. Et les murs qui m'avaient paru si jolis sous les rayons obliques du soleil.

J'entends le billet de Rowan se froisser dans ma paume ; je plie la feuille et la glisse dans ma poche.

Gabriel me tient par le bras, redoutant certainement de me voir m'évanouir de nouveau… et dans l'escalier. Une fois en bas des marches, Maddie agite le faisceau de la lampe en tous sens. D'instinct, je tends la main vers le cordon du plafonnier, mais évidemment, le courant est coupé.

Je prends la lampe torche et la braque sur l'angle de la cave où le lit de camp est toujours présent. Mon frère et moi y dormions à tour de rôle, une heure à la fois, veillant toute la nuit l'un sur l'autre. Puis je trouve le courage de diriger le faisceau de la lampe sur le minuscule réfrigérateur. Il est vide, ouvert, privé d'électricité. Alors que je change l'orientation du pinceau de lumière, je découvre une chose plus troublante encore que le vide auquel je m'attendais.

Des rats. Des dizaines de rats gisant çà et là. Couchés sur le dos, sur le flanc. Certains dans des mares de sang, d'autres presque entièrement décomposés. Tous morts. Et, au milieu de ce charnier, j'aperçois des tiges pourries et des pétales fanés. Je suis saisie d'une telle horreur que je n'entends même pas la réaction de Gabriel.

Mon frère avait élaboré un poison artisanal pour résoudre notre problème de rats, mais je n'en ai jamais vu mourir plus d'un ou deux à la fois. Et puis, il y a ces fleurs. Des lis, flétris comme des vers de terre. Ceux du jardin de ma mère. Chaque printemps, je réessayais d'en faire pousser avec des graines achetées dans différents marchés de Manhattan, et même chez certains fleuristes situés en dehors de l'État, quand les livraisons de mon frère l'y conduisaient.

Les seules graines que je n'ai jamais osé utiliser sont celles que ma mère conservait dans une pochette, rangée dans le tiroir du vaisselier. C'étaient les siennes, je ne me suis jamais senti le droit de les planter. Je me souviens que je les avais remisées entre les pages de l'un de ses cahiers, enterré au fond du jardin avec toutes les affaires que mon frère et moi voulions mettre à l'abri des vols.

Le jardin. J'agite la lampe torche jusqu'à ce que je tombe sur la pelle rangée sous l'escalier, puis je remonte à toute allure. Je traverse le salon au pas de course, sans m'attarder sur le triste état des lieux : le bureau de mon père, son siège en osier ou le canapé à imprimé marguerite, presque méconnaissable.

Quand Gabriel me rejoint dans le jardin, j'appuie de tout mon poids sur la pelle pour briser les mottes de terre. Il me donne un coup de main sans savoir ce que je cherche, mais à la façon dont la terre a été remuée, je sais déjà que je vais faire chou blanc.

17

MON FRÈRE a laissé des objets dans les cantines que nous avions enterrées. Probablement parce que cela lui faisait trop lourd à porter, ou parce qu'il n'en avait pas l'usage. Des vêtements ; les blouses de laboratoire de mes parents ; les lunettes de mon père ; un cerf-volant en papier qui ne vole pas, que j'avais fabriqué quand j'étais gamine ; des livres jaunis ayant trait à la guerre ou à l'amour ; l'atlas du XXIe siècle de mon père.

J'inspecte tous ces éléments de mon enfance et feuillette les ouvrages que lisaient mes parents pour oublier un temps leurs travaux, tout en m'efforçant d'ignorer les souvenirs et la douleur qui s'envole avec la poussière, car je suis en quête d'une chose plus pressante.

— Que cherches-tu ? me demande Gabriel.

Il m'aide en dépliant et repliant les vêtements avec soin. Il ouvre la boîte à bijoux qui se révèle vide. Même le globe terrestre en pendentif est absent. J'espère que mon frère n'a pas été contraint de vendre les colliers et les bagues de ma mère, même si, à ce stade, tout espoir semble futile et dérisoire.

— Des graines, dis-je. Les graines de lis de ma mère.

À quelques mètres de là, Maddie est penchée sur un nid de guêpes abandonné qui gît au sol.

— Elles ont pu glisser pendant qu'on remuait les affaires, hasarde Gabriel.

— Non. Elles ne sont pas ici. Pas plus que les cahiers de mes parents, dans lesquels j'avais laissé les graines.

Je vérifie quand même une deuxième fois, puis une troisième, avant de tout remettre en place à l'exception de l'atlas. Quand Gabriel me prend la pelle des mains, je n'émets aucune objection et le laisse ensevelir les affaires de mes parents à ma place. Je reste plantée là, bonne à rien, à faire courir mes doigts sur la tranche de l'atlas, à tenter de refouler les émotions qui menacent de me submerger. Mieux vaut ne rien ressentir. Ne pas penser.

C'est à cet instant précis que le souvenir refait surface.

Elle préparait un gâteau pour notre anniversaire, à Rowan et à moi. Notre neuvième anniversaire. Et l'évier à côté était plein de vaisselle que j'aidais à laver. Le dîner venait tout juste de prendre fin ; la bouche pleine, mon frère s'était tourné vers moi et avait dit : « L'année prochaine, tu seras à la moitié, et pas moi. » D'emblée, j'avais cru à un genre de rivalité fraternelle, mais en le voyant détourner les yeux, j'avais compris qu'il en souffrait.

Quand il était monté prendre son bain, après avoir suspendu ses tourterelles de verre, ma mère m'avait dit : « Il faut que vous veilliez l'un sur l'autre. »

Veiller l'un sur l'autre. Tel était notre mot d'ordre. J'en étais presque venue à penser que nos parents avaient eu des jumeaux exprès, et non par hasard, afin que nous puissions l'un et l'autre respecter ce serment.

Mais j'ai failli à ma parole, n'est-ce pas ? Je l'ai laissé seul ici. Et désormais, j'ignore où il a pu aller, tout comme il ignore ce que je suis devenue. Notre seule certitude, *a priori*, c'est que l'autre ne reviendra pas.

« Il y a un aspect de sa personnalité que tu refuses d'admettre. » Telles avaient été les conclusions d'Annabelle après m'avoir tiré les cartes : qu'il y avait quelque chose, chez mon propre frère, que je n'avais jamais voulu accepter.

Je regarde le trou que je viens de faire dans un sol rendu meuble par l'excavation pratiquée par mon frère.

— Il me croit morte, murmuré-je.

Gabriel dit quelque chose, mais sa voix me parvient de façon étouffée, comme si j'étais sous l'eau, et je n'en distingue pas le sens. Mon cœur tambourine dans mes oreilles. Mon sang circule en vagues successives, chaudes puis froides.

À la mort de nos parents, mon frère n'a plus pensé qu'à la survie. Il a pris soin de ne pas me laisser sombrer dans la caverne sans fond du désespoir. Il nous a fabriqué une routine faite de petits riens. Et, pendant tout ce temps passé à m'empêcher de couler à pic, il ne m'est jamais venu à l'esprit que la réciproque était vraie. Qu'il avait autant besoin de moi, que moi de lui.

Que, sans moi, la routine s'effondrerait.

Je me suis accrochée à l'espoir qu'il allait continuer, tout seul, à se lever le matin, à se préparer un thé, à travailler jusqu'en fin d'après-midi, puis à poser les pièges et à dormir dans notre lit de camp. Mais je suis restée absente trop longtemps, et les incinérateurs crachent de nouvelles cendres tous les jours.

Il a fait son deuil. Que lui reste-t-il pour tenir le coup ? La réponse tient dans ce qu'il a laissé derrière lui : rien.

Le cerveau en ébullition, je cours dans la maison. *Fouille dans chaque recoin*, me suggère mon petit doigt. Ça ne peut pas s'arrêter là ; il y a forcément autre chose. L'escalier tremble et grince sous mon poids. Un départ de feu distinct a été allumé à l'étage, dévorant toutes les portes, noircissant les murs. Ces pièces, demeurées vides depuis la mort de mes parents, le paraissent aujourd'hui encore plus. Noires comme des cratères. Rien. Toujours rien.

J'ignore combien de temps s'écoule. Hors d'haleine, j'attends des larmes qui ne viennent pas.

— Rhine ? lance Gabriel qui commence à gravir les marches.

— Inutile, dis-je en allant à sa rencontre. Il n'y a rien à voir en haut.

Il s'apprête à me prendre dans ses bras, mais je passe devant lui et franchis le seuil carbonisé pour me retrouver dans le jardin en friche.

Le tremblement a commencé au plus profond de mon être ; je le sens. Pressentant également que mes jambes ne vont pas me soutenir bien longtemps, je m'affale dans l'herbe haute. Pour la deuxième fois de ma vie, je suis orpheline.

Gabriel a le tact de ne rien dire quand il s'assoit à côté de moi. Il me propose du soda, n'insiste pas quand je refuse et laisse le temps s'égrener au ralenti ; nous regardons Maddie s'amuser dans la verdure en décomposition. C'est seulement lorsque des nuages de pluie se font menaçants qu'il demande :

— Et maintenant ?

Je pose la tête sur son épaule.

— Tu dois me trouver complètement idiote. D'avoir quitté le manoir pour ça…

Je suis si proche de sa gorge que je l'entends déglutir.

— Au début, je ne comprenais pas, admet-il.

Je ferme les yeux. Inutile de m'interdire de songer au manoir : à cet instant, je ne vois rien.

— Et puis Jenna est venue me trouver au sous-sol, poursuit Gabriel. Elle m'a expliqué qu'en dépit de ce qui s'était passé – l'ouragan, l'expo –, tu tenais toujours à t'évader, et que je ne devais pas te laisser partir seule.

— Mais tu as quand même tenté de me persuader de rester après ça, lui rappelé-je.

— Je ne voulais pas que tu te blesses. Ou que tu te tues. (Je le sens changer de position.) Mais risquer ta vie te semblait peut-être préférable à rester enfermée, et qui étais-je pour m'y opposer ?

— Je n'ai jamais cru que j'allais risquer ma vie en tentant de m'évader…

— Parce que tu ne penses jamais à la mort.

— C'est vrai.

Cela étant, une pensée nouvelle me traverse l'esprit. Pourquoi Gabriel m'a-t-il accompagnée ? Parce que j'ai su le convaincre, ou parce qu'il a senti qu'il devait me protéger suite à l'insistance de Jenna ? Dans un cas comme dans l'autre, il n'a pas vraiment eu son mot à dire…

— Et l'absence de plan ne te gêne pas non plus, ajoute-t-il.

La bourrasque suivante m'apparaît porteuse d'un sentiment qui ressemble à de la culpabilité. Mais il se trouve que j'ai un plan, même s'il est tiré par les cheveux.

J'ouvre les yeux, je me redresse et j'époussette les genoux de mon pantalon.

— Maddie, lancé-je. Montrons ton livre d'histoires à Gabriel.

L'adresse de Claire Lottner se situe dans le quartier résidentiel de Manhattan.

— Nous nous trouvons dans le quartier « usines et livraison ». C'est sur l'autre rive. On peut y être avant ce soir.

— Qui est cette Claire ? demande Gabriel.

— Aucune idée. Si ça se trouve, elle n'y habite même plus.

Mais c'est l'unique piste que nous avons. Et comme c'est toujours mieux que rester ici à respirer l'odeur de brûlé qui règne sur mon ancien foyer, nous nous mettons en route.

Le quartier dans lequel j'ai grandi m'apparaît sous un jour nouveau. Je garde les yeux rivés sur la chaussée, à l'affût des fissures les plus reconnaissables, et je m'efforce de ne penser à rien. Mais ce genre de ruse n'a jamais fonctionné. C'est tout le problème avec l'espoir : même quand il ne sert plus à rien, il refuse de s'éteindre.

Inutile de consulter le plan que Gabriel a trouvé à la gare routière ; je sais où nous sommes. Je reconnais les bâtiments décrépis, les espaces prétendument verts, chaque limite imposée par l'océan. Je connais même les poissons qui y vivent : une livrée arc-en-ciel, des yeux morts et une toxicité qui pousse les pêcheurs du dimanche à relâcher leurs prises. J'ouvre la marche, et les autres suivent au gré de rues qui vont nous conduire au pont menant au quartier résidentiel.

Nous prenons conscience d'une foule rassemblée à quelque huit cents mètres autour du pont. Il y a des ballons partout, blanc et bleu roi, les couleurs distinctives de la famille du président Guiltree. À mesure que nous approchons, le lointain vacarme se mue lentement en roulement de tambours et en musique. Maddie se plaque les mains sur les oreilles, et ses gémissements de détresse se perdent dans le brouhaha.

— Que se passe-t-il ? hurle Gabriel pour se faire entendre.

Il prend Maddie dans ses bras ; raide comme un piquet, elle roule des yeux affolés et secoue la tête en tous sens, se cache la figure derrière ses cheveux longs.

— Le président fait peut-être un discours, dis-je.

L'avance technologique de Manhattan est telle que l'on y tourne la plupart de ses interventions télévisées. À cette occasion, il n'est pas rare de voir plusieurs axes fermés à la circulation. Même si ses allocutions ne valent pas la peine que l'on condamne une rue, dirait mon frère.

Une note de trompette sonne le départ d'une fanfare, et à travers la foule, j'aperçois les tambours qui font adroitement tournoyer leurs baguettes tout en avançant au pas. Puis voici le président sur une haute plate-forme mobile, parée de fausses fleurs gigantesques en l'honneur du printemps prochain. Je me rappelle un début d'hiver où son dôme pare-balles était constellé de neige artificielle. Il n'apparaît jamais sans cette coupole protectrice.

Aujourd'hui, le président est vêtu d'un costume vert tendre, et ses cheveux blancs sont parés d'une couronne de laurier.

La plate-forme s'immobilise. Il lève les bras. Des caméras dominent les spectateurs depuis des nacelles surélevées.

— Comment allons-nous entendre ce qu'il va dire depuis ce truc ? me demande Gabriel.

Je n'ai pas besoin de lui répondre : dans la seconde qui suit, la voix tonitruante du président Guiltree émane de haut-parleurs qui ont été disposés dans les arbres environnants.

— Quelle foule !

L'une des enceintes crache un flot d'interférences. Maddie, les mains collées aux oreilles, est rouge de colère. J'essaie de la calmer en lui caressant les cheveux, mais elle s'ébroue violemment puis enfouit son visage dans le cou de Gabriel.

Ce dernier passe son bras sous le mien et m'attire contre lui. Entre l'orphelinat et ses années passées au manoir, il n'a jamais dû voir pareil spectacle : la foule s'étire dans les moindres passages, comme les pattes d'une araignée géante. Et je doute qu'il ait entendu le président parler. Il n'a rien raté, au demeurant ; le président Guiltree est un homme de paille. Le symbole d'une tradition multiséculaire, aujourd'hui dénué de la moindre signification. Les États-Unis sont un pays. Un pays se doit d'avoir un chef, même si son peuple s'agite vainement comme autant de fourmis sans reine, sans but défini.

Derrière le président, sous le dôme, ses épouses au grand complet portent chacune une robe dans un ton pastel défini et une couronne de laurier. Trois d'entre elles sont de première génération ; quatre des plus jeunes sont à divers stades de la grossesse. Elles ont été choisies dans une longue liste de candidates au regard éclatant, toutes volontaires. Je me demande souvent s'il leur arrive de regretter leur décision. L'existence dorée d'une épouse d'homme riche ne manque pas d'attrait ; j'en sais quelque chose. Pourtant, même Cecily, après en avoir rêvé toute son enfance, avait accusé le coup. Ce mariage avait un arrière-goût de désespoir, il donnait l'impression d'un rêve dont on n'arrivait pas à émerger. Le sentiment tenace que ma vie, aussi impeccable que les belles robes que Deirdre laissait sur mon divan, ne m'appartenait plus.

Le président parle à présent de l'approche du printemps et du renouveau, mais il est difficile d'entendre ses propos à cause de l'écho persistant. Les tambours ont tous cessé de jouer pour prêter l'oreille. Le silence tombe sur la foule en même temps qu'une brise marine, puis la voix du président se mue en bredouillement indistinct, et les réglages effectués sur les haut-parleurs la coupent complètement.

— Un petit problème technique, les amis, dit-il avant de laisser fuser un rire enjoué.

Derrière moi, quelqu'un grogne. Je m'apprête à ouvrir la bouche pour inviter Gabriel à partir quand le président reprend la parole.

— Comme chacun sait, le printemps arrive à grands pas.

Puis il se lance dans un discours sur la saison du renouveau de la vie, sur le bourgeonnement des cornouillers qui entourent sa demeure et la naissance prochaine de ses cadets, et nous explique qu'il aimerait nous redonner un peu d'espoir, à nous tous.

— C'est pourquoi, dit-il en souriant si largement que je distingue l'éclat de ses dents malgré la distance, je vous annonce la reconstruction – non, la *renaissance* – des laboratoires autrefois situés dans le quartier « usines et livraison » de Manhattan.

Il compte rebâtir les laboratoires dans lesquels mes parents travaillaient, et qui ont été plastiqués par les opposants à la recherche d'un antidote. Avec mon frère, nous rentrions de l'école quand l'écho de la détonation nous est parvenu. La terre a tremblé sous nos pieds, et nous avons couru main dans la main vers le panache de fumée qui s'élevait au loin.

Il y avait des centaines de bâtiments dans cette direction. Il pouvait s'agir de n'importe lequel, mais nous savions. À notre arrivée, des survivants émergeaient des décombres. Il m'a fallu ceinturer Rowan, le supplier de ne pas rejoindre les civils qui leur portaient assistance. En fin de compte, il est resté à côté de moi, en spectateur, et nous avons attendu l'évacuation de la dernière équipe de sauvetage. Plus tard, cette soirée-là, ce qui restait du bâtiment s'est effondré complètement.

Outre mes parents, cette explosion venait de tuer l'idéal proscience. Il ne nous restait plus qu'à accepter la médiocrité de notre espérance de vie et le constat selon lequel il n'y avait rien à faire.

Un nouveau labo. Pour la première fois, une décision du président me redonne espoir. Mais cela ne dure qu'un court instant : la nouvelle tirade de Guiltree est étouffée par les vociférations de la foule en colère.

Gabriel resserre son étreinte. Au loin, quelqu'un lance un pavé qui vient percuter la coupole du président. Non, ils ne veulent pas que les recherches reprennent. Ils refusent de voir les enfants subir une nouvelle batterie de mauvais traitements. La peine de mort qu'on leur inflige ne suffit-elle pas ? s'exclament-ils.

Les plus outrés sont ceux de première génération, qui ont toujours formé la majorité de la mouvance pronature. Ils ont vu leur progéniture s'éteindre ; témoins des méfaits de la science, ils la rejettent en bloc.

— Utilisez l'espace disponible pour bâtir un hôpital ! lance une voix.

Les hôpitaux sont un luxe que seuls les plus riches peuvent s'offrir. Pour les autres, ceux qui ont étudié la médecine montent parfois un dispensaire de fortune chez eux. Certains édifices à l'abandon voient même naître des structures d'accueil à plus grande échelle. Mais je n'ai jamais entendu le président dire qu'il allait injecter de l'argent dans ce type d'initiative : à quoi bon ? À quoi bon sauver des vies promises à s'éteindre quelques années plus tard ?

— Allons-y, dis-je à Gabriel.

M'a-t-il entendue dans tout ce raffut, avec les tambours qui ont repris pour tenter de couvrir les huées ? Il m'entraîne néanmoins. La foule se presse tout autour de nous, je dois tendre le cou pour distinguer le cap à suivre au-dessus d'un océan de têtes.

C'est alors que l'explosion se produit.

Je me fige. Gabriel tire sur mon bras, mais il s'arrête en constatant que je ne bougerai pas d'un pouce. J'en suis incapable. Je suis fascinée par le minuscule panache gris qui se forme au loin. Puis il y a une nouvelle déflagration. Et une autre. Les arbres explosent. L'un d'eux s'effondre derrière moi, renversant au passage une nacelle de la télévision.

Les hurlements de la foule n'expriment pas que de la terreur : certains crient leur indignation. Le dôme présidentiel est entouré de mains collées et de poings rageurs. Les épouses du président, alignées derrière lui, font preuve d'un courage inflexible. Le torse bombé, le menton relevé, elles font la chaîne en se tenant par la main. Guiltree tente d'élever la voix pour couvrir les explosions, les tambours et les interférences du micro, mais il finit par renoncer. Sa plate-forme démarre lentement et fend la foule, qui s'écarte puis suit le mouvement. La procession s'étire jusqu'au bout du quai, où la coupole est embarquée sur un ferry, pour emmener le président et sa suite en mer avant qu'un hélicoptère vienne les récupérer.

Les explosions sont mineures ; apparemment, il n'y a pas de blessé. Mais, tandis que les modestes panaches de fumée se répandent, je ne pense qu'à une chose : il ne s'agit là que d'un avant-goût.

Quand nous parvenons enfin à nous arracher au chaos, je nous dirige d'un pas vif vers le quartier résidentiel. Le gros des troupes s'étant massé autour du quai, nous n'avons qu'une foule clairsemée à traverser. Plus de la moitié des gens, en revanche, s'est opposée à la création du nouveau labo. Plus de cinquante pour cent de mes concitoyens pensent que nous sommes une cause perdue. Que je suis une cause perdue.

Voyant mes mains trembler, Gabriel les enferme dans ses poings. Comme le vacarme s'estompe et devient moins oppressant, Maddie a cessé de se boucher les oreilles et braque ses yeux de hibou sur moi, en quête d'une explication.

— D'après moi, il n'y a pas eu de blessé, dis-je en m'efforçant d'adopter un ton égal. C'était juste une… démonstration.

Gabriel se remet lentement du choc, c'est manifeste. Sa respiration hachée forme des nuages de condensation qui sont autant de panaches de fumée miniatures.

— Qu'est-ce qu'ils ont cherché à démontrer ? demande-t-il.

— Il y a plus de quatre ans, des activistes ont fait sauter les labos de recherche au nom de la mouvance pronature. S'ils s'opposent à la poursuite des expériences sur les enfants en vue de trouver un antidote, c'est parce qu'ils n'y croient pas. Selon eux, on devrait accepter la situation telle qu'elle est.

Ne trouvant rien d'autre à ajouter, je me remets à avancer ; Gabriel m'emboîte le pas, Maddie collée à son flanc. Il en faut beaucoup pour l'effrayer, mais j'imagine que les horreurs vécues chez Madame ne l'ont pas non plus préparée à un tel chaos.

— C'est pour ça qu'ils font sauter les arbres ? s'étonne Gabriel.

— C'était une démonstration, répété-je avec une lenteur délibérée. Ils préviennent qu'ils récidiveront si le labo est reconstruit. Quelqu'un a dû avoir connaissance de l'annonce du président.

— À moins qu'ils le détestent assez pour faire sauter les arbres quoi qu'il dise, propose Gabriel.

— Possible. C'est déjà arrivé.

Il secoue la tête en marmonnant quelque chose qui m'échappe. Loin au-dessus de nous, les pales d'un hélicoptère vrombissent ; Maddie lève la tête pour suivre la fuite aérienne du président et de ses neuf épouses, vers une destination lointaine et sûre.

Les maisons du quartier résidentiel sont plus colorées que celles de la rive industrielle. Rose bonbon, vert cendré, ainsi qu'un bleu ciel qui a lentement viré au grisâtre. Nous nous égarons à plusieurs reprises, car les rues d'ici ne sont pas numérotées comme dans le quartier des livraisons ; chacune porte un nom. Jennifer. Eileen. Sarah Court. Un siècle auparavant, plusieurs usines en ruine des environs ont été rasées pour laisser la place à des logements neufs, afin d'encourager les familles à s'installer. Je me demande si ces rues ont toutes reçu le prénom d'une fille du quartier.

En temps normal, je ne rechigne pas à marcher longtemps, mais j'ai la tête qui tourne. Plusieurs fois, je dois cligner des yeux pour chasser les points blancs qui fleurissent dans mon champ de vision. J'ouvre un paquet de chips ; les hydrates de carbone m'aideront peut-être à surmonter les chocs émotionnels de cet après-midi. D'abord la disparition de mon frère. Puis l'espoir d'un nouveau laboratoire, aussitôt étouffé dans l'œuf. Mais l'en-cas ne produit pas l'effet escompté, et Gabriel me suggère sans cesse de faire une pause.

Nous trouvons enfin Dawn Avenue, que nous remontons numéro après numéro. Maddie observe les chiffres décroître, imposants et dorés, plaqués sur les portes. Elle se montre plus attentive que moi, car je lui rentre dedans quand elle se fige devant le numéro 56. L'adresse de Claire Lottner, telle qu'inscrite au crayon de couleur bleu dans un livre d'enfant fatigué.

C'est un bâtiment vert pomme de deux étages, avec des rideaux à pois rose et blanc. La pelouse clairsemée est agrémentée de nains de jardin bigarrés et autres statues en bois figurant des animaux de dessin animé, que l'on a disposés comme s'ils jouaient à chat. Un chariot rouge gît sur le flanc, au milieu de l'allée qui conduit à la porte d'entrée.

Mais c'est la pancarte qui retient le plus mon attention. Peinte à la main avec force pleins et déliés, elle est plantée à environ un mètre du trottoir : « Orphelinat de Grace ».

C'est Gabriel qui prend les devants et frappe à la porte peinte en blanc. À l'intérieur, j'entends des notes de piano. Pas comme ces mélodies savamment égrenées par Cecily ; on serait plutôt porté à croire qu'un chat déambule sur les touches graves. La cacophonie cesse, un rire d'enfant éclate, une voix étouffée nous apprend que quelqu'un approche et la porte s'ouvre.

Maddie s'agrippe à ma jambe. Est-ce un signe d'affection ou de peur ?

Un jeune homme se tient sur le perron, torse nu, seulement vêtu d'un pantalon de jogging qui bâille sur ses hanches. Ses boucles claires, très frisées et en désordre, s'accordent bien à son visage anguleux. Son regard se porte immédiatement sur Maddie. Le poing de celle-ci, crispé sur ma poche, fait crisser le papier de Rowan.

Quelque chose, dans l'expression du jeune homme, s'assombrit. Cela ressemble à un doute, puis à de la peine. Mais quand il ouvre la bouche, il se contente de tourner la tête et lance vers le salon bruyant :

— Claire ! Une de plus !

Claire, une femme de la première génération grande et costaude, a une peau mate et une voix grave, mielleuse, qui s'écoule comme de la mélasse. Une nuée d'enfants est à ses pieds où qu'elle aille ; des pieds qui esquivent adroitement les barbouillages qui sèchent à même le sol, mais aussi rollers, ours en peluche, xylophone, etc.

Elle appelle tout le monde « mon chou » et sent le linge propre. Les manches longues de sa robe cachemire couleur pêche s'évasent en cloche.

Nous n'avons pas droit d'emblée à des questions sur Maddie ou comment on en est venus à l'avoir sous notre responsabilité. Claire commence par nous offrir du thé vert, servi dans des mugs ébréchés et dépareillés.

Autour d'elle, la nuée d'enfants augmente et diminue, se disperse et se rassemble. L'un d'eux va lui chercher une chaise, et Claire s'installe face à nous dans la cuisine, autour de la table pliante. Quand elle nous propose du sucre, nous refusons l'un et l'autre : chacun a ses raisons de le boire pur. Le sucre était un luxe auquel Gabriel n'avait pas droit quand il travaillait au manoir ; quant à moi, je n'ai jamais couru après. De toute ma vie, les seules sucreries auxquelles j'ai succombé sont les desserts, lors des fêtes données par Linden, et les June Beans.

— C'est par nos affiches que vous avez entendu parler de nous ? demande-t-elle.

— Vos affiches ? s'étonne Gabriel.

— Nous n'avons rien d'aussi perfectionné qu'une imprimante, explique Claire. On les écrit à la main et on les colle aux lampadaires.

Je ne me rappelle aucune affiche, mais pour tout dire, j'ai gardé la tête basse et n'ai aucun souvenir de notre périple, hormis les noms des rues.

— C'était dans un livre, précisé-je d'une voix étonnamment fragile.

C'est la voix d'un esprit brisé, d'une fille réduite au dixième de sa taille normale. Je plonge le nez dans ma tasse.

— Un livre ? répète Claire. C'est impossible ; nous n'avons jamais passé d'annonce, que ce soit dans l'annuaire ou ailleurs. (Elle se tourne vers le jeune homme qui nous a ouvert ; il s'appuie au frigo, bras croisés.) Silas, mon chou ? Je me trompe ?

Je n'ai pas besoin de lever les yeux pour sentir le regard ensommeillé, distant, du dénommé Silas peser sur moi. Cette impression d'être jugée pour une raison qui m'échappe me conduit à rentrer la tête dans les épaules.

— Non, répond l'intéressé.

— Pas dans un annuaire, dis-je. (Je tends la main dans le sac de Lilas, en sors le livre et fais glisser celui-ci sur la table jusqu'à Claire.) Là-dedans.

L'ouvrage, intitulé *Les Poneys de Pam*, parle d'une petite fille qui communique avec les poulains et d'un petit garçon qui n'y croit pas. À la fin, le garçonnet se noie et il pousse des ailes à la fillette. Morbide à souhait, selon moi, mais Maddie ne s'en lasse pas.

Claire ne ramasse pas le livre tout de suite. Elle pose le bout des doigts dessus, les retire, porte la main à sa poitrine.

Maddie, qui rampait jusqu'ici sous la table, grimpe sur mes genoux. Je sens le regard de Silas me transpercer. D'étranges particules de lumière métallique dansent devant mes yeux. Ma chaise grince, poussée par le souffle d'une explosion de laboratoire que je suis seule à entendre.

Apparemment, j'ai raté la question de Claire relative à la façon dont nous avons hérité de ce livre. C'est Gabriel qui répond en désignant Maddie :

— Il appartenait à sa mère.

Maddie se tortille contre moi, enfouit ses petits poings sous mes aisselles ; les arêtes de son visage appuient sur mon cou. J'en ignore la raison. Jamais nous n'avons fait preuve d'une telle affection l'une pour l'autre. Mais cela m'aide à revenir au monde réel.

Claire quitte son siège et vient s'accroupir à côté de moi. Avec douceur, elle demande à Maddie de se tourner vers elle. La réponse initiale est un mouvement de tête qui me râpe la clavicule, mais la petite finit par lever les yeux.

La femme tend un index qui, sans entrer en contact avec le front de Maddie, parvient à écarter une mèche de cheveux noirs.

— Comment t'appelles-tu, petite ? demande Claire.

— Maddie, dis-je, surprise par le ton protecteur que je viens d'adopter. Elle s'appelle Maddie ; elle ne parle pas.

— Et d'où viens-tu comme ça ?

Si cette nouvelle question s'adresse directement à Maddie, les yeux de Claire se posent un court instant sur moi.

— D'un quartier chaud de Caroline du Sud, réponds-je.

Ou bien était-ce en Géorgie ? Cela ne remonte qu'à quelques jours, mais j'ai la mémoire étrangement brouillée et en noir et blanc. Même les étoles et les bijoux de Madame m'apparaissent en dégradés de gris quand j'essaie de les visualiser.

Je sais qu'il s'agit d'un effet du chagrin qui s'abat sur moi. Je commence à pleurer mon frère. Ce constat m'abasourdit.

— Sa mère s'appelle Lilas, intervient Gabriel.

— Mais non, dis-je. Toutes les filles portaient un nom de couleur qu'on leur avait attribué.

Je commence à voir où tout cela nous mène. Maddie qui s'accroche à moi ; l'anxiété sur le visage de Claire ; la ressemblance entre Claire et Lilas. Entre Claire et Maddie.

G-r-a-c-e L-o-t-t-n-e-r écrit au crayon de couleur bleu. La fille de Claire, le vrai prénom de Lilas.

Le livre de Lilas a retrouvé le chemin de sa maison sans elle.

— Comment est-ce possible ? murmure Claire.

Une question à laquelle je commence à m'habituer.

Il faut à Maddie plus d'une demi-heure avant de consentir à me lâcher, et ce, uniquement à cause du plat de cookies aux flocons d'avoine que Claire a posé sur la table.

Dans un coin de la pièce, une boîte de conserve recueille l'eau qui s'écoule d'une tache noire au plafond. Une goutte puis une autre, autant de fragments de pensée qui ne forment jamais rien de concret.

Gabriel doit se sentir mieux, car il prend immédiatement un biscuit. Quant à moi, je me sens nauséeuse tandis que Maddie s'étire sur mes genoux pour atteindre l'assiette. En voyant les yeux rougis et larmoyants de Claire, les orphelins se mettent à pleurnicher. Ils s'accrochent à sa robe comme s'ils comptaient l'escalader.

Pendant que les cookies cuisaient puis refroidissaient, Claire a commencé son récit :

Il était une fois une dénommée Grace Lottner, qui voulait devenir enseignante. Qui prenait soin des orphelins qui vivaient là, avec sa mère et elle. Qui leur faisait la lecture, cuisinait pour eux, les bordait soir après soir. Arrivée à l'âge de douze ans, de jolis yeux, un sourire prompt à éclore, des membres fins et une peau couleur café avaient fait d'elle une beauté.

Un matin, elle prit le chemin de l'école pour ne jamais revenir.

Quant à la suite, Claire ne trouve pas la force de la dire à voix haute. Mais ce n'est pas la peine, je la devine aisément. Lilas – Grace Lottner – se fait enlever par les Ramasseurs et est vendue comme prostituée. Elle tombe enceinte, tente peut-être de s'évader, mais ne va pas plus loin que chez Madame.

Je contemple l'eau qui s'écoule dans la boîte de conserve. Claire, assise en face de moi, me regarde jusqu'à ce que je lève les yeux vers elle. Puis elle lance :

— Tu te sens bien, ma belle ? Tu as l'air à bout.

Je me découvre incapable de lui répondre. Ne serait-ce qu'ouvrir la bouche est au-dessus de mes forces. Soudain, je n'ai qu'une seule envie : pleurer.

Gabriel vole à mon secours et déclare qu'il s'agit d'un simple coup de fatigue. Il raconte ensuite notre longue marche, puis la façon dont Lilas – non, pas Lilas, Grace – a tenté de fuir avec nous sans parvenir à franchir la grille.

Grace. Un prénom que j'ai du mal à attribuer à la Lilas que j'ai connue. Je la revois étaler du gloss sur ses bras et ses longues, longues jambes, faire bouffer ses cheveux, sourire, fardée d'un rouge à lèvres écarlate. Puis je repense à la douceur dont elle faisait preuve envers Maddie, ou envers moi quand elle arrangeait ma coiffure, et son absence commence à me faire mal. Qu'elle était vivante, par rapport à l'arc-en-ciel des petites protégées de Madame. Intelligente, ravissante. Et détruite.

Silas, qui ne s'est jamais approché de nous, m'épie désormais depuis l'autre côté de la cuisine.

— Pourquoi tu n'es pas retournée la chercher ? crache-t-il.

Le ton est accusateur, et je sens Gabriel se hérisser, mais c'est à moi que la question s'adresse et il me laisse le soin d'y répondre.

— Elle nous a couverts. Nous étions cachés, et elle leur a dit que nous avions filé. Elle savait que nous avions Maddie avec nous ; elle a préféré que nous partions avec la petite plutôt que de courir le risque de voir Maddie se faire attraper en tentant de fuir.

Silas émet un son à mi-chemin entre le rire et le sanglot. En levant les yeux vers lui, je constate qu'il est écarlate et que ses yeux sont brillants de larmes qui refusent de couler.

— Quelle grandeur d'âme, raille-t-il.

— Madame aurait fait exécuter la petite ! ajouté-je, indignée. (J'ignore d'où me vient cette colère ; j'ai l'impression d'être assise un peu en retrait, et d'écouter vociférer une autre fille qui a la même voix que moi.) Tu n'as pas vu à quoi ressemble cet endroit… j'y étais, moi ! On a fait de notre mieux ; si tu es volontaire pour aller la secourir, ne te prive surtout pas.

La pièce enfle, deux fois plus lumineuse, et je m'astreins au calme avant de m'évanouir de nouveau ou d'éclater en sanglots. Silas se détourne en marmonnant une histoire de faiblesse, et de Grace à qui il reste moins d'un an à vivre.

Claire se redresse sur son siège, les mains posées l'une sur l'autre. Elle ne se laisse pas submerger par l'émotion. Ne force pas Maddie à reconnaître en elle sa grand-mère, et ne fait pas tout un foin à propos du bras cassé de la petite. Elle ne demande pas davantage à Silas d'arrêter de ronchonner, et me laisse exprimer ma colère en respirant bruyamment.

Elle préfère observer un long silence avant de déclarer :

— J'adorerais voir Maddie rester ici. Est-ce pour cela que vous l'avez amenée ?

Je me retrouve alors au cœur du courroux qui m'habite, de cette mort dans l'âme qui me comprime la poitrine.

— Si nous sommes venus ici, avancé-je très prudemment pour ménager ma propre incrédulité, c'est parce que nous n'avons nulle part où aller.

18

LA MAISON de Claire me rappelle la mienne.
Bien qu'elle ait un étage de plus, la structure est à peu près identique. Croulante. De style vaguement colonial. Planchers qui craquent et gonds qui grincent y témoignent de vies passées. À l'époque où mes parents ont grandi, les maisons de ce type étaient robustes, leur papier peint ne se décollait pas. Comment auraient-ils pu deviner ce qui allait arriver à leurs enfants ? Ainsi qu'au monde par ricochet ?

Maddie s'est agrippée à la table quand Claire nous a proposé une visite guidée de la maison. Elle a refusé catégoriquement de bouger, alors qu'elle ne voulait pas se séparer de moi quelques instants plus tôt. Décidément, je ne comprendrai jamais cette gamine. Je l'ai donc laissée seule dans la cuisine, à mâchonner pensivement un cookie.

Pour gagner l'escalier, Claire nous fait slalomer entre les jouets, les dessins d'enfants et le piano aux touches gluantes. Le premier étage comprend essentiellement des chambres, ainsi qu'un grand salon meublé d'un tableau accroché au mur et d'une grosse dizaine de chaises disposées comme dans une salle de classe. Il y a des papiers partout. Des boîtes de conserve et des bocaux en verre à la verticale des tuyaux qui fuient à travers le plafond.

Le deuxième étage est un grenier en sous-pente. Sous le toit en V inversé, un grand lit, une commode et une salle d'eau. C'est ici que dort Claire, dans l'unique pièce qui n'est pas envahie par les affaires des enfants. Il y a également un matelas à même le sol, avec draps et couette élimée. Il est placé à la verticale d'une verrière colorée qui emplit l'espace d'une lumière chaude, dans les tons rose et jaune.

— Quand un petit est très malade, je le fais dormir ici pour veiller sur lui, explique-t-elle.

À cet étage, la cacophonie engendrée par le piano, les cris d'enfants et les canalisations qui vibrent paraît lointaine, étouffée. J'adorerais m'effondrer dans le grand lit de Claire et dormir. Ou cesser de penser, ne serait-ce qu'un instant.

Mais Gabriel et moi allons dormir au premier, sur un édredon épais qui fera office de matelas. Nous sommes les bienvenus dans la maison, à condition d'aider un peu. Après un coup d'œil à mon alliance, Claire présume que nous sommes mariés et que nous préférons dormir ensemble ; en revanche, elle déconseille vivement les « activités de couple » : toute forme d'intimité est à proscrire avec les enfants qui courent dans tous les sens. Qui plus est, nous allons dormir dans la chambre de Silas. Maddie, quant à elle, est libre de s'installer où elle le souhaite ; il y a plus d'enfants que de lits, ils ont l'habitude de se serrer. Mais j'ai le sentiment que si Maddie ne se trouve pas un coin bien à elle, elle viendra dormir avec nous.

En fait de chambre, Silas a hérité d'un placard tout juste assez grand pour y disposer un lit. Quand nous étalons l'édredon, il couvre presque toute la surface restante. Quand il entre et constate que nous occupons son espace, Silas paraît tout sauf emballé et se contente de dire :

— Le dîner est servi dans quelques minutes. Après ça, n'hésitez pas à faire un brin de toilette. (Il fronce le nez comme si nous étions les créatures les plus répugnantes de la planète.) Ensuite, ce sera l'extinction des feux.

Sans appétit lors du dîner, je me sens un peu mieux après une douche rapide. Le pyjama que l'on m'a attribué est certes élimé, mais à ma taille et confortable. Je m'efforce de chasser l'image du pull blanc tricoté par Deirdre sur la carcasse voûtée et fripée de Madame.

Gabriel se glisse sous les couvertures à côté de moi, les cheveux encore humides, et nous restons un moment allongés dans le noir, sans rien dire, les yeux rivés au plafond. La maison est pleine de bruit. Silas, l'aîné des orphelins qui a à peu près mon âge, aide Claire à coucher toute la maisonnée. Apparemment, le rite du soir comprend un chant de groupe accompagné au piano. La dernière fois que j'ai croisé Maddie, elle s'était liée d'amitié avec une autre gamine malformée aux yeux vert clair, à qui il manque la main gauche ; comme elle n'a pas manifesté l'intention de me suivre dans la chambre, je les ai laissées jouer ensemble, ce qui impliquait de ramper sous le canapé.

— Je suis désolée, dis-je.

Ma voix est tendue, et les larmes qui menacent me piquent les yeux. Gabriel se colle à moi.

— Désolée de quoi ?

Bonne question ; je n'en sais trop rien. Pas désolée de l'avoir poussé à fuir le manoir avec moi, en tout cas, car l'idée d'être seule à cet instant m'est insupportable. En outre, je me serais fait un sang d'encre pour lui, isolé dans le sous-sol des horreurs de Vaughn, au milieu des corps de mes défuntes sœurs épouses.

— Ce n'était pas censé se passer comme ça…

Gabriel garde le silence un moment, puis il répond sur le ton de la surprise :

— Tu avais un plan sur la façon dont cela devait se passer ?

— Non, admets-je. J'ai pensé qu'on arriverait chez moi, et que mon frère m'y attendrait. J'ai pensé que peut-être… je ne sais pas. Que nous serions heureux. Je comprends aujourd'hui à quel point ça paraît idiot, vu que tout est allé de travers.

— Ce n'est pas idiot de chercher le bonheur, affirme Gabriel.

Le silence suivant dure si longtemps que j'en viens à croire qu'il s'est endormi. Puis il demande :

— Et maintenant ?

— Je retrouve mon frère. Je commencerai les recherches près de la maison. (Ce dernier mot m'inflige une douleur que je n'aurais jamais imaginée.) D'abord les usines, pour vérifier les emplois qu'il a pu occuper pendant mon absence, et s'il a laissé une adresse à quelqu'un.

Ce n'est pourtant pas dans les habitudes de Rowan : en dehors de moi, il n'a jamais rien confié de sa vie à quiconque. Mais je n'ai pas d'alternative.

— OK, dit Gabriel. J'irai avec toi. Mais pour l'heure, essaie de dormir un peu, d'accord ? Tu commences à m'inquiéter.

Et, comme il me fait la grâce de jouer le jeu, d'entretenir un espoir clairement sans objet, je fais semblant de m'assoupir.

Une fois la maisonnée plongée dans le silence, j'entends le plancher craquer lorsque Claire monte se coucher. Puis Silas entre dans la chambre, et malgré l'obscurité, il parvient à enjamber sans heurt les étrangers qui ont colonisé son espace. Au passage, ses cheveux mouillés après la douche envoient quelques gouttes sur mon visage.

Gabriel s'est installé en me tournant le dos. Sa respiration régulière me confirme que son organisme est purgé de la drogue.

Les ressorts du matelas de Silas grincent, se taisent, grincent de nouveau. Il s'installe dans un froissement de draps. Manifestement, mon faux sommeil ne fait pas illusion avec lui car il finit par murmurer :

— Grace est vraiment vivante, ou tu as dit ça pour épargner Claire ?

— C'est vrai, réponds-je à mi-voix. Quand on est redescendus du grillage, elle traînait derrière et elle est tombée. Mais elle s'entend bien avec l'un des vigiles ; ça m'étonnerait qu'il laisse quiconque lui faire du mal.

Silas prend le temps de digérer mon propos. Puis il reprend :

— Comment est-elle ?

— Courageuse. Intelligente.

Je décide de passer sous silence le sang d'ange. Je sens Silas hésiter.

— Elle a parlé de moi ?

— Elle n'a parlé de personne. Je ne savais même pas qu'elle s'appelait Grace…

Je ne mets pas de gants, certes, mais c'est la vérité. Lilas, ou plutôt Grace, n'est plus la gamine de douze ans que les Ramasseurs ont enlevée il y a sept ans. Le temps a peut-être épargné certains de ses traits de caractère et son joli visage, mais il l'a aussi changée. Une seule année d'éloignement a suffi à chambouler ma vie ; sept ans sont sûrement capables d'anéantir quelqu'un.

Je me rapproche de Gabriel, assez près pour humer ses cheveux encore humides qui dégagent une imperceptible odeur de large. Je me dis alors que si jamais je ferme l'œil, je rêverai d'Atlantique Nord. Embarquée sur un ferry à destination de

Liberty Island, je pêcherai une truite arc-en-ciel en plein midi, la peau chauffée par le soleil.

Mais hélas, mes rêves ne sont peuplés que de noirceur et de l'odeur du papier peint carbonisé.

Étant la première à m'éveiller dans la maison, je tends le bras au-dessus de mon oreiller pour atteindre le sac de Lilas. Je tâtonne jusqu'à tomber sur la feuille où se trouve l'inscription de mon frère. À la lueur verte du réveil de Silas, je la lève à hauteur d'yeux et m'efforce de lire. J'ai du mal à distinguer les mots, mais peu importe, puisqu'ils n'ont aucun sens.

— Tu as veillé toute la nuit ? murmure Gabriel.

Levant les yeux, je constate qu'il m'épie dans la pénombre.

— Non, dis-je. Rendors-toi.

Mais il ne baisse pas les paupières tant que je ne me suis pas recouchée après avoir rangé le billet.

Les pas de Claire résonnent dans l'escalier vermoulu, puis je l'entends s'affairer dans la cuisine. A-t-elle réussi à dormir ? Qu'est-ce qui a pu lui passer par la tête, après avoir appris le destin de sa fille disparue ? C'est long, sept ans. Assez pour présumer qu'une personne est morte. Pour se remettre du choc initial et voir la douleur s'estomper. Il ne se passe pas un jour sans que mes parents me manquent, mais j'ai cessé de voir leurs visages dans la foule. D'espérer qu'ils me reviennent contre toute attente. Quel effet cela fait-il de découvrir qu'un être cher, présumé mort, était vivant tout ce temps ?

Il suffira certainement de poser la question à mon frère quand il me verra réapparaître. Si cela nous est donné.

Je ferme les yeux et tente de me rendormir, consciente du fait que j'en aurai besoin s'il me faut arpenter Manhattan toute la journée en quête de mon frère. Et composer avec la façon dont les choses ont tourné.

Mais le sommeil se refuse à moi. Je reste étendue pendant ce qui me paraît être des heures entières, jusqu'à ce que la lumière vienne me rosir les paupières et qu'un tout-petit se mette à vagir dans son berceau, déclenchant un concert de pleurs.

Le petit déjeuner sent divinement bon, mais la nourriture n'a aucun goût dans ma bouche. Et les phosphènes reviennent danser devant mes yeux. Mais je sais que Gabriel me surveille, alors je tartine un peu plus de confiture sur mon toast avant de l'enfourner.

Maddie et sa nouvelle amie, Nina, sont devenues inséparables. La dernière fois que je les ai vues, elles tournaient autour du piano, comme sous l'emprise d'un air qu'elles seules pouvaient entendre.

Les infos sont diffusées par un petit téléviseur posé sur le plan de travail de la cuisine. Il y est question de la colère suscitée par l'annonce du président qui souhaite reconstruire les labos. L'idée fait quelques émules, bien sûr, mais le journal met l'accent sur les opposants les plus farouches. Cette femme de première génération, par exemple, qui a enterré ses six enfants, et qui les avait conçus dans l'espoir d'un antidote.

Entendant Silas marmonner à propos de ces idiots qui s'entêtent, je lui lance un regard noir.

— Quelque chose à dire, princesse ? roucoule-t-il.

Ayant entrepris de débarrasser, je récupère son assiette juste avant qu'il y pioche son dernier morceau de gaufre qui baigne dans le sirop et pose le tout dans l'évier.

Pendant ce temps, le JT a enchaîné sur la lignée du président Guiltree et sur la façon dont, plus d'un siècle auparavant, les citoyens élisaient le chef de l'État. Le système dura un certain temps, précise le reportage, jusqu'à ce que les camps en présence commencent à se livrer bataille. La présidence est à présent une fonction héréditaire. L'espérance de vie raccourcie des nouvelles générations présente une menace pour cette tradition, mais Guiltree semble croire qu'il résoudra le problème en faisant le plus d'enfants possible. Le caractère cent pour cent mâle de sa descendance fait également hausser les sourcils : beaucoup le soupçonnent de disposer d'un labo de génétique personnel qui manipule le sexe de sa progéniture. Certains vont jusqu'à estimer qu'il possède déjà le vaccin, mais je ne vois pas pour quelle raison il le garderait pour lui.

Un fracas retentit dans le salon, puis un enfant hoquette et éclate en sanglots. Claire se rue à la rescousse. Dès qu'elle a quitté la pièce, Silas dit à qui veut l'entendre :

— Ils feraient aussi bien de lâcher l'affaire.

Je fais volte-face et réplique :

— Lâcher l'affaire, alors que nous sommes tous condamnés à mort ? Je ne vois pas le mal à chercher un traitement…

Silas grogne et lève le nez dans ma direction tout en se dirigeant vers le réfrigérateur, en sort un pack de lait et boit à la bouteille.

— Reconstruire ce labo, ça créera des emplois, et c'est tout le bien que ça fera. Après, il s'agira uniquement de redonner espoir aux gens.

— C'est si terrible que ça, l'espoir ? rétorqué-je.

— Quand c'est un faux espoir, oui.

Gabriel s'apprête à dire quelque chose, mais je le précède.

— Qu'en sais-tu ? Il existe des gens talentueux chez les scientifiques, chez les médecins, et l'espoir n'est pas une si mauvaise chose. C'est peut-être ce qui nous unit.

Je sens la rage bouillonner en moi, comme un pigment qui se dilue dans l'eau et qui rend tout rouge. Pourtant, quelques semaines plus tôt, allongée sur le trampoline de Jenna à côté de Cecily, j'affirmais à cette dernière qu'il n'existait pas de remède, et qu'elle avait tout intérêt à se l'imprimer dans le crâne. J'aimerais revenir en arrière pour effacer cette tirade ; accablée de chagrin, j'en étais venue à me renier. À renier l'essence même du combat mené par mes parents. Un combat qui leur a coûté la vie.

Silas éclate d'un rire amer. Dans ses yeux, je lis la même langueur qui habitait les filles de Madame. Il semble habité par une passion mort-née. Une étincelle qui, s'il avait eu plus d'années à vivre, se serait muée en brasier. Mais je constate qu'il a baissé les bras.

— Tu es d'une naïveté, princesse, dit-il.

Lors de l'année écoulée, on m'a attribué bien des surnoms. Mon cœur, bouton d'or, impératrice, et maintenant princesse. Autrefois, je n'avais qu'un prénom ; et il voulait dire quelque chose.

— J'en sais plus long que ce que tu crois, dis-je.

Il s'approche jusqu'à ce que nos nez soient à quelques centimètres l'un de l'autre, à tel point que j'entends ses lèvres se décoller avant qu'il crache :

— Dans ce cas, tu sais que tu vas mourir.

Ses yeux cherchent à croiser les miens, me défient. Je n'ai rien à opposer à cela, et il le sait. Tout ce qui sort de ma bouche, c'est un timide : « Peut-être. »

— Il n'y a pas de « peut-être » qui tienne, rétorque-t-il. L'explosion des labos, c'était une bénédiction qui ne dit pas son nom. Elle nous a tous placés face aux réalités : vivons aujourd'hui, demain n'existe pas.

La coupe est pleine pour Gabriel, qui me saisit par le poignet et m'éloigne. Je tremble des pieds à la tête, et une réplique acerbe refuse de franchir mes lèvres ; tout ce qui sort, c'est un grognement indigné qui semble secouer les murs alors que je quitte la cuisine en trombe et que je monte les marches. Maddie et Nina veulent m'approcher, mais elles se ravisent aussitôt et retournent à leur jeu qui consiste à se faufiler à travers les barreaux de la rampe d'escalier.

Hormis la chambre de Silas, il n'y a nulle part où aller. Gabriel m'emboîte le pas et referme la porte. Il tend le bras vers moi, mais je fais les cent pas en remuant les lèvres pour obliger les paroles à sortir. Je finis par lâcher :

— Quel petit con ! (Je crispe les poings.) Il n'a pas le droit… pour qui il se prend ?

— Il n'aurait pas dû insister sur ta naïveté, plaide Gabriel.

— Ce n'est pas ça. Enfin si, en partie, mais… il a affirmé que l'explosion était une bonne chose. (Je cesse d'aller et venir et me mords la jointure de l'index jusqu'à sentir l'os entre mes dents.) Mes parents ont été tués dans cette explosion, Gabriel. On les a tués parce qu'ils pensaient trouver un remède. Et ils ont fait tant de choses bien pendant toutes ces années ! Ils se sont occupés des nouveau-nés, des filles enceintes qui n'avaient nulle part où aller, et…

Ma voix se brise. À travers mes larmes, je regarde par la fenêtre, et je vois Silas qui se dirige vers la remise. Il souffle dans ses mains rougies pour se réchauffer, tripote la serrure puis disparaît à l'intérieur.

Vu d'ici, il paraît si petit. Un pétale de cendre qui s'élève dans le ciel, tout ce qui reste d'une combustion.

Comme c'est étrange, la facilité avec laquelle les choses disparaissent.

Il était une fois un couple, leurs deux enfants et une maison en brique, avec des lis dans le jardin. Les parents sont morts, les lis ont fané. L'un des enfants a disparu. Puis l'autre.

— Ça va aller, dit Gabriel.

Ses mains hésitent près de mon bras, mais je crois qu'il a peur de me toucher.

— Mes parents auraient continué à faire des choses bien. Des choses formidables.

— Je sais.

— Ils n'ont pas voulu ça, pour Rowan et pour moi. Mon frère… il est intelligent. Mes parents lui enseignaient les sciences, mais quand ils sont morts, il a tout laissé tomber. Parce qu'il a fallu qu'on veille l'un sur l'autre.

Quand j'observe mon reflet dans le miroir, j'y vois deux versions de moi-même : la sœur jumelle et l'épouse.

— C'était censé être mieux que ça, dis-je à voix basse.

Quand nous annonçons à Claire que nous retournons dans le quartier des livraisons, elle ne s'y oppose pas. Silas marmonne quelque chose dans sa tasse de thé, comme quoi nous ne reviendrons pas. Il doit penser que nous abandonnons Maddie. Mais soit la petite sait que ce n'est pas vrai, soit elle s'en moque ; quoi qu'il en soit, elle n'interrompt pas son jeu quand nous passons devant elle en sortant.

Marcher se révèle deux fois plus pénible que la veille. Mes jambes sont lourdes et raides, et je dois garder la tête baissée pour ne pas être aveuglée par le soleil. Gabriel ne m'oblige pas à tenir une conversation. De temps à autre, il tend le bras et me dessine des cercles dans le dos. Il doit s'attendre à me voir éclater en sanglots, ou quelque chose d'approchant, mais je suis au-delà des larmes. Au-delà de toute émotion. De toute initiative hormis les réactions les plus immédiates : franchir le pont. Commencer par les usines les plus proches de la maison, puis progresser le long de la rive. Ne pas m'intéresser à la mer pleine de souvenirs, de continents engloutis et d'innombrables endroits où l'on risque de se noyer l'âme.

Dans tous les bureaux de tous les bâtiments, je délivre le même message rapide. Je cherche mon frère. Il s'appelle Rowan Ellery. Il est plus grand que moi d'à peu près ça. Cheveux blonds. Un œil bleu, l'autre marron. On se souvient certainement de lui quand on l'a croisé.

Mais personne ne l'a vu. Partout, c'est la même réponse.

Jusqu'à ce que nous arrivions dans une usine de transformation alimentaire, où nous tombons sur un homme ridé de première génération. Coiffé d'une résille et vêtu d'une chemise tachée où figure le mot « Contremaître », il affirme savoir de qui je parle. Là-dessus, il se lance dans une tirade vengeresse sur Rowan, auquel il attribue un surnom fort peu flatteur. Selon l'homme, mon frère aurait travaillé pour lui jusqu'à ce qu'il vole un camion de livraison chargé d'une précieuse cargaison de soupe en conserve. Tout à sa fureur et à sa logorrhée verbale, il ignore ma question suivante chaque fois que je la lui pose. Au bout du compte, Gabriel prend le relais en posant une main sur l'épaule de l'énergumène. Grâce à son air placide et engageant à la fois, à ses yeux bleus qui établissent le contact sans la moindre agressivité, il calme suffisamment le contremaître et répète :

— Il y a combien de temps ?

L'homme cille et répond :

— Des mois. Je savais bien qu'il y avait un truc de louche, chez ce gamin. Toujours à grommeler dans sa barbe ; une fois, il s'est même esquivé une heure. Mais comme il effectuait les livraisons rapidement, j'ai continué à l'employer.

J'essaie de faire coller la personnalité de mon frère au portrait qu'en brosse cet homme. Rowan a toujours réagi au quart de tour, et quand il était particulièrement fâché, il marmonnait souvent dans sa barbe, se répétant les choses qu'il aurait aimé dire pour résoudre le problème. Des choses désagréables, pour l'essentiel, mais aussi lucides. Il ne cessait de bougonner que lorsque je venais poser une main sur son avant-bras pour lui parler à voix basse. Après l'intrusion du Ramasseur dans notre tanière souterraine, la fureur de mon frère avait couvé des jours durant. Il faisait les cent pas. Il s'inquiétait. Et, à l'instant où je l'avais cru calmé, il avait cassé un carreau d'un coup de poing. Mais jusqu'ici, je n'avais jamais réfléchi à l'ampleur de ses crises de colère, ni au fait que ses diatribes puissent à terme déboucher sur des propos incohérents.

Car s'il avait toujours été présent pour me protéger, comme cette fameuse nuit où un Ramasseur m'avait mis un couteau sous la gorge, j'avais toujours été présente pour le calmer. Moi seule en étais capable.

La culpabilité forme une boule compacte qui vient me lester l'estomac. S'il a largué les amarres, c'est parce que je n'ai pas été en mesure de le rassurer. Parce que je n'ai pas su le faire sortir des ténèbres de la déraison.

Quand je pose la question suivante, j'ai l'impression que mes paroles sortent d'une caverne, à mille lieues de là :

— À quoi ressemblait le camion ?

L'homme s'empresse de nous montrer ses véhicules de livraison, et quand il prend congé sur le parking, il conclut en disant :

— Si jamais vous revoyez ce gamin, dites-lui qu'il ferait une grosse bêtise en revenant ici.

« Si. » Si jamais je le revois.

Sur le chemin du retour à l'orphelinat de Claire, c'est mon tour de marmonner. J'en ai après les Ramasseurs. Après les mois écoulés, les camions, les messages cryptiques laissés dans une maison incendiée. Et après le temps, toujours le temps, car c'est toujours à cela que l'on revient, n'est-ce pas ? Le temps gaspillé au manoir. Le temps à attendre une jumelle qui ne rentre pas à la maison. Le temps qui me reste à vivre.

Mon humeur massacrante doit sauter aux yeux, car en me voyant débouler, Silas ravale le trait d'esprit qu'il s'apprêtait à décocher. Nos regards se croisent un instant, et ce que je lis dans ses yeux n'est ni du dégoût ni de la pitié ; plutôt de la solidarité. Je crois qu'il sait que mes recherches n'ont rien donné. Et qu'il comprend ce que je ressens.

Je n'ai qu'une seule envie : monter à l'étage, me réfugier sous les couvertures et sombrer dans un sommeil profond, sans rêve. C'est ce que j'avais fait suite à la mort de mes parents. Mais une petite parcelle de mon esprit, un fragment logique, veut continuer à avancer, tel le rouage solitaire d'une montre cassée. Je vais jusqu'à la cuisine. J'aide Claire à mettre la table. Je fais bouillir de l'eau pour les spaghettis. J'essuie la sauce tomate qui coule sur le menton des tout-petits. J'époussette les innombrables babioles qui peuplent les manteaux de cheminée et les étagères. J'envoie Gabriel promener quand il me demande, encore et encore, comment je me sens.

Si bien qu'au bout de quelques jours, je tombe dans une routine. Je retrouve le sommeil. Les aliments n'ont toujours aucun goût et coulent avec peine, mais je mange. À plusieurs reprises, en allant chercher des conserves à la remise, ou la boîte à outils pour réparer un robinet qui fuit, je trouve Silas adossé au mur, dans les bras d'une fille chaque fois différente. La première fois, il m'a lancé un « Tu te joins à nous ? » provocateur, ce qui lui a valu une bourrade de la part de sa compagne. Mais par la suite, nous avons appris à nous ignorer mutuellement.

Gabriel a la cote auprès des enfants les plus jeunes : il sait jouer quelques airs au piano. Je ne lui connaissais pas ce talent, et quand mes corvées ne sont pas trop accaparantes, je prends place sur le banc et regarde ses mains courir sur le clavier. Il m'apprend à agrémenter un air en insistant simplement sur une même touche. « Ping, ping, ping. » Je me concentre alors sur cette note répétée, tandis que la mélodie emplit le salon.

Elle ne me quitte pas, même quand mon index n'appuie plus. « Ping, ping, ping » en collectant le linge sale que j'enfourne ensuite dans la machine à laver. « Ping, ping, ping » en montant à l'étage en quête d'un peu de calme le soir, quand les enfants sont tous assoupis. J'entends la cacophonie étouffée de leurs respirations, et l'eau qui chuinte dans les canalisations tandis que Gabriel prend sa douche.

« Ping, ping, ping », le staccato dérape alors que je reprends mon souffle, et dans la fraction de seconde suivante, je trébuche et bascule tête la première.

Mais je ne heurte pas le sol, car Silas m'a rattrapée au vol. Je distingue sa peau laiteuse dans la clarté lunaire. Ce garçon ne met donc jamais de chemise ? Son visage est dans l'ombre, mais il y a assez de lumière pour que j'aperçoive ses yeux rivés sur moi. Ils suivent chacun de mes traits, comme s'il évaluait quelque chose.

— Merci de m'avoir rattrapée, marmonné-je.

Je dégage mon bras de son étreinte et il me relâche, mais pour une raison que j'ignore, je prends racine dans l'escalier.

— Tu as eu un vertige, pas vrai ? murmure-t-il. Ça t'arrive souvent, ces jours-ci…

— Je vais très bien.

— Non, tu ne vas pas bien.

Sans lui répondre, je le contourne et regagne la chambre. Comment lui expliquer que ce qu'il perçoit comme des vertiges est en réalité une folie rampante ? À la façon du lierre qui colonisait lentement la façade de ma maison en brique (celle qui est désormais inhabitable), la démence me gagne peu à peu.

Comment expliquer que j'ai trébuché à cause de l'onde de choc d'une explosion qui a tué mes parents il y a plusieurs années ?

Le lendemain matin, après avoir fait les lits d'une chambre d'enfant, je referme la fenêtre. J'aperçois Silas qui vacille derrière la remise, plusieurs mètres en contrebas, une fille dans les bras. Le vent soulève les longs cheveux noirs de cette dernière, puis fait retomber les mèches comme lorsqu'on hausse les épaules sous le coup de la frustration. Je vois naître un sourire désinvolte sur les traits de Silas quand elle se pend à son cou. Elle porte un pull dont les manches sont rayées, comme ces friandises de Noël dans les vieux livres d'histoires.

Une fraction de seconde, alors que je tends le bras pour fermer la fenêtre à guillotine, il lève les yeux vers moi. Il se tapote le nez puis contourne la remise et disparaît dans un éclat de rire de sa compagne.

Perplexe, je passe les doigts sous mes narines afin de comprendre la signification de son geste. Quand je retire ma main, celle-ci est maculée de sang.

19

À LA MI-FÉVRIER, la température se radoucit. En fondant, la fine couche de givre donne l'impression que le gazon vient d'être arrosé, et le dégel ramollit la terre. Assise sur la bordure du trottoir, devant l'orphelinat, je contemple les volutes que forme le brouillard matinal au-dessus de l'asphalte. J'essaie de ne pas penser aux fleurs d'oranger. Elles doivent à présent dormir dans les arbres en attendant d'éclore.

L'an dernier, à la même époque, je vivais dans le quartier « usines et livraison » de Manhattan. J'avais à peine seize ans. J'ignorais que j'allais être enlevée par les Ramasseurs quelques jours plus tard.

La main posée sur mon genou tendu, j'observe mon alliance. Je suis des yeux l'entrelacs parsemé de pétales qui n'a ni début ni fin.

Tant de pensées se bousculent dans ma tête. Je devrais en éviter certaines. Me concentrer sur d'autres. Toutes flottent dans la brume, comme autant de pétales de fleurs d'oranger. Je n'arrive plus à faire le tri entre les pensées constructives et celles qui sont dangereuses ; tout ce que je sais, c'est que cet immobilisme a assez duré. Alors, faute de mieux, je me mets à marcher.

Quelques mètres plus loin, j'entends toujours les enfants et la vaisselle qui tinte à l'intérieur de l'orphelinat. Mais dès que je quitte Dawn Avenue, tous ces bruits cessent. Il ne reste plus que le brouhaha lointain de la circulation et l'écho du ressac. Une bourrasque m'oblige à croiser les bras pour me réchauffer.

Je porte un pull à rayures marron et rose qui me démange de partout. Il n'a pas été tricoté spécialement pour moi. Il n'est pas incrusté de diamants et de perles.

Occupée à ne penser à rien, je ne l'entends pas me héler ; pas avant que mon nom se mêle à l'écho de ses pas dans la rue déserte.

— Rhine ! Attends-moi.

Je m'arrête sans me retourner, et j'attends qu'il me rejoigne.

— Oh, formidable, dis-je une fois Silas arrivé à ma hauteur, sur un ton moqueur. Tu portes un haut.

Il émet un grognement indigné et chasse les mèches qui lui cachent les yeux. Ses cheveux bouclés sont d'un blond qui tire vers le blanc. En capturant l'éclat bleuté du soleil matinal, ils prennent l'aspect mousseux de l'écume des vagues.

Ce doit être cela qui plaît aux filles, j'imagine. Ce détachement étudié. En temps normal, c'est l'heure où Silas quitte la maison pour retrouver l'une de ses conquêtes. Du côté de la remise, ou ailleurs dans les parages immédiats, il laisse les mains de la fille jouer dans ses boucles blondes avant de la regarder s'éloigner. Mais ce sont ses affaires, pas les miennes. Je lui sais gré d'avoir la délicatesse d'organiser ses rendez-vous hors de chez Claire, surtout dans la mesure où nous partageons la même chambre.

— Tu envisages de déserter notre excellente institution ? demande-t-il alors que nous partons du même pas.

— Non. J'allais juste faire un tour.

Dans la mesure du possible, j'évite Silas. S'il va se coucher avant moi, je me lance dans une corvée le temps nécessaire pour le trouver endormi ; dans le cas contraire, je fais semblant de dormir quand il m'enjambe. Je me suis également efforcée de masquer les taches lumineuses qui dansent devant mes yeux aux pires moments, quand tout espoir semble impossible. Comme à cet instant, par exemple.

Gabriel s'inquiète lui aussi, mais je n'ai pas besoin de ruser : il n'insiste jamais. Il pose sa question, je change de sujet, et le tour est joué.

Si d'aventure Silas m'interroge sur mon état, je suis déterminée à filer à toutes jambes. Alors que nous avançons, j'en profite pour étudier les contre-allées potentielles.

Ce n'est qu'au moment où il reprend la parole que je saisis l'autre raison qui m'a poussée à l'éviter : ne pas avoir à répondre à la question qui attend son heure dans son regard endormi, désinvolte, depuis le premier jour.

— Gabriel n'est pas vraiment ton mari, je me trompe ?

L'option la moins pénible consiste à se montrer honnête, et ces derniers temps, j'ai très peu d'énergie en réserve.

— Non, réponds-je. Mais tu le savais déjà.

— Mmh.

— Comment ça se fait ? dis-je. Tu as l'air de le savoir depuis le début, mais comment l'as-tu appris ?

— Ça n'a rien à voir avec un manque d'affection ; manifestement, vous êtes proches, d'une façon ou d'une autre, avance Silas. Mais si je te le dis, tu vas me prendre pour un dingue...

— Mais non. Fais-moi confiance.

— Comment t'expliquer ça ? On dirait qu'un fil invisible part de ton alliance, et qu'il ne te relie pas à lui. Qu'on te tient en laisse.

On me tient en laisse. Son histoire de fil à la patte résume bien la situation. L'image de mon mari, de mes sœurs épouses, et même de mon cinglé de beau-père, semble me coller à la peau.

— Je me suis évadée. Les Ramasseurs m'ont enlevée, j'ai pris la fuite, et quand je suis rentrée chez moi, ma famille avait disparu.

Je me rends compte à quel point j'avais besoin de vider mon sac au moment où les paroles sortent de ma bouche. Puis elles s'attardent, comme figées, et je suis prise d'une envie irrépressible de m'en éloigner. De laisser la réalité derrière moi. Car si je n'ai aucune prise sur cette réalité, je n'ai pas davantage envie de la regarder en face.

Je quitte la rue principale et m'engage dans une contre-allée en pente, en prenant garde de ne pas déraper sur l'herbe rendue glissante par la rosée. Dans une ville plus pimpante, dotée d'une atmosphère plus saine, l'endroit serait propice à l'éclosion d'un tapis de fleurs. Mais l'allée est désespérément vide, à l'exception de quelques buissons rachitiques et d'un filet d'eau qui s'écoule dans un fossé. Telles étaient mes pensées quand je suis venue ici même, quelques jours auparavant. J'avais besoin de quitter un instant le chaos régnant à l'orphelinat, et ce petit coin m'avait semblé sans danger, inondé de soleil, baignant dans une odeur printanière de terre humide.

Aujourd'hui, il y règne une odeur différente. Une odeur que je ne reconnais pas, pas tout de suite, jusqu'à ce que Silas m'agrippe par le bras et me dise de ne pas regarder.

Mais c'est trop tard. J'ai déjà remarqué la jeune fille morte qui gît sur le dos dans l'eau peu profonde, les yeux embrumés.

Les phosphènes sont si nombreux qu'ils me font mal aux yeux. Je reste là, lèvres closes, à tenter de percer ce voile de blancheur. Je ne distingue pas les traits de cette fille, ni la couleur de ses cheveux. Un phénomène étrange se produit : je vois ses os. Ma vision englobe tout ce que cache son épiderme, l'amas de chair et de sang noirci et inerte. Je vois le muscle déchiqueté qui fut autrefois son cœur. Là où la balle du Ramasseur a fini sa course.

Les paroles de Silas me parviennent comme à travers une vitre. Il me pousse, essaie de me faire bouger. Mais je n'ai plus conscience de mon corps, je suis comme une marionnette, mes bras et jambes remuent mollement lorsqu'il m'oblige à remonter vers l'avenue. Puis il s'assoit à côté de moi, au bord du trottoir, et me regarde croiser les bras comme pour me protéger du froid.

Ma circulation sanguine reprend progressivement. Les phosphènes s'estompent et finissent par disparaître.

— J'aurais pu être à sa place, dis-je à voix basse.

Silas m'observe toujours.

— Nous étions trois, ajouté-je. Trois à avoir été choisies. Ils ont abattu les autres. Avant de les balancer quelque part. De les laisser pourrir dans un fossé, jusqu'à ce que quelqu'un les transporte au crématorium.

Quelles paroles épouvantables, quand on les dit à voix haute. Je devrais certainement éclater en sanglots, voire piquer une crise d'hystérie. Mais c'est comme si toute émotion m'avait quittée. Je secoue violemment la tête, sans intention particulière.

— Il faut faire attention avec les fossés, dit Silas. On ne sait jamais ce qu'on va y trouver.

— J'aurais presque préféré être à leur place.

— Pourquoi ?

— Parce que je n'ai jamais demandé à être mariée. L'une de mes sœurs épouses en rêvait. Quant à la troisième… elle estimait que c'était préférable à la mort, et acceptait son sort. Mais moi, j'ai… tout rejeté en bloc. On aurait dû m'assassiner tout de suite, au moment de la sélection, mais pour une raison idiote, j'ai été choisie, et je n'ai pas voulu de ce mariage. Un jour, j'ai failli mourir en essayant de m'évader.

— J'imagine que tu n'as pas renoncé pour autant. Sinon, tu ne serais pas assise là…

Je confirme d'un signe de tête.

— En effet.

Je jette un coup d'œil par-dessus mon épaule, en direction du fossé, mais l'angle m'interdit de voir ce qui y flotte au gré du courant. Silas glisse un doigt sous mon menton, attend un instant, puis fait pivoter ma tête vers lui.

— Cette fille a peut-être préféré la mort à l'emprisonnement, dit-il. Nargué le canon du pistolet et lancé « Va te faire voir ».

— Ça m'étonnerait.

— Arrête, avec cette histoire. Tu as pris la fuite. Tu ne mérites pas la mort pour autant.

Je lisse mon jean au niveau des cuisses en regardant les feuilles qui roulent sur le trottoir. Je repense au souffle chaud de Linden sur ma peau, quand il sanglotait tout contre moi. À Rose, alanguie et élégante sur son lit de mort, pleine de grâce tandis qu'elle glissait vers le terme de sa vie. Au sang sur les draps de Cecily, pendant son accouchement. Je me rappelle mon cœur cognant dans ma poitrine, folle de terreur ou d'excitation. Les requins holographiques de la piscine. Les cartes routières étalées dans les maisons de papier de mon époux. Les baisers au goût de June Beans, de vent d'automne, de renfermé au laboratoire. Indélébile. Inéluctable.

La jeune fille qui gît dans le fossé n'aura plus ce genre de réminiscence. Peau et tissus vont se dissoudre jusqu'à l'os, dénudant un crâne ricanant. Ses cheveux vont tomber. Cage thoracique, hanches et coudes résisteront le plus longtemps possible, mais au bout du compte, il ne restera plus d'elle que des fragments entassés sur d'autres fragments, avant de tomber en poussière. Je lui murmure que je suis désolée, mais elle ne peut pas m'entendre.

— Viens, dit Silas qui se redresse et me soulève par les poignets. Allons faire un truc fun.

— Comme quoi ?

Il passe un bras autour de mes épaules, dans un élan de camaraderie qui m'apparaît forcé, mais je crois surtout qu'il agit ainsi pour m'empêcher de sombrer. Et c'est une bonne chose, car j'ai la cervelle en coton.

— Comme déboucher les toilettes du rez-de-chaussée. Ce matin, quelqu'un a tiré la chasse après les avoir remplies de cubes alphabet.

Je ris malgré moi.

— Je suis censée laver les draps…

— Veinarde.

Sur le chemin du retour, nous râlons à propos des corvées et des choses collantes que les gamins laissent sur le clavier du piano ou sous les tables. La jeune fille morte me suit tel un spectre penché sur mon épaule, qui me répéterait à l'oreille, encore et encore : « Tu aurais dû être à ma place. »

Le soir, je ne peux rien avaler. Un simple coup d'œil à cette soupe au poulet me retourne l'estomac. Dans mon esprit, les nouilles sont des bras, des jambes et des doigts, des fragments à jamais séparés d'un tout. Je demande rapidement à quitter la table, promettant à Claire que je l'aiderai à faire la vaisselle après avoir pris une douche rapide.

Elle fronce les sourcils, et les coins de sa bouche s'affaissent comme si ses lèvres étaient en train de fondre. Je frémis et grimpe à l'étage en vitesse.

Douleur. J'ai mal dans tous les muscles, comme s'ils réagissaient seulement maintenant à toutes ces doses de sang d'ange, à la course effrénée et au fait de dormir à même le parquet, avec un malheureux édredon pour tout matelas. Rester sous le jet d'eau chaude ne fait qu'accentuer un nouveau vertige ; sous mes pieds, les soubresauts du carrelage, violents et frénétiques, m'obligent à m'asseoir.

Tandis que l'eau m'enveloppe, je songe que j'ai peut-être anticipé l'arrivée du printemps. J'aurais mieux fait de passer un manteau en plus du pull, avant de sortir, car l'eau chaude ne dissipe ni les frissons qui ont trouvé refuge au tréfonds de mes os, ni ce sentiment qu'en lâchant le porte-serviettes, je risque de perdre pied totalement.

Je suis depuis si longtemps dans la salle de bains que Gabriel frappe à la porte et m'appelle. Cela doit faire un moment qu'il cogne à la porte, car en ouvrant les yeux, je découvre que je suis toujours assise sur le carrelage mouillé, mais que le jet est froid. Il ajoute :

— Si tu ne réponds pas, j'entre.

— Non.

Ma voix rebondit sur le carrelage, ce qui amplifie sa faiblesse extrême.

— Tout va bien. (Je tends la main, tourne le robinet jusqu'à ce que l'écoulement se tarisse dans un hennissement de tuyauterie.) Je me sèche et je sors.

Je dois avoir une mine effroyable : ma réapparition dans la cuisine, au bras de Gabriel, provoque la dispersion des orphelins. Claire abandonne son éponge, s'essuie et pose le dos de la main sur mon front.

— Tu es brûlante, ma chérie, déclare-t-elle. Ne t'en fais pas pour la vaisselle. Va te coucher, je t'apporterai une aspirine.

Gravir les marches est une épreuve, même avec l'aide de Gabriel. Il m'installe par terre puis part en quête de couvertures supplémentaires.

— J'ai vu une jeune fille morte, aujourd'hui, lui dis-je à son retour tandis qu'il dispose les édredons de façon à former un matelas de fortune.

Il s'interrompt et me regarde en fronçant les sourcils, comme si je racontais n'importe quoi.

— C'est vrai, insisté-je. Elle gisait dans un fossé plein d'eau. Et me regardait.

— Viens ici.

Gabriel soulève une couverture afin que je me glisse dessous. J'y parviens en rampant, et il me borde.

Puis il me passe la main dans les cheveux. La tête appuyée sur sa cuisse, je soupire à propos de musique tout en commençant à m'assoupir.

Mais j'ai l'impression de dériver sans jamais m'endormir tout à fait. La nuit est un puits de ténèbres d'où émergent bras, jambes et coudes à la lueur du réveil de Silas. Un moment, je crois entendre des vagues qui se lèvent pour m'engloutir, et le cri que je pousse trouve un écho sous la forme de hoquets et de pleurs d'enfants. Quelqu'un appuie sur l'interrupteur, et la lumière reste allumée jusqu'au matin.

Je m'éveille aux premières lueurs de l'aube, alors que le bleu du ciel rappelle encore la nuit. Ma tête repose contre un oreiller, sur les genoux de Gabriel ; ses doigts sont toujours entortillés dans mes mèches blondes et je sens des picotements sur mon cuir chevelu, souvenir de ses gestes tendres. Il est endormi dos à la paroi, la bouche ouverte, le souffle rauque. Levant les yeux vers l'ovale de son menton, je tends la main mais soudain, il est à des kilomètres de moi. Quand je fais mine de l'appeler, je n'ai pas de voix.

En rouvrant les yeux, je comprends que j'ai dû rêver, car le soleil brille et Silas n'est plus dans son lit.

— Salut, murmure Gabriel.

Sa voix m'évoque un feuillage luxuriant que traverse un souffle d'air rafraîchissant. C'est tellement délicieux que je ferme les yeux pour me laisser caresser par cette brise.

— Salut, dis-je. (Ma voix est un archet courant sur une corde brisée.) Tu crois toujours que j'ai menti, au sujet de la jeune fille morte ? Demande à Silas. C'est la vérité.

— Je te crois.

— J'ai peut-être eu tort de sortir dans le froid. (J'appuie ma tempe sur son genou.) Je me suis enrhumée.

— Avec tous ces enfants, on tombe facilement malade, dit Gabriel. Les microbes. Dans mon orphelinat, il ne passait pas un jour sans un gamin qui tousse. Je m'en souviens.

Je hoche la tête et demande rapidement que l'on m'aide à m'asseoir. Claire m'apporte de la compote de pommes, du jus de canneberges et une aspirine. Comme elle insiste, je me force à tout avaler, mais quelques minutes plus tard, quand la nourriture remonte, l'inquiétude qui se lit dans le regard de Claire occulte la lumière de la chambre. J'observe les ténèbres engloutir son visage jusqu'à ce qu'il ne reste rien hormis le blanc de ses yeux.

J'ai conscience de la visite de Maddie et Nina sur le seuil de la chambre ; main dans la main, elles doivent se croire invisibles à cause de mon hébétude. Nina murmure quelque chose, et elles détalent telles des blattes.

Gabriel ne me laisse seule que le soir venu, pour aider Claire à préparer le dîner, ou peut-être pour prendre une douche – il me l'a dit, mais je ne m'en souviens pas. Quand je me réveille enfin, j'ai l'impression de cuire sous les couvertures. Je les repousse ; à cause de la transpiration, les vêtements me collent à la peau.

— Je suis dans un sale état, dis-je à Gabriel en le voyant revenir. J'ai besoin d'une douche.

Il m'aide à me relever et nous sortons dans le couloir, mais Claire nous arrête.

— Tu es trop fatiguée pour marcher, décrète-t-elle.

Silas, qui sort justement de l'une des chambres en mordant dans un sablé, mastique en affichant un air inquiet.

— J'ai juste besoin d'une douche, plaidé-je. L'eau va m'éclaircir les idées.

Claire cède, mais à une condition : que j'utilise la salle de bains du grenier. Il y a une baignoire, dans laquelle je pourrai m'asseoir. Je la laisse même faire couler l'eau pour moi ; elle y ajoute de l'huile d'eucalyptus.

— Si tu as besoin d'aide, je serai dans la pièce voisine en train de plier du linge, dit-elle.

Toutes les deux minutes, elle me hèle pour s'assurer que je ne me suis pas noyée après m'être assoupie. La baignoire à pieds, probablement aussi vieille que la maison, est poétiquement écaillée et jaunie. Je fais jouer mes orteils dans la chaînette qui retient la bonde.

Le bain est si apaisant que j'y trempe jusqu'à ce que l'eau soit froide. Puis je m'essuie en claquant des dents, et j'enfile le pyjama que m'a laissé Claire.

Quand elle propose d'installer le matelas de secours dans la chambre de Silas pour que je passe des nuits plus confortables, je fais mine de refuser, mais l'instant suivant, Silas descend la chose par l'escalier.

Je le suis à pas prudents ; mes cheveux mouillés dégoulinent à côté de mes pieds.

— Silas ?

Le matelas produit une succession de sons étouffés en heurtant les marches, de petites explosions qui brouillent ma vision. Je m'agrippe à la rampe.

— Oui ?

Comme il m'a déjà posé une question à laquelle il était pénible de répondre, à propos de mon alliance et de Gabriel, je décide de lui poser celle qui me pèse depuis le premier jour à l'orphelinat.

— Tu t'en veux pour ce qui est arrivé à Grace, n'est-ce pas ?

« Tomp, tomp », fait le matelas dans l'escalier.

— Oui, dit-il. (Il s'assoit sur la dernière marche, le matelas posé à ses pieds, et je prends place à côté de lui.) J'ai essayé de t'en vouloir parce que tu ne l'avais pas ramenée avec toi. Mais c'est ma faute si elle a été enlevée.

Il ménage un silence qui me laisse le temps de lui dire qu'il se trompe, mais je n'en fais rien et il reprend la parole.

— On a eu une engueulade ; on se disputait tout le temps. Mais ce matin-là n'était pas comme les autres. Lugubre. Je revois le ciel bleu azur comme si c'était hier. Bizarre, non ? On allait à l'école, j'ai levé les yeux au ciel, et j'ai senti que quelque chose avait changé.

— Selon moi, ça n'a rien de bizarre.

— Elle a trébuché sur une racine qui avait poussé sur le trottoir. En ramassant ses livres qui étaient tombés, je l'ai entendue pester et je me suis moqué d'elle. Elle m'a rabroué. À cet instant, j'ai eu envie de l'embrasser, mais comme j'étais sûr d'essuyer un refus, je lui ai sorti une ânerie dont je ne me souviens même pas. Alors elle s'est mise à courir et a lancé « Tu es un crétin, Silas ! ». Et c'est tout. Elle a tourné au coin de la rue, et je ne l'ai jamais revue.

— Elle t'aurait peut-être laissé l'embrasser, proposé-je.

Silas s'esclaffe.

— C'est tout ce que ça t'inspire ?

Je prends le temps d'y réfléchir avant de répondre.

— Oui.

— Baiser ou pas, je n'ai même pas vu la camionnette. Je n'ai pas entendu Grace crier.

— Tu étais gamin. Crois-moi, même si tu avais vu ou entendu quelque chose, tu n'aurais rien pu faire face aux Ramasseurs.

— Peut-être pas, concède Silas. Mais je n'en aurai jamais le cœur net, pas vrai ? Et c'est ce qui fait le plus mal.

— Tu l'aimes toujours ?

— Je ne sais pas qui elle est aujourd'hui. J'ignore tout de ce qu'elle a enduré, ou de ce qu'elle a pu penser toutes ces années. Elle a eu une fille. (Il se laisse tomber à genoux.) Une fille. Qui ne parle même pas.

— Tu lui poserais des questions, si elle parlait ?

— Non, admet-il.

Je pose la main sur son épaule, ce qui le fait sursauter. J'ignore pourquoi ; il semble habitué à ce que les filles le palpent sous toutes les coutures.

— Tu pourrais la récupérer, proposé-je.

— J'y ai pensé. Mais elle a dix-neuf ans, maintenant. Quant à Claire… ce serait trop dur pour elle, de perdre sa fille unique une seconde fois. Et pour de bon. Et puis, elle a besoin de moi à son côté.

Il secoue légèrement la tête, et dans mon esprit, ses boucles tintent comme autant de clochettes.

— Mieux vaut la laisser partir, conclut-il.

Non, non, il se trompe. Laisser tomber quelqu'un n'est jamais la bonne solution.

Mais à cet instant, je pense à mon frère, écrasé de chagrin au point d'incendier notre foyer avant de partir en mission. Une mission qui consiste à me retrouver… ou à tout faire pour m'oublier.

Quant à moi, échouée dans cette maison, je vois les journées défiler dans une hébétude de zombie, à me demander comment je vais le retrouver.

Il serait plus facile d'abandonner. Pour moi. Pour Rowan. Pour Silas et Claire.

Je doute. C'est le brouillard total, les cloches carillonnent dans ma tête ; je glisse un « Tu as peut-être raison » même si je sais qu'il fait fausse route. Je me relève et, accrochée à la rampe, je tends le pied en direction du matelas.

— Tu pourrais l'installer pour moi ? Je suis vraiment claquée…

Silas traîne le matelas jusque dans la chambre, et je fais le lit dès qu'il ressort gérer une crise à base de sirop d'érable renversé sur le piano.

Le couchage n'est pas suffisant pour accueillir deux personnes dans de bonnes conditions, mais quand Gabriel s'allonge par terre, je lui demande de me rejoindre sous les couvertures.

— Je promets de ne pas te vomir dessus, dis-je.

Il se glisse contre mon dos et je ferme les yeux. Malgré ses efforts pour rester immobile, les infimes déplacements de son corps m'indiquent que sa posture est inconfortable. Il ne se plaint pas, comme d'habitude. Je me rapproche néanmoins du bord du lit pour lui laisser plus d'espace.

— Quand je me sentirai mieux, d'ici un jour ou deux, dis-je, je recommencerai à chercher mon frère. J'ai peu d'espoir de le retrouver : il existe des centaines de camions comme celui qu'il a volé. Mais si je n'essaie pas, je vais m'en vouloir à mort.

Car Silas a vu juste : ne pas savoir, c'est ce qui fait le plus mal. Je ne le supporterai pas. Il est peut-être trop tard pour Grace, mais il reste du temps pour retrouver mon frère.

— Tu n'es pas obligé de m'accompagner. Je comprendrais que tu refuses. Je t'ai déjà entraîné jusqu'ici, ce n'est pas juste de te demander d'aller encore plus loin.

Gabriel prend le temps de réfléchir. Puis il penche la tête, me caresse la nuque avec son visage, et je sens mon corps épuisé gagné par une sorte d'ivresse.

— Tu ne m'as pas traîné hors du manoir, dit-il. J'étais volontaire pour partir.

— Parce que Jenna t'avait demandé de veiller sur moi.

— C'est ce que tu penses ? (Il se penche sur moi de façon que je voie son visage. J'ai froid au dos, à l'endroit où son corps épousait le mien.) Effectivement, elle me l'a demandé. Mais j'avais déjà pris ma décision.

— Pourquoi ?

— Parce que tu me fascinais, répond-il en s'allongeant et en me collant à lui. Tu avais tellement foi dans le monde extérieur que j'ai souhaité le voir avec tes yeux.

J'émets un rire douloureux.

— Maintenant que tu l'as vu, tu dois penser que je suis folle.

Sans répondre, il me serre contre lui et dépose un baiser sur ma nuque. Je m'endors presque instantanément.

20

UNE NUIT, dans mon délire, je rêve du bateau dans lequel nous avons pris la fuite. Le roulis me berce dans un sommeil plus profond, vers un lieu où s'étendent de longs trottoirs chauffés par le soleil. Des lis fragiles poussent, fatigués et rougis, dans une terre alourdie par les effluves de sang. Et les filles sont partout, la bouche grande ouverte, leurs yeux noirs encombrés de nuages, le sourire de leur gorge tranchée incrusté de rouge. Malgré leurs lèvres immobiles, je comprends ce qu'elles essaient de me dire. *Tu aurais pu être des nôtres. Ne l'oublie pas.*

Mon frère jumeau est parti, mais il est passé par là. Sa présence s'attarde, une sueur odorante qui imprègne la poussière. Il m'a cherchée au milieu de ces filles, tellement endurci par le chagrin qu'il n'a rien éprouvé pour elles, qu'il n'a même pas remarqué qu'il s'agissait de jeunes femmes ; il a simplement constaté qu'elles n'étaient pas liées à lui, qu'elles n'étaient pas son unique sœur. Et le voilà sur des routes plus sombres, visitant les bordels des quartiers chauds et scrutant les camionnettes grises au point mort, sillonnant le continent le plus vite possible car les années défilent sous ses pieds. Et tandis qu'il me cherche, je fais de même, mais je ne sens sa présence qu'après coup, quand il est déjà loin, et seulement dans mes rêves. Sent-il ma présence, lui aussi ?

Il m'arrive parfois de croire que nous touchons au but.

Ma vision se brouille ; je vois des couleurs mélangées, des sphères qui ondulent. Mes cils sont trempés et lourds, mes paupières n'arrivent pas à se soulever. « Je suis ici, dis-je, mais ma voix se perd en syllabes étrangères, en bredouillis d'ivrogne. Je suis ici. Tourne-toi et regarde vers moi. » Ou peut-être est-ce moi qui suis censée me retourner. Mais dans quel sens ?

Une autre voix me répond.

— Tu m'entends ?

Puis, de façon plus pressante :

— Tu peux ouvrir les yeux ?

J'essaie, et cette fois, mes cils ne sont pas si lourds. Les couleurs vacillent puis s'alignent, une image se matérialise. Un pot à confiture qui se remplit d'eau s'écoulant d'une fissure au plafond. Puis le regard avide de Gabriel, sa main qui approche et vient m'essuyer la joue. Mon visage est baigné de larmes.

— Salut, murmure-t-il. Te voilà revenue.

Difficile d'imaginer paroles plus justes : dans mon sommeil, j'ai dérivé très, très loin de lui. Et, une fois de plus, je reviens les mains vides.

— Salut, dis-je.

Ma voix aussi est de retour. Après m'être raclé la gorge, je me redresse sur un coude, faisant fi des taches lumineuses qui dansent devant mes yeux.

J'entends vaguement Claire s'activer dans la cuisine, métal contre métal, céramique contre céramique. Les orphelins parlent à voix basse, s'agitent en gloussant dans la maison. Des yeux ronds et curieux m'observent depuis l'embrasure de la porte puis disparaissent. Dans une autre pièce, les plus jeunes apprennent leur alphabet ; s'ils parviennent à lire les recettes, certains pourront devenir cuisiniers et trouver du travail auprès d'un maître domanial fortuné. Quant aux gamines qui se mueront en jolies jeunes filles, elles finiront peut-être épouses, voire – pourquoi ne pas rêver ? – actrices de *soap opera*. Autant d'options qui trouvent grâce à leurs yeux : tout, plutôt que la perspective de mourir sans avoir eu un but. Aussi récitent-ils les lettres à l'unisson, et avec ferveur. A, B, C, D…

Je repense à Cecily qui m'égrenait les lettres d'une chambre à l'autre, et qui me demandait comme prononcer « placenta » ou « utérus ».

— Combien de temps suis-je restée KO ?

— Tu as dormi toute la matinée, répond Gabriel. Tu as parlé dans ton sommeil.

— Ah bon ?

Je m'essuie les joues, mais déjà, le rêve s'étiole et mes larmes sèchent toutes seules.

— Visiblement, tu étais en plein cauchemar.

Il me passe un linge mouillé sur le front, et je laisse échapper un râle de soulagement. L'eau froide ruisselle sur mes tempes et mon cuir chevelu. Gabriel retrousse les lèvres dans ce que j'imagine être un semblant de sourire, mais il paraît très inquiet : je dois encore avoir une fièvre de cheval.

Quand j'étais enfant, j'ai contracté une pneumonie. Je me rappelle fort bien le gargouillis de l'humidificateur au gré de mon souffle rauque, les expectorations de mucus chaque fois que je toussais. Je me souviens que je m'étais sentie au plus mal, mais après tout, c'était normal. C'était une affection réelle, naturelle, qui touchait les êtres humains depuis des siècles et que mes parents savaient comment traiter.

Mon état actuel, en revanche, ne ressemble à rien de connu. Il ne donne pas l'impression d'être guérissable ou d'origine naturelle. Il provoque des cauchemars bizarres dont je ressors brûlante et desséchée, avec une perte de sensations au niveau des membres. Mon corps ne réclame pas une réhydratation ou un traitement, et pas davantage les bouffées d'air tiède délivrées par un appareil respiratoire. Je ne sais pas de quoi il s'agit. J'ignore ce qui m'arrive.

Gabriel fait preuve d'une grande douceur. Je ferme les yeux, et ses mains commencent à me susurrer une berceuse sans queue ni tête. J'opine du chef comme si j'en comprenais le sens ; je ne veux pas que ses mains aillent croire que je ne les écoute pas.

— Rhine. Reste avec nous, ma chérie.

J'ouvre les yeux : Claire se tient derrière Gabriel. Deux petites orphelines sont à ses côtés. L'une tient un pot à confiture plein d'herbe, l'autre un bol de flocons d'avoine posé sur un plateau. Elles paraissent ravies de me voir, mais inquiètes à l'idée d'approcher. Peut-être me croient-elles contagieuse.

— Il faut manger, maintenant, dit Claire.

Je n'ai pas d'objection à apporter : c'est son orphelinat, et… Elle. Est. La. Reine. Je l'ai entendue brailler cette formule aux enfants désobéissants. « Je. Suis. La. Reine. » Ils se figent, sentent leurs poils se hérisser, puis elle leur adresse un clin d'œil, ils pouffent et s'exécutent sagement. Claire possède la majesté des ouragans et des explosions.

Je tente de me redresser, et Gabriel réarrange les oreillers dans mon dos. L'orpheline aux flocons d'avoine pose le plateau sur mes genoux puis recule, les yeux toujours rivés sur moi. L'autre orpheline place le pot à confiture à côté du bol. Je m'aperçois que les brins d'herbe sont peuplés de coccinelles.

— Pour te tenir compagnie, dit-elle.

Elle possède une toute petite voix, comme celle de Jenna ; un court instant, j'ai l'impression qu'une infime fraction de ma défunte sœur épouse, en retombant sur terre, est venue exploser dans ces bestioles incarnates. Elles contournent les brins d'herbe et sillonnent les replis de mon cerveau. J'aimerais pouvoir pleurer, mais c'est impossible ; Claire m'a tendu la cuiller, et je dois manger sans délai car… Elle. Est. La. Reine.

Les flocons d'avoine sont agrémentés de raisins secs et d'éclats d'amande qui me font crisser les dents, comme l'excédent de sucre dans le thé de Cecily. Cecily, avec ses perpétuelles montées de lait et ses yeux bouffis de larmes. Est-elle parvenue à se ressaisir ? A-t-elle pris ma place au bras de Linden, lors des fêtes ? Lui sert-il du champagne, l'appelle-t-il « mon cœur » ?

Ma bouche est comme anesthésiée, les saveurs s'estompent. Gabriel, qui m'essuie le menton quand le brouet déborde, semble terrorisé.

— Tu as besoin de te recoucher ? demande-t-il, prêt à me soutenir.

— Non, intervient Claire. Il faut qu'elle mange. Et après, un bon bain chaud.

Ce doit être un signal pour les deux orphelines qui déguerpissent aussitôt. Je les regarde sortir : leurs pieds nus font gicler l'eau accumulée en flaques sur le parquet, à la verticale des infiltrations du plafond. L'odeur de bois détrempé et l'air printanier qui entre par la fenêtre ouverte me font penser à la maison dans laquelle nous vivions, mon frère et moi.

Une fois le bol raisonnablement vide, Claire soulève les couvertures et m'aide à me lever. Je découvre alors que mes jambes répondent bizarrement : j'ai les genoux qui plient contre ma volonté, mettre un pied devant l'autre n'a rien d'évident. Je pressens qu'il ne s'agit pas d'une banale grippe, mais du prélude à quelque chose de bien pire. Cet engourdissement des membres inférieurs va remonter par les vaisseaux sanguins, comme une toxine. Il va gagner mon cœur, mon cerveau, jusqu'à ce que je flotte dans un brouillard sans fin qui m'empêchera de formuler une pensée cohérente, à l'image de mes difficultés motrices. Et après ? Je ne sais pas. Peut-être mourrai-je. D'instinct, je vois la marque de Vaughn dans cette affaire, mais comment est-ce possible ? Il n'a pas pu venir m'empoisonner ici. J'ai enfin réussi à lui échapper.

« Tu en es sûre ? » me souffle la voix chaude de Jenna.

Je sens confusément qu'il y aurait là matière à paniquer. Mais je suis si fatiguée… Quand je me glisse dans la baignoire, l'eau du bain occupe toutes mes pensées. C'est agréable. Chaud, avec vapeur et odeur de savon. De vrai savon, sans fragrance rappelant un vallon tapissé d'œillets ou une branche de jasmin. Il n'y a pas de bulles étranges qui viennent éclater contre ma peau, aucun effet pelucheux, aucune illusion.

Alors que je me baigne, tête baissée, Claire me dégage la nuque et me verse un broc d'eau sur le crâne. Puis elle ajoute du shampooing et entreprend de me frictionner le cuir chevelu. Voyant que je m'assoupis, elle me réveille en claironnant :

— Reste avec moi, ma chérie.

— Claire ? dis-je en haussant les sourcils mais en gardant les yeux fermés. Je crois que je suis mourante…

— Mais non, rétorque-t-elle en me penchant la tête en arrière afin de me rincer les cheveux avec un broc d'eau chaude. Pas sous ma surveillance.

J'ignore pourquoi, mais ses paroles me font sourire. Même si je n'en crois pas un mot.

— Écoutez-moi, j'ai un frère. Il s'appelle Rowan. Vous le reconnaîtrez facilement : nous avons les mêmes yeux. S'il m'arrive quelque chose, tâchez de le retrouver.

Je raconte n'importe quoi. Je n'ai pas réussi à le localiser ; comment espérer qu'une tierce personne y parvienne ?

— Tu le trouveras toi-même, dit Claire.

— Trouvez-le, et dites-lui…

La fin de ma phrase se noie – au sens propre – dans l'eau qu'elle me verse sur la figure, et qui m'entre dans les narines. En conséquence, inspirer me fait tousser et rouvrir les yeux. Sans faire mine de s'excuser, Claire continue à me rincer la tête.

Ce bain me laisse groggy et glacée. J'enfile un peignoir par-dessus mon pyjama puis prends tout mon temps pour redescendre les marches, en ne prêtant pas attention aux regards inquiets que me lance Silas. Ses yeux témoignent du fait qu'il a compris que le pire reste à venir.

Mes nuits suivantes sont si agitées – succession de quintes de toux, de vomissements et de cauchemars qui me font bredouiller dans mon sommeil – que Silas décide d'aller dormir sur le canapé. Quant à Gabriel, il ne dort plus du tout. Chaque fois que j'émerge d'un mauvais rêve, il se tient près de moi avec un linge humide ou un verre d'eau, et de l'inquiétude dans ses yeux bleus. Il m'aide à me traîner jusqu'à la salle de bains, me tient les cheveux en arrière quand je suis malade, me frotte le dos et me laisse m'allonger en position fœtale sur le carrelage, la tête appuyée sur ses genoux.

L'épaule transie par la fraîcheur des carreaux, je pense alors : *Voilà ce que Jenna a dû ressentir. La douleur que j'ai lue dans ses yeux, à la fin.*

Mais je ne peux pas raconter ça à Gabriel. Sous le coup de l'émotion, il recommencerait avec ses histoires d'orphelinat, de grippe et de bout du tunnel. Je préfère donc lâcher tout à trac :

— Je ne crois pas que Jenna soit morte à cause du virus.

— Moi non plus, murmure-t-il.

— Je veux dire, c'était bien le virus, tous les symptômes concordaient, mais il y avait quand même quelque chose de bizarre.

Le même nom doit nous hanter, mais aucun de nous ne l'énonce à voix haute. Vaughn. Nous ne voulons pas l'invoquer dans cette pièce. Je ferme les yeux et cesse de remuer. Au bout d'un moment, Gabriel murmure :

— Tu t'endors ? Tu veux retourner au lit ?

— Non. Je n'ai pas envie de bouger.

Il chasse les mèches collées sur ma tempe, et je laisse échapper un léger soupir de contentement. Je souhaite de tout cœur rester allongée ici même, sans dormir ni parler, sans penser ou presque. Au-dessus de la baignoire, le vasistas est ouvert. Il est très tôt, il fait encore nuit, mais l'air extérieur charrie néanmoins une senteur tiède de printemps, de choses qui pourrissent et éclosent dans une brume immobile. À cet instant, je comprends que j'ai toujours été avide de ce phénomène brutal. De ces tiges qui s'extirpent du sol, de ces pétales qui s'ouvrent au monde.

Le début de la vie est toujours brutal, n'est-ce pas ? Notre naissance est une lutte.

Je suis née un 30 janvier, une minute et demie avant mon frère. J'aimerais tant m'en souvenir. Avoir en mémoire la violence de cette première poussée, le choc causé par l'air froid, la morsure de l'oxygène dans des poumons tout neufs. Tout le monde devrait pouvoir se souvenir de sa naissance. Il est injuste de ne connaître que l'agonie.

Si je suis vraiment en train de mourir, je refuse de l'accepter. De m'abandonner mollement dans les bras de la mort. Ce n'est pas possible. La fleur qui orne la grille de fer et les serviettes en tissu, le fleuve qui porte mon nom, les labos qui explosent, les filles enlevées par les Ramasseurs – tout cela se bouscule dans ma tête, à la manière d'un puzzle que l'on éparpille. Chaque pièce signifie quelque chose. J'en suis sûre.

Il me revient alors une scène à laquelle je n'avais plus pensé depuis longtemps. Il était tard, et j'étais très jeune. Je me rappelle que j'aimais me sentir toute petite dans le lit; j'en retirais une impression de sécurité. Mon frère me tournait le dos, le creux du drap formait un canyon entre nos deux corps étendus. L'un de nos parents avait ouvert la porte de la chambre, faisant apparaître un rectangle de lumière. J'avais fermé les yeux. Je m'étais blottie dans la pénombre, comme lorsque je jouais à cache-cache. J'avais entendu le doux baiser posé sur le front de mon frère. Puis un second pour moi, et une main qui m'avait lissé les cheveux. Des pas qui s'étaient éloignés. Mais la lumière avait persisté sur mes paupières baissées.

— On aurait peut-être dû le leur dire depuis le début, avait murmuré mon père.

— Ce ne sont que des enfants, avait répondu ma mère à mi-voix.

— Des enfants exceptionnellement doués.

— Dans quelques années.

Le ton de ma mère s'était fait presque implorant; mon père l'avait embrassée.

— Entendu, mon amour, avait-il dit. (Les ténèbres, le cliquetis de la porte.) Entendu.

Je ne m'étais pas posé de question. J'étais au chaud, aimée, heureuse. J'avais foi dans des choses que je ne comprenais pas encore. Tout s'éclairerait en temps utile.

À la mort de mes parents, les souvenirs étaient devenus trop douloureux pour être exhumés. J'avais pris soin de les esquiver. Mais, ces derniers temps, ils prennent de l'importance. Un caractère d'urgence. Je laisse de nouveau mes parents entrer, comme je le faisais de leur vivant ; je laisse leurs voix papillonner dans ma tête.

Dans mon rêve, cette nuit-là, quand le monde se balance au cou de ma mère alors qu'elle m'embrasse pour me souhaiter bonne nuit, je tends la main pour le saisir.

21

LE LENDEMAIN, je fais un effort. Je sors du lit. Je me rends à la cuisine où je m'oblige à avaler un bol de céréales et un toast grillé. Ensuite, quand la nausée menace, je reste immobile dans un siège jusqu'à ce que la sensation passe. Je prends l'aspirine que me donne Claire. J'ignore les phosphènes qui me donnent le tournis. Je fais la vaisselle. Je passe sous silence la poignée de cheveux blonds qui m'est restée dans la main ce matin même, en nouant ma queue-de-cheval.

Mais l'effort se révèle plus éprouvant que la maladie elle-même. Midi me trouve cachée dans la remise, appuyée contre une vieille voiture bâchée, le souffle court. Il flotte ici une odeur de renfermé et de poussière, propre aux choses à l'abandon. Les rayons sont couverts de pièces détachées si rouillées qu'elles sont impossibles à identifier. De bocaux remplis de boulons, de clous, d'épingles de sûreté. Autant de choses dont je n'ai pas l'utilité.

Toute la matinée, j'ai accompli les gestes d'un individu bien portant. Je n'ai peut-être trompé personne, mais Claire ne s'est pas plainte quand j'ai récuré le carrelage de la salle de bains et passé l'aspirateur sur les céréales séchées qui jonchaient le tapis du salon. En ce moment, je suis censée inventorier ce qui va bientôt manquer et établir une liste de courses.

J'ai seulement besoin de souffler quelques minutes. Alors que se dissipe la brume qui me brouille les idées, je fais l'effort d'imaginer où Rowan a pu aller. Seulement voilà, nous sommes sans famille et nous avons toujours vécu à l'écart.

Une chose est certaine : si mon frère me croit vivante, il est à ma recherche. Sinon, c'est qu'il est en train de venger ma mort supposée. Rowan ne fait jamais rien en vain. Jamais rien qui n'ait un but affiché. Pour disposer du cadavre d'une laissée-pour-compte, les Ramasseurs ne manquent pas de… points de chute ; Rowan sera certainement resté dans les parages assez longtemps pour en faire le tour. Mais au bout d'un an, il ne reste rien d'un corps. S'il continue à me chercher, cela signifie qu'il me croit vivante.

Comment procéder pour le retrouver ? C'est toute la question. Dès mon plus jeune âge, j'ai appris que lorsqu'on se perd, rester sur place augmente les chances d'être découvert par les sauveteurs. Mais désormais, mon frère et moi sommes l'un et l'autre en mouvement. Quant aux chances qu'il me déniche chez Claire, elles sont quasiment nulles.

Je retourne dans la maison en m'efforçant d'échafauder un plan. Peu valorisantes et répétitives, les tâches domestiques m'apportent cependant un certain réconfort. En m'aidant à plier les serviettes, Gabriel affirme qu'il me trouve moins pâle. J'ignore s'il dit cela pour me rassurer, car je me sens toujours aussi patraque. Quoi qu'il en soit, je parviens à garder mon dîner.

— Comment te sens-tu ? s'enquiert Silas qui essuie la vaisselle que je lui passe.

— Bien mieux, dis-je.

— En tout cas, tu as encore une mine de déterrée… Je m'en tiens au canapé. Je n'ai pas très envie d'être réveillé à minuit si tu te remets à cracher tes poumons.

— C'est sûr, comme tu es très demandé, il faut que tu dormes sur tes deux oreilles…

Cela étant, je suis heureuse de savoir que Gabriel et moi aurons la chambre pour nous tout seuls. Quand je suis installée sur le matelas, à côté de lui, il tend le bras pour éteindre la lampe.

— Tu as l'air d'aller mieux, dit-il.

Le soulagement est tellement perceptible dans sa voix que je n'ose lui répondre que je me sens toujours aussi mal. Je soupire, tourne la tête pour lui faire face et me contente d'acquiescer.

Je n'ai pas envie de lui parler de mon état. De lui parler du temps que nous allons passer dans cette maison, du temps qu'il faudra pour retrouver mon frère… si seulement j'y parviens. En fait, comme toute allusion au temps qui passe m'est insupportable, je biaise en lançant :

— Depuis quand tu n'as pas souri ?

Après un court silence dans les ténèbres, il s'autorise un petit rire.

— D'où sors-tu une question pareille ?

Je m'efforce de distinguer ses traits à la faible lueur du réveil de Silas.

— C'était juste pour faire la conversation…

— Eh bien, disons que j'ai connu des périodes plus souriantes, dit-il.

J'étire les bras au-dessus de ma tête en bâillant.

— Moi je trouve qu'on s'amuse comme des fous, pas toi ?

Nous éclatons l'un et l'autre d'un rire sans joie. En faisant courir son index le long de ma mâchoire, il sent le sourire qui me gonfle les joues.

— Tu es épuisante, déclare-t-il avec chaleur. Tu bouges tout le temps.

— Je ne bouge pas, là, tout de suite.

Je me sens si fatiguée, à force de pourchasser des chimères qui m'échappent sans cesse…

Jenna m'a dit quelque chose un jour, en fin d'après-midi. Le soleil déclinant éclaboussait tout de rose et de jaune, ce qui était synonyme d'appel imminent pour le dîner. Nous gisions sur le trampoline, en nage, épuisées. Pendant ce qui m'avait paru être une bonne heure, nous avions sauté, d'abord en riant, puis en soufflant comme des phoques, bondissant de plus en plus haut, propulsant l'autre à tour de rôle afin qu'elle monte au ciel, toujours plus haut, tels des oiseaux moribonds ayant juste assez de volonté pour tenter un ultime envol.

Puis, dans l'air immobile, elle m'avait saisie par la main comme elle le faisait parfois. Ses doigts semblaient toujours étreindre les fantômes de ses petites sœurs. Elle n'en parlait jamais et j'ignorais jusqu'à leurs prénoms, mais chaque fois que Jenna apaisait une crise de Cecily ou séchait mes larmes, je sentais qu'elle se remémorait les soins prodigués à ses défuntes cadettes.

— Tu sais pourquoi on nous marie aux gouverneurs domaniaux ? m'avait-elle lancé. Ce serait différent si nous étions parquées comme des juments que l'on ne sort de l'enclos qu'au moment de la saillie, mais ce n'est pas comme ça. Nous ne sommes pas des animaux de compagnie : nous sommes des épouses, et c'est encore pire.

J'avais réfléchi à ce que cela impliquerait d'être parquées entre deux saillies, puis j'avais levé la tête et remarqué un nuage qui ressemblait à un poulpe brisé.

— En quoi est-ce pire ? avais-je demandé.

— Sans cette parodie d'union, il serait clair pour tout le monde qu'on nous a enlevées pour nous obliger à obéir. Mais dans le temps, les gens se mariaient et vivaient ensemble. Cette intimité de façade indique au monde que nous sommes consentantes. Nous ne sommes pas uniquement privées de liberté ; nous n'avons même pas le droit d'être malheureuses.

D'emblée, j'avais eu du mal à la suivre. Tout en cherchant à échapper au statut d'épouse, je le trouvais préférable à celui de prostituée ou de génitrice sans visage.

— Nous avons toujours le droit d'être malheureuses, lui avais-je répondu. Il suffit de faire semblant devant Linden, rien de plus.

Elle avait laissé fuser un rire amer.

— Oh, Rhine… (Après avoir roulé sur moi, elle m'avait pris le visage entre les mains et affiché un sourire infiniment triste.) Aucune de nous trois ne fait semblant.

J'y repense à cet instant, et Gabriel m'observe en penchant la tête. Ses yeux sont pleins de vie et de curiosité. Lui aussi a été mis en cage. Et là, d'un seul coup, je comprends ce que Jenna a voulu dire.

Au moment de mon union avec Linden, sur le belvédère, ma main était molle dans la sienne. Mes yeux étaient rivés aux siens. Je n'avais pas entendu les vœux qui étaient prononcés. Et quand il m'avait parlé, bien plus tard, mes sourires avaient été factices. Mes baisers n'avaient eu d'autre objectif que l'évasion.

— À quoi penses-tu ? me demande Gabriel.

Il n'exige rien de ma part, et si je suis auprès de lui, c'est pour une seule raison :

— Au choix, dis-je à voix basse. Je pense aux choix qu'on fait.

Puis je me penche sur lui et l'embrasse.

Un baiser qu'il me rend volontiers. Nous apprenons vite à nous connaître.

J'ai fait le bon choix, n'est-ce pas ? La vie en dehors du manoir de Linden n'est ni glamour ni facile. Et ce sont les petits tracas quotidiens de l'étage des épouses qui me manquent à cet instant : Cecily qui se glissait dans mon lit quand elle n'arrivait pas à dormir. Mes sœurs épouses qui hurlaient de rire au milieu d'une partie de cartes, au moment où j'avais le plus besoin de silence. Et Linden, toujours présent même quand il n'était pas là physiquement. Chaque seconde de chaque jour promettait son arrivée. Même quand il s'absentait toute la journée, il trouvait toujours le moyen de passer me souhaiter bonne nuit.

Je repousse cette pensée dès qu'elle se présente. Je n'ai pas l'ombre d'une raison de regretter Linden Ashby, un homme qui faisait ce qu'il voulait de ses journées pendant que ses épouses l'attendaient dans leur cage. J'ai eu raison de m'enfuir. Même Cecily, si heureuse d'être sa prisonnière, a eu assez de bon sens pour le reconnaître. La vie en dehors de ces petits murs de protection n'a certes rien de facile, mais elle m'appartient.

Je ferme les yeux, sens le souffle de Gabriel tandis qu'il se repositionne à côté de moi. Il susurre mon nom comme si c'était la chose la plus importante du monde. Je réponds « Oui ? », mais le contact qui s'établit déjà entre nos lèvres provoque dans tous mes nerfs, muscles et vaisseaux sanguins un étrange et merveilleux mouvement ascendant. Tout mon corps est en alerte, j'ai la tête qui bourdonne.

C'est notre premier baiser délivré du joug de mon mariage, sans sœur épouse à l'affût dans le couloir ni mise en scène perverse de Madame. J'émets un son, puis c'est au tour de Gabriel ; un bruit lointain, indistinct.

Ce délire n'a rien à voir avec celui que provoque la fièvre. C'est un bonheur aussi soudain qu'inattendu. Autour de nous, le monde s'évanouit.

Le souvenir ténu de la main de ce type sur ma hanche est effacé à la seconde où Gabriel y fait courir ses doigts, ce qui déclenche un tourbillon de chaleur et de lumière. Tout ce qui est arrivé avant cet instant semble remonter à un million d'années. C'est la liberté dont j'ai rêvé pendant tout mon mariage : partager la couche d'un homme non en raison d'une alliance ou d'une promesse unilatérale consentie à ma place, mais parce que j'en éprouve le désir. De façon aussi inexplicable qu'irréfutable. De ma vie, je n'ai jamais souhaité si fort un moment d'intimité.

Sa main glisse sous ma chemise, paume collée à mon ventre… puis il a un léger mouvement de recul et s'arrête dans son geste.

— Quel est le problème ? dis-je.

— Tu es brûlante.

— Je me sens très bien.

— Un peu de sincérité, c'est trop te demander ?

La colère de Gabriel est manifeste, et j'ai l'impression de me recroqueviller sous lui. J'ouvre la bouche, sans rien trouver à dire qui ne complique encore la situation.

— Il y a un problème, pas vrai ? Et tu essaies de me le cacher.

Comme je ne réponds pas, il se redresse et se détourne.

— Gabriel…

Il allume la lampe et me dévisage. Sous ses cheveux en bataille, ses yeux assombris par l'inquiétude traduisent un autre sentiment… Est-ce de l'affection ? De la douleur ?

— Ne songe même pas à gérer ça toute seule, dit-il avec plus de vigueur que ce que j'ai l'habitude d'entendre de sa part.

Il a raison. Il a tout abandonné pour me suivre dans cette aventure. Je lui dois la vérité, d'autant que je n'ai rien d'autre à lui offrir.

— OK, concédé-je en me redressant à mon tour. D'accord. Je me sens très mal en permanence, je ne sais pas ce qui m'arrive et je suis terrifiée. Ça te va ?

Je m'effondre sur le matelas, remonte les couvertures et lui tourne le dos.

— Rhine…

Il me touche l'épaule, mais la façon dont je me contracte lui fait retirer sa main. Le silence est tel que je crois qu'il a quitté la chambre, offensé par mes cachotteries et ma quasi-absence de réponse au point de devoir prendre un peu de champ. Puis je l'entends murmurer :

— C'est Vaughn.

— Peut-être, admets-je. Mais je n'arrive pas à imaginer comment.

Gabriel me touche de nouveau l'épaule, vient se caler derrière moi.

— Je ne le laisserai pas te faire du mal, déclare-t-il.

— Et comment comptes-tu l'en empêcher ? rétorqué-je, un peu plus sèchement que je l'aurais souhaité.

Le baiser qu'il dépose sur ma nuque envoie une décharge électrique le long de ma colonne vertébrale.

— C'est mon problème, dit-il.

Il tend le bras et éteint de nouveau la lampe.

Étendue là, tandis que j'attends de trouver le sommeil, je repense aux paroles de Gabriel, après qu'il m'a défendue face à Greg.

« Je ne laisserai plus personne te toucher comme ça. »

Mais s'il a vu juste et que Vaughn est derrière tout ça, que faire ? Comment compte-t-il me protéger d'un mal qui s'est déjà insinué au plus profond de ma chair, de mon sang, et qui me détruit de l'intérieur ?

Malgré tout, quand l'épuisement a raison de mes facultés, je commence à éprouver quelque chose qui ressemble presque à de la sérénité.

« Promis », avait-il déclaré en m'enveloppant dans sa chaleur, comme à cet instant. *« Plus jamais. »*

Le lendemain matin, je suis réveillée par un bruit sourd. Après avoir ouvert les yeux, je grommelle des propos peu amènes en distinguant difficilement la pile de livres posée à côté de moi. J'ai l'impression d'avoir le crâne rempli de verre pilé, et j'articule péniblement :

— C'est quoi ?

— Des ouvrages de médecine, répond Gabriel, assis au bord du lit.

— On les a trouvés dans un carton de la remise, indique Silas. (Adossé à l'encadrement de la porte, il tient un pancake comme s'il s'agissait d'un sandwich, et en dévore la moitié d'un coup.) Claire était infirmière.

Quand je fais l'effort de me redresser, mes cheveux me tombent devant les yeux. Gabriel me tend le verre d'eau qui a tiédi, posé à côté de moi toute la nuit. J'avale une gorgée douloureuse puis demande :

— Qu'est-ce qu'on va en faire ?

— Comprendre ce qui t'arrive, dit Gabriel.

— Eh bien, amusez-vous, les enfants, déclare Silas avant d'engloutir le reste de son pancake. (Il sort en s'étirant, heurtant au passage le haut du chambranle.) Il y en a qui ont de vraies corvées à faire.

Gabriel et moi consacrons une bonne heure à compulser les recueils, survolant tout, de la grippe au scorbut. Les affections sont innombrables ; il existe des maux que je n'aurais jamais imaginés. Des tumeurs qui font doubler la masse corporelle, voire plus. Des maladies qui font saigner les gencives, qui jaunissent les ongles des pieds. Des troubles nerveux qui peuvent engendrer des hallucinations auditives.

En ce qui concerne mes symptômes, toutes les sources s'accordent sur le fait que je souffre de la grippe. Toux, fièvre, étourdissements. Il n'existe aucune catégorie pour le sentiment d'effroi, l'impression que quelque chose va de travers. Pas davantage de chapitre consacré aux beaux-pères sinistres ou aux exactions susceptibles d'être commises dans un sous-sol.

Les pages s'étalent entre nous sur la couverture, et je sens le désespoir de Gabriel augmenter à mesure que nous voyons s'éloigner la perspective de trouver une réponse. Ses yeux sont rivés sur un livre ouvert, et je crois d'abord qu'il va m'en lire un passage, mais il déclare :

— Il faut voir ça directement avec Vaughn. Il faut qu'on retourne au manoir.

— Pardon ? m'exclamé-je. Tu as perdu la tête ?

— Il t'a suivie jusque chez Madame, non ? Il y avait peut-être du vrai dans ce qu'il t'a dit. Il est possible qu'il ait souhaité t'avertir à propos de ce qui t'arrive.

— À moins qu'il ait essayé de m'attirer à lui pour me couper en deux, et consacrer un chapitre de ses expériences tordues aux organes vitaux d'un sujet aux yeux bicolores qui se méfie de son fils adoré, raillé-je. Pas question d'y retourner, et ça vaut aussi pour toi. Il nous tuerait.

Gabriel lève les yeux de sa page ; j'y vois une férocité qui a quelque chose d'inquiétant.

— Regarde-toi. Il est *déjà* en train de te tuer. Quand il t'a rejointe à la fête foraine, je crois qu'il avait l'intention de mettre un terme au mal qui t'affecte.

— Ça n'a absolument aucun sens, dis-je en faisant taire la petite voix dans ma tête qui affirme le contraire.

— Comment en avoir la certitude ? rétorque Gabriel. En t'enfuyant, tu as peut-être interrompu une expérience en cours…

— Eh bien moi, je suis sûre que si j'y retourne, il me tuera aussitôt.

Gabriel se replonge dans son livre en maugréant sur le fait que Jenna avait vu juste.

— Qu'est-ce que tu racontes, à propos de ma sœur épouse ?

— Elle te connaissait par cœur. Et elle avait raison : tu ne saisis pas. Vaughn ne souhaite pas ta mort. À quoi lui servirais-tu, une fois morte ? Il veut savoir ce qui te fait respirer, et pourquoi tes yeux sont ainsi. Il y a quelque chose en toi qui lui donne de l'espoir.

Je repense à Jenna, aux risques qu'elle a encourus pour m'aider à m'évader. À sa disparition au sous-sol, ce fameux après-midi, à la façon dont elle m'avait claqué la porte au nez quand j'avais voulu en savoir plus. Je me sens blessée à l'idée qu'elle a confié ces choses à Gabriel. C'est sur mes genoux qu'elle a rendu son dernier soupir ; pourtant, elle ne m'a jamais fait part de ses secrets, bien qu'un certain nombre de ces cachotteries semble me concerner au premier chef.

— Ne me parle pas de Jenna, craché-je. Tu es tellement sûr qu'elle savait tout sur tout. Et tu sais où ça l'a menée ? À la mort. Sur une civière recouverte d'un drap, tout comme Rose. Et même si les plans de Vaughn ne consistent pas à me tuer, je n'y retournerai pas pour en avoir le cœur net.

Constatant que la page tremble entre mes doigts, je referme le livre d'un geste rageur, juste à temps pour voir son image se brouiller dans un flot de larmes.

— Je n'y retournerai pas, répété-je.

J'ai la tête comme un marteau-pilon. J'entends des murmures dans mon sang, et je sais – je *sais* – que mon corps contient une substance mortelle dont la nature exacte échappe à tous ces bouquins. Quand je vois Gabriel ramper sur le matelas jusqu'à moi, j'appuie la tête contre son épaule malgré ma colère à son encontre. J'ai besoin de la sécurité qu'il m'apporte, même si elle est temporaire.

— Entendu, me chuchote-t-il dans l'oreille. Entendu. On trouvera un autre moyen d'arranger ça.

Je n'y crois pas, mais je hoche la tête. La nausée se mue en marée, en quelque chose de plus profond. Mes nerfs à vif se dressent, telles des fleurs prêtes à éclore. Je lève les yeux vers Gabriel. Au moment où son pouce essuie une larme qui a coulé sur ma joue, je m'élance et l'embrasse.

Il me rend ce baiser, tous les livres s'ouvrent autour de nous comme autant d'énigmes qui attendraient d'être résolues. Laissons-les attendre. Laissons mes gènes se dénouer, mes charnières céder. Si mon destin est aux mains d'un fou, laissons la mort venir et se déchaîner. Pour être libre, je suis prête à accepter les laboratoires éventrés, les arbres morts, l'air saturé de cendre. Plutôt mourir dans cette ville que vivre un siècle avec des tuyaux dans les veines.

Je m'enfonce de nouveau sous les couvertures, et quand la bouche de Gabriel se décolle de la mienne, je me rends compte que je suis tremblante, vidée, que mes mains sont tour à tour brûlantes, glacées, brûlantes. Mais je l'éloigne de moi avant que l'inquiétude s'abatte sur lui.

Mon poids fait glisser un livre sur le matelas. Il vient cogner contre ma cheville, comme pour se rappeler à moi. Je l'envoie balader jusqu'à ce qu'il heurte le sol, tel un insecte que je viendrais d'écraser.

22

DANS L'APRÈS-MIDI, je trouve la force d'accomplir de menues corvées. J'essuie les résidus collants qui maculent les touches du piano et les plans de travail. Silas fait la vaisselle, que j'essuie avec application.

— Comment ça va, princesse ? demande-t-il en me tendant un gobelet en plastique pour tout-petit.

— Super, rétorqué-je avec autorité.

Auparavant, je le trouvais irritant avec ses airs supérieurs, mais je considère désormais que nous ne sommes guère différents.

Il multiplie les rendez-vous galants, de petites aventures qui n'ont rien à voir avec l'amour. Les jeunes filles accourent de leur plein gré, voire avec enthousiasme ; j'ai décrété qu'elles n'ont rien de commun avec celles des quartiers chauds qui supportent les hommes au nom du profit. Au contraire, Silas et son fan-club en jupon ont décidé de saisir les menus plaisirs qui se présentent au fil de leur courte existence. Comment pourrais-je leur en vouloir ? N'est-ce pas précisément la vie que je mène ? Au jour le jour, dans l'ombre d'une mort annoncée…

Silas me tape sur l'épaule, et j'en lâche presque l'assiette que je suis en train d'essuyer.

— Qu'est-ce qui te fait sourire ?

— Comment ça ? rétorqué-je. Il fait un temps magnifique, c'est tout.

Silas met le nez à la fenêtre derrière laquelle flottent de gros nuages gris.

— Mouais.

Il doit penser que je suis devenue folle. Peut-être est-ce le cas. Peut-être me suis-je perdue dans les méandres de ma propre cervelle, comme Maddie, tellement immergée qu'elle n'accorde pas à ce bas monde le privilège d'entendre le son de sa voix. Parfois, j'aimerais voir ce qu'elle voit. Rien que pour essayer.

— Hé, lance Silas alors que l'eau ruisselle entre ses doigts. Où tu vas, comme ça ?

— Au cœur de la chanson, dis-je en le laissant en plan pour obliquer vers l'air de piano qui émane de la pièce voisine.

Nina joue comme un ange. Son bras gauche, terminé par une main atrophiée et flétrie, repose le long de son corps tandis que sa main droite vole au-dessus des touches. Le son produit évoque une série de hoquets ou une rafale d'arme automatique.

Maddie est à quatre pattes sous le piano, le visage strié de mèches folles, les épaules voûtées, les yeux écarquillés. Une bête sauvage sans son troupeau, aussi courageuse qu'elle est petite. Je m'allonge sur le tapis et nous nous étudions l'une l'autre en clignant des yeux.

— Sais-tu ce que mon père répétait tout le temps ? lui demandé-je. Il disait que chaque chanson a un cœur. Un crescendo qui peut faire courir tout ton sang de la tête jusqu'à la pointe des pieds.

Elle rampe vers moi puis s'installe sur l'arrière-train. On dirait une petite chose qui scrute les profondeurs d'un bassin, et je m'enfonce le plus loin possible. Mes paupières sont lourdes.

Je la vois devenir floue puis disparaître en emportant avec elle la chanson et son cœur.

— … ine ? Rhine !

Un remugle acide me remonte dans la gorge ; je me sens mal. Un bras se glisse derrière mes omoplates et m'arrache aux profondeurs, juste à temps pour que je me vomisse sur les genoux. La brûlure me fait hoqueter et tousser.

— Très bien, roucoule Claire en m'épongeant la figure à l'aide d'un linge humide. Laisse tout sortir.

Voilà ce qu'on récolte quand on se force à manger au petit déjeuner… En rouvrant les yeux, j'ai l'impression qu'ils ont été couverts de pommade. J'ai un nouveau haut-le-cœur, et quand il cesse enfin, on me couche sur le flanc. J'entends Claire dire :

— Laissez-la respirer. Poussez-vous.

Silas et Gabriel discutent, mais je ne comprends pas ce qu'ils disent. De petits doigts froids me sillonnent le front. Maddie. Comment Madame a-t-elle pu se montrer violente envers cette petite créature inoffensive ?

Nina s'approche.

— Tu lui as fait peur, chuchote-t-elle à la place de Maddie. Elle pense qu'elle t'a cassée.

— Non. (Ma voix est si faible que je crains de ne pas finir ce que j'ai à dire.) Elle ne m'a pas cassée. C'est quelqu'un d'autre.

Je perds pied lors de la suite des événements. On me porte à l'étage, puis j'ai vaguement conscience de baigner dans une eau fraîche, puis je ressens la douceur d'une serviette, et enfin la fermeté d'un matelas. Quelque chose de froid m'appuie sur le front. Un sachet de glaçons ; je les entends tinter quand ils glissent les uns sur les autres. L'odeur de givre m'agresse les narines, mais l'effet général est apaisant.

— Repose-toi, susurre une voix.

Je ne me fais pas prier.

Quand j'émerge, la fenêtre me permet d'entrevoir un ciel nocturne. J'entends des enfants qui murmurent dans la maison, et Claire qui leur fait « Chut, chut ».

Je suis dans le lit de Silas. J'ai l'impression d'avoir la tête pleine de coton. Un coup d'œil aux chiffres du réveil ne me permet pas de les comprendre.

— Tu es réveillée ? me demande Gabriel en levant les yeux d'un océan de papiers.

Je m'efforce de me redresser sur un coude. Un bourdonnement furieux résonne dans mon crâne.

— Que m'est-il arrivé ?

— D'après Claire, tu as dû faire un genre de syncope, m'explique-t-il avec douceur. Mais elle n'est sûre de rien. Tu gisais au sol, rendue écarlate par la fièvre ; impossible de te faire ouvrir l'œil. (Il brandit une revue médicale, le visage indéchiffrable.) Cela peut t'intéresser d'apprendre que non seulement cela ne s'apparente pas à une syncope, mais cela ne ressemble à rien de connu.

Je me rallonge et me frotte les yeux, en tâchant de faire cesser le bourdonnement. *Réfléchis*, me sermonné-je. Une fille de scientifiques ne peut quand même pas sécher là-dessus… Mais je n'ai jamais été aussi brillante que mes parents. Tout ce qui me vient à l'esprit, ce sont les notes de mon frère, griffonnées sur une feuille mise à brûler avec un tas d'autres. Il a dressé une liste, tenté de mettre le doigt sur quelque chose. Nous menons des combats distincts, Rowan et moi. Si seulement nous étions réunis, nous aurions peut-être les réponses aux questions que se pose l'autre.

— Il faut y aller, dis-je en essayant de ne pas parler d'une voix trop rauque.

Gabriel me lance un regard plein d'espoir.

— Au manoir ?

— Non, chercher mon frère.

— Ce n'est pas la priorité du moment, dit-il en secouant la tête.

— Comment peux-tu dire ça ?

— Parce que tu es en train de mourir ! s'écrie-t-il.

Le silence s'abat sur la chambre. Il se penche sur son journal, l'air penaud. C'est manifestement sorti tout seul, contre son gré, même s'il le pense sincèrement. Au bout de quelques secondes, il le répète d'ailleurs d'une voix douce.

— Tu es en train de mourir, et je ne vais pas rester les bras croisés pendant que tu agonises.

Je me redresse. J'ai l'impression que mon sang s'est changé en sable. Je suis un sablier. Les grains s'écoulent de ma tête, je les entends crisser.

— Rowan pourrait m'aider, plaidé-je.

— Possible, concède Gabriel. Mais tu es ici, nous ignorons où il se trouve, et le temps nous manque pour fouiller le pays de fond en comble.

Je n'ai pas d'argument à opposer. J'ouvre la bouche, mais les mots refusent de sortir. *Plus de temps. Il me faut juste un peu plus de temps.* Je sais que la réponse se trouve peut-être dans le lieu que j'ai tout fait pour quitter. Que mon cinglé de beau-père peut aussi bien accomplir un miracle qu'assassiner un bébé… ou l'épouse réticente de son fils.

Comment en suis-je venue à me retrouver à la merci de cet homme ? Quelle atrocité ai-je commise dans une vie antérieure pour qu'il m'attire ainsi dans ses filets ?

— Un docteur, alors, insisté-je. Ou un chaman. Une voyante ! N'importe qui, sauf lui.

Le lit tangue ; je m'agrippe au bord du matelas. Gabriel s'en rend compte et m'aide à me recoucher. Il me borde jusqu'au menton, comme si j'étais une enfant.

Je m'imagine de retour au manoir. Pas en tant que prisonnière de Vaughn, mais en tant qu'épouse de Linden. Je suis allongée sur un lit tendu de soie, entre deux oreillers moelleux. Mes sœurs épouses dorment dans leurs chambres respectives. Rester tranquille. Écouter. Je les entends respirer. Gabriel vient de m'apporter mon petit déjeuner avant le lever du soleil, le long de couloirs où résonne le tic-tac des horloges, et où flottent les panaches de fumée des bâtons d'encens qui se sont éteints après avoir brûlé toute la nuit. Plus tard, il y aura du trampoline, des orangers en fleur et des carpes koï qui remueront la queue pour me distraire. Il n'y a rien à craindre. Tout le monde est en sécurité.

Gabriel m'appuie le dos de la main sur le front en pinçant les lèvres.

— Demain, on te trouvera un hôpital, dit-il.

— Entendu.

Épuisée, je ferme les yeux.

— Tu viens te coucher ?

— Pas tout de suite, répond-il.

Je sens le matelas bouger quand il se lève. Je m'endors au son des pages qui se tournent.

Quand je m'éveille, il fait toujours nuit dehors. Gabriel dort, un bras posé en travers de ma taille, le menton collé à mon épaule.

J'ai mal partout, dans tous les muscles de mon corps, et le relent acide, cuivré, que je sens dans ma bouche m'indique que je vais être malade. Mais cette douleur constitue un progrès ; elle signifie que mes membres ont cessé d'être insensibles. Je peux me dégager, très progressivement, du bras de Gabriel. Ses doigts sont agrippés à ma chemise, et quand je les touche un par un, ils se déplient. Il marmonne quelque chose puis se retourne sur le ventre en étreignant l'oreiller.

Je fais attention à ne pas le réveiller lorsque je sors du lit pour me diriger vers la salle de bains. Je prélève une aspirine dans l'armoire de toilette située au-dessus du lavabo, espérant que cela calmera un peu la nausée. Je l'avale avec une gorgée d'eau.

Quand je referme le meuble, un cadavre blond m'apparaît dans le miroir. Un zombie féminin, comme ceux des films d'horreur projetés au cinéma de Floride : la peau d'un gris maladif, les yeux enfoncés dans leurs orbites, les lèvres blafardes, le crâne dégarni.

Je détourne le regard, trop horrifiée pour laisser cette fille devenir autre chose qu'une étrangère. Au petit matin, il faudra que je m'arrange un peu avant qu'on me voie dans cet état.

En arpentant le couloir, je me sens rassurée par tous les corps différents qui respirent alentour. Certains enfants ont un lit rien que pour eux, d'autres dorment agglutinés comme des sardines.

J'entre au salon. Depuis la montagne amorphe de couvertures empilées sur le canapé, Silas déclare :

— On dirait un fantôme, à la façon dont tu hantes les lieux la nuit.

— Hou ! murmuré-je.

Son gloussement s'éteint à mesure qu'il replonge au pays des rêves. Je traverse la pièce en direction de la cuisine, où je me prépare une tasse de thé.

J'entends le léger soupir du vent qui souffle au-dehors. Je dépasse Silas qui s'est mis à ronfler, puis j'ouvre la porte pour humer l'air printanier. La nuit a quelque chose d'étonnamment accueillant dans ce quartier modeste. Je referme la porte derrière moi et m'assois sur la plus haute marche. Pas trop loin. Je reste près de la maison, à l'écart de la rue, prête à me réfugier à l'intérieur au moindre signe de danger.

Mais tout est calme. Je contemple les façades sépia des maisons enténébrées. Les arbres squelettiques, sous-alimentés. L'herbe brunie et fanée. Et je sais que je suis à ma place. J'ai vu le jour dans un monde mourant ; je lui appartiens. Je le préfère cent fois aux océans holographiques et aux diagrammes tournoyants de villas magnifiques. Même si le mensonge est beau, en définitive, c'est à la vérité que l'on doit faire face.

Je distingue aussi autre chose, un élément très troublant qui jure avec tout le reste. Dans la pénombre, je la vois approcher : une limousine noire qui s'arrête au carrefour. Je m'interroge sur la raison de son arrivée. Un achat d'enfant, peut-être ? Il doit y avoir d'autres orphelinats dans les parages immédiats. Il ne s'agit sûrement pas d'un chauffeur qui emmène quelqu'un à une fête, le quartier n'est pas assez huppé pour ça.

Le moteur ronronne un moment, puis s'interrompt.

Subitement, je me sens submergée par une terreur abjecte. Cette limousine m'est très familière…

La portière côté passager s'ouvre, et j'observe la silhouette indistincte de l'homme qui émerge du véhicule. Il ajuste une écharpe, s'avance sur le trottoir et penche la tête vers moi.

— Quelle nuit superbe pour admirer les étoiles, n'est-ce pas ? dit l'homme.

Cette voix me donne aussitôt la chair de poule.

« Fuis, fuis, fuis ! » Le vieux signal de Maddie clignote devant mes yeux, mais je reste mystérieusement collée au sol, les mains rivées sur ma tasse de thé.

— Comment m'avez-vous retrouvée ? dis-je.

— En voilà des manières d'accueillir son beau-père, rétorque Vaughn. Je suis sûr que tu peux trouver beaucoup mieux.

J'entends un cliquetis et une flamme apparaît dans le creux de la main de Vaughn. Je mets un instant à me rendre compte qu'elle ne jaillit pas de sa paume, mais d'une bougie qu'il tient. En le voyant s'avancer, je recule vers la porte, mais il s'arrête à deux ou trois mètres de moi.

— Le feu est un outil formidable, dit-il. Surtout pour une fille pleine de ressources qui sait en faire bon usage. En incendiant les rideaux pour créer une diversion, par exemple ?

La lueur me permet de distinguer les cent rides creusées par son sourire.

Comment se fait-il qu'au moment où débarque mon pire cauchemar, je sois incapable de bouger d'un pouce, une tasse de thé à la main ?

Lentement, je me relève en évitant tout mouvement brusque, comme en présence d'un serpent venimeux. Vif, il s'approche d'un pas, et quand il me voit tressaillir, il éclate de rire.

— Tout doux, très chère. Je ne comptais pas mettre le feu à la maison, si c'est ce que tu es allée t'imaginer. Pas avec tous ces orphelins innocents et ton grand amour à l'intérieur…

Il s'approche encore, jusqu'à se retrouver sur la première marche du perron, et porte la bougie à hauteur de mon visage. Face à ce violent contraste thermique, mon nez se met aussitôt à couler.

— Tss-tss, quelle sale mine tu as… Regarde-moi ces cernes sous les yeux. Cette meule de foin en guise de chevelure. Tu te négliges, très chère.

— La situation m'a échappé, rétorqué-je amèrement.

Vaughn poursuit comme s'il n'avait rien entendu.

— Tu as toujours été d'une beauté saisissante. Indomptable, mais superbe. C'est ce que mon fils préfère, tu le sais.

Il arrange une mèche folle tombée contre mon cou. Son regard affiche cette gentillesse que j'avais remarquée pour la première fois un après-midi, lorsqu'il m'avait fait visiter le minigolf. Ce qui m'avait surprise alors m'étonne toujours autant : la façon dont mon unique ennemi peut, sans crier gare, imiter à merveille la douceur de son fils.

J'éprouve un pincement au cœur aussi violent qu'inattendu. Quitte à m'obliger à réintégrer cette prison, j'aurais aimé que ce soit Linden qui s'en charge. Linden et son regard toujours transi d'amour pour moi, même si je n'ai jamais cru à la réalité de ce sentiment.

L'index de Vaughn court sur mon cuir chevelu et suit une mèche jusqu'à mon épaule, qu'il empoigne avec une telle violence que je sens l'empreinte de ses doigts sur mes os.

— Il faut qu'on parle, toi et moi, dit-il.

Je pourrais hurler. Gabriel, Silas et Claire arriveraient immédiatement sur le palier, plusieurs paires d'yeux incrédules dans leur sillage. Mais mon regard est hypnotisé par la flamme et ce qu'elle implique : le héraut minuscule d'une destruction à grande échelle. Pour me capturer de nouveau, il n'hésitera pas une seconde à incendier la maison et à tuer tous ses occupants. Et je sais qu'il est ici uniquement pour moi, pas pour eux.

Les taches lumineuses reviennent danser dans l'air nocturne comme les flocons de neige lors de ma dernière nuit au manoir. Avec Linden, nous les avions regardés tomber sur la véranda, ils étaient venus se coller dans nos cheveux.

Je ne bouge pas, et Vaughn n'essaie pas de me faire descendre les marches. Je sais qu'il ne me traînera pas de force, hurlante et gesticulante, jusqu'à la limousine. Ce n'est pas son style. Mais je devine également qu'il est convaincu de me voir y monter : il arbore un sourire carnassier, triomphant.

— Comment te sens-tu, ces derniers temps ? lance-t-il. Des symptômes inexpliqués ? De la fièvre ?

Il joue une nouvelle fois avec mes cheveux, et examine les mèches blondes qui sont retombées toutes seules.

J'ai le souffle court. Ce regret de ne pas avoir affaire à Linden, à la place de son père, a doublé, triplé d'intensité, pour se transformer en quelque chose de laid. J'en ai les oreilles qui bourdonnent.

— Rien qu'un coup de froid, dis-je sur un ton peu convaincu.

— Ton système immunitaire est en train de s'effondrer. En ce moment même, tes anticorps circulent dans ton système sanguin, essaient de combattre une bactérie inconnue qui n'existe pas. Tu as peut-être essayé divers médicaments. Ils auront tous le même effet, à savoir aucun. Tes terminaisons nerveuses commencent à devenir insensibles ; tu ne sens plus les extrémités, surtout au réveil.

Je m'arrache à son étreinte d'un coup d'épaule.

— Qu'est-ce que vous m'avez fait ?

— Très chère… (Il glousse.) Tu te l'es fait toute seule. Tu subis les effets du manque.

Du manque ? Non, c'est impossible. L'épisode du sang d'ange remonte à plusieurs semaines. Il ne doit rien rester de cette drogue dans mon organisme. En outre, Gabriel est passé par un sevrage beaucoup plus sévère, et il va très bien.

Vaughn cherche à croiser mon regard, où il lit ma perplexité.

— Vraiment ? Une fille intelligente comme toi ?

Il s'amuse bien, manifestement.

— Les June Beans, déclare-t-il.

Là-dessus, il se lance dans une explication que j'ai du mal à suivre car ma raison, déjà ébranlée, s'engourdit à son tour. Un discours qu'il rend, selon moi, délibérément alambiqué. Il y est question des June Beans – en particulier les bleus –, ces bonbons qui se retrouvaient toujours sur mon plateau d'une manière ou d'une autre, même quand Gabriel n'était plus en mesure de m'en fournir en cachette. Et d'une expérience portant sur la dépendance chimique et la résistance aux bactéries.

— C'est révolutionnaire, se gargarise Vaughn. Le seul moyen de briser la dépendance consisterait à réduire progressivement les doses. Mais quand on arrête d'un seul coup ? Un phénomène fascinant se produit : le corps cesse de fonctionner, comme aux derniers stades du virus. Cela débute par une simple gêne – nausée, maux de tête –, puis le sujet perd peu à peu ses sensations, les centres nerveux de la douleur se transforment en impasses. Ce n'est pas sans rappeler la mort par hypothermie.

Jenna. Le mot me remonte dans la gorge, mais je ne le prononce pas à haute voix. Il est en train de m'expliquer comment il a tué Jenna. Cette flamme dans sa main n'est rien par rapport à cette nouvelle explosion de haine que je ressens en moi.

— Je ne suis pas peu fier, dit Vaughn. C'est l'application d'un concept assez primitif. Pour prévenir la grippe, on reçoit une injection qui n'est rien d'autre qu'une grippe à petite dose. Mon cheminement a donc été assez simple : dupliquer les symptômes du virus et les administrer lentement, sur plusieurs années, jusqu'à ce que l'organisme du sujet soit immunisé.

Je me sens mal. Le trottoir ondule et se déforme sous mes pieds. Il a tué ma sœur épouse. Je l'ai toujours suspecté, mais en avoir ainsi la confirmation est plus douloureux que ce à quoi je m'attendais.

— Tu faisais une candidate parfaite, poursuit Vaughn. Au début, j'avais pensé à Cecily en raison de son jeune âge, mais avec la grossesse, les processus chimiques de son corps étaient déjà en train d'évoluer ; j'ai jugé préférable de la laisser tranquille.

Toi, en revanche… (Il rit.) Linden m'a fait part de tes réticences à consommer votre union. Il m'a demandé conseil, et je lui ai dit de ne pas forcer les choses. Il est tombé d'accord avec moi plus facilement que je l'escomptais. Il se satisfaisait de te contempler, de fantasmer dès que ton nom était prononcé. C'est là que j'ai compris que tu ne tomberais pas enceinte de sitôt.

Le simple fait d'apprendre que cette conversation a eu lieu me rend certaine que je vais vomir. En songeant que toutes ces nuits avec Linden, au cours desquelles nous nous raccrochions l'un à l'autre pour apaiser nos solitudes, n'ont pas échappé à mon conspirateur de beau-père… Que nos baisers ont été analysés, que nos contacts et nos regards ont fait l'objet de notes pour les expériences tordues de Vaughn… Je me sens comme violée.

J'ai vaguement conscience de marcher. Vaughn me conduit vers la limousine et m'ouvre la portière arrière.

— Pas de sottise, Rhine, me dit-il. (Il est si rare de l'entendre prononcer mon nom que cela me heurte.) Nous réglerons ce problème dès ton retour à la maison. Sinon, tu mourras ici, et je veillerai à ce que tous les occupants de cette maison t'accompagnent.

Ce ne sont pas des paroles en l'air, je le sais. Je contemple l'intérieur de la voiture, la banquette arrière en cuir où nous avions pris place, mes sœurs épouses et moi, avant même de connaître nos prénoms respectifs, quand nous n'étions que trois jeunes filles apeurées qui venaient d'échapper à une mort atroce pour écoper de la prison à perpétuité. Et c'est là, sous le toit ouvrant, que nous avions siroté du champagne avec Linden avant que je m'écroule sur lui, réchauffée, saoule et secouée par un hoquet de rire, au sortir de sa première expo.

— Monte, très chère, m'invite Vaughn. Rentrons à la maison.

Et je m'exécute, pleinement consciente d'entreprendre mon ultime virée en voiture. Certaine que, cette fois, un sort bien pire que le mariage m'attend à l'arrivée.

— Tu portes toujours ton alliance, observe Vaughn en prenant place à côté de moi.

Je sens à peine la pression de l'aiguille qu'il m'enfonce dans l'avant-bras.

Au terme de ce qu'il convient d'appeler un coup du sort et un timing parfait, je vomis sur ses genoux avant de perdre connaissance.

23

JE SUIS UN CADAVRE sur un brancard en mouvement. Je progresse dans un dédale de couloirs, une sensation de chaleur dans les veines, la vue brouillée.

D'un seul coup, j'ai conscience du vacarme ambiant. Des infirmiers qui parlent – non, qui crient – pendant que l'un d'eux tient une poche à perfusion au-dessus de ma tête. Je sens confusément que je suis la cause de toute cette agitation. Pourtant, je ne suis rien. Je ne peux pas parler. Seule la condensation que je vois se former sur le dôme en plastique qui me couvre la bouche me donne à penser que je respire encore.

J'ignore où je suis. Hormis l'uniforme des serviteurs, je ne reconnais rien.

Et soudain, je sais.

Une masse indistincte de cheveux roux. Un poing levé à hauteur d'une bouche béante qui prononce mon nom. Le bébé qui pleure dans ses bras. Un bruit de pas précipités.

—Attendez ! implore-t-elle.

Mais ils n'attendent pas, elle disparaît dans le fossé qui se creuse entre nous.

Je ferme les yeux. Je cesse d'exister.

Je n'ai pas conscience que j'émerge des ténèbres après ce qui m'a semblé durer plusieurs années, jusqu'à ce que j'entende une voix.

— Je t'avais déconseillé de fuir, dit Vaughn.

Dans mon rêve, c'est un oiseau noir. Ses serres me déchiquettent. Du sang coule de mon bras. Je reste parfaitement immobile pour qu'il me croie morte. La charogne n'a aucun intérêt ludique, et je n'ai pas l'intention de le laisser jouir de ma défaite plus qu'il ne s'en délecte déjà.

— Auprès de mon fils, tu avais l'amour. La sécurité. Mais tu étais déterminée, pas vrai ?

Son souffle est une brise chaude.

— Déterminée à partir, aussi t'ai-je laissée faire. (Il soupire.) C'est un service que tu m'as rendu, à vrai dire. Linden t'a répudiée.

La lucidité menace, mais je refuse qu'elle prenne le dessus. Juste avant de replonger dans l'inconscience, j'entends Vaughn dire :

— Désormais, tu m'appartiens.

« Tu m'appartiens. »

Les rêves ont beau m'enterrer profondément, ces paroles sont partout. Sur les panneaux. Sur les lèvres des filles usées de Madame quand elles chantent. Murmurées par les feuilles mortes d'octobre. Au cœur des lis tandis qu'ils déploient leurs pétales en forme d'étoile de mer.

Quand il m'arrive d'ouvrir les yeux, je découvre des infirmiers inconnus. Ils évitent de croiser mon regard lorsqu'ils me frottent avec une éponge, enfoncent ou retirent une aiguille intraveineuse dans mon avant-bras, changent le bassin hygiénique, consignent quelque chose sur un bloc-notes puis sortent sans un mot.

J'attends Vaughn, mais il ne me rend visite que dans mes cauchemars. Je rêve qu'il se tient debout sur le seuil, avec un scalpel ou une seringue, et je me réveille baignée de sueurs froides. Et il en va ainsi pendant une éternité. Il m'est impossible de mesurer le temps qui passe ; hormis les appareils, la chambre ne comprend qu'une fenêtre factice où brille en permanence un soleil factice, au-dessus d'une prairie de lis factices.

Quand les infirmiers s'en vont, la porte se referme dans un chuintement et je me retrouve seule. Il n'y a pas de Jenna pour m'aider à concevoir un plan d'évasion ; pas de Gabriel pour venir me parler en cachette ; pas de Deirdre pour me faire couler un bain à la camomille. Et pas davantage de Linden pour esquisser un schéma lugubre et élégant à mon intention, ou se glisser dans mon lit et m'enlacer jusqu'à ce que je m'endorme.

Ces journées qui s'égrènent dans un malaise perpétuel fait d'aiguilles et de solitude sont pires que la mort. Et le plus insupportable, c'est l'isolement. Les infirmiers ne m'adressent pas la parole, même dans les rares moments de lucidité qui m'autorisent à les regarder travailler. Parfois, dans mon délire médicamenteux, je rêve qu'ils m'apportent des June Beans (n'importe quelle couleur, sauf le bleu) ou ce champagne que nous buvions, Linden et moi, lors des fêtes. Mais mes rêves n'incluent jamais quelqu'un d'important ; peut-être mon subconscient dit-il ainsi adieu à tous ceux que j'ai aimés.

Je commence à envier les mortes jugées invendables par les Ramasseurs. Pour mon frère, il aurait été plus simple de trouver mon corps et de me pleurer en connaissance de cause. Mais je refuse de repenser à lui. Je l'ai banni de mes songes les plus ténébreux. Idem pour Gabriel, le soleil et même Maddie.

Jusqu'à ce moment où, quand j'ouvre les yeux, j'aperçois une petite fille qui se tient sur le seuil de ma chambre. Elle porte une mince chemise d'hôpital, tout comme moi. Ses yeux ressemblent à ceux de Jenna quand celle-ci avait cessé de vivre. Creusés et grisâtres. Son visage n'a plus le moindre semblant de jeunesse. Sa peau est jaunie, ses bras sont couverts d'hématomes suite aux injections répétées. Elle tangue comme si elle allait tomber. Je voudrais être certaine qu'il s'agit d'un mauvais rêve de plus dans ce lieu de cauchemar. Ou d'une apparition. Mais j'ai beau ciller à plusieurs reprises, elle ne disparaît pas.

— Deirdre, murmuré-je. (Le premier mot que je prononce depuis des siècles.) Non, pas toi…

— Votre chambre est drôlement éclairée, dit-elle, et je perçois le timbre de ma fidèle petite suivante dans sa voix éteinte. Il maintient les autres chambres dans la pénombre, poursuit-elle.

Je lutte contre mes sangles. J'ignore pourquoi ; même si j'arrivais à sortir de ce lit, que pourrais-je faire pour la sauver ? Pieds nus, elle trottine jusqu'à une carafe d'eau posée sur l'un des appareils. Elle remplit un gobelet qu'elle m'apporte et maintient ma tête droite tandis qu'elle me verse le contenu dans la bouche. Boire goulûment ne me surprend pas : les infirmiers ne me donnent qu'une seule cuillerée à la fois. La déshydratation doit faire partie de l'expérience à laquelle je suis soumise.

— Vos lèvres sont toutes crevassées, déplore-t-elle en fronçant les sourcils. J'aimerais avoir quelque chose pour les soigner.

— Que t'est-il arrivé ? Qu'est-ce qu'il t'a fait ?

Deirdre secoue la tête, me caresse la joue. Sa petite main a au moins le mérite d'être douce et familière. Je ne peux pas m'empêcher d'y puiser un peu de réconfort, et je me déteste aussitôt. Elle a dû subir des choses horribles, par ma faute car je l'ai abandonnée. J'aurais dû me douter que Vaughn lui réserverait un sort épouvantable.

— Je suis désolée, susurré-je.

— Chut. Je l'entends arriver. Imaginez-vous dans un endroit agréable et rendormez-vous.

Un bruit de pas retentit dans le couloir ; un voile d'inquiétude se plaque sur les traits de Deirdre.

— Chut.

Elle me baisse les paupières d'un geste doux puis détale en vitesse. Ses pas ne font aucun bruit. Elle n'a pas explosé dans un geyser de sang, ne s'est pas évanouie comme par magie. Je suis certaine qu'elle était réelle. Dans le couloir, j'entends une porte qui se referme.

Elle m'a dit de m'imaginer dans un endroit agréable.

Je rêve que je porte le pull qu'elle m'a tricoté. Je l'aperçois au loin, une étoile de mer au creux de ses mains. Elle se déplace par à-coups, comme photographiée par un appareil en mode rafale. L'océan nous lèche les pieds, déterminé à nous engloutir.

Elle me rend de nouveau visite. J'ignore combien de temps s'est écoulé. Quelques minutes ? Des semaines ? Je sens qu'elle desserre les courroies qui m'entravent.

— Il y a un truc, m'explique Deirdre lorsqu'elle se rend compte que je suis réveillée et que je l'observe. En les desserrant d'un cran, elles ont l'air aussi tendues, mais on peut passer les mains et les pieds en gigotant. Comme le personnel nous rend visite à horaires fixes, ce n'est pas difficile d'être bien sage dans son lit à l'heure voulue. Mais pour vous, c'est plus aléatoire ; difficile de savoir à l'avance quand ils vont passer vous voir.

— Où sommes-nous ? croassé-je.

J'ai la gorge irritée ; je garde le vague souvenir d'une sonde qu'on m'a glissée dans la gorge.

Deirdre grimace. Ses cheveux naguère si souples, ordonnés en nattes impeccables, sont ébouriffés et tout emmêlés. Elle est littéralement couverte d'ecchymoses.

— Nous sommes au sous-sol, dit-elle. Le maître domanial vous a conduite ici il y a un mois. Vous étiez au plus mal.

Ses yeux s'emplissent de larmes. Avec délicatesse, elle me libère les bras et je suis en mesure de m'asseoir. Mais après tout ce temps en position allongée, le sang me monte à la tête et les phosphènes réapparaissent. Je me frotte le front et cligne des yeux à plusieurs reprises jusqu'à ce que les taches de lumière s'estompent.

Deirdre, pensé-je. *Que t'a-t-il fait subir?* C'est encore une enfant – neuf ans, dix ans tout au plus –, mais elle semble aussi exténuée qu'une personne de première génération en piteux état, avec sa peau jaunie qui se crevasse au niveau des coudes et au bout des doigts, les os du visage saillants, excessivement marqués.

Mais je ne lui pose pas la question tout de suite. Je suis entièrement responsable de son épouvantable destin, quel qu'il puisse être. En m'évadant, je l'ai privée de toute utilité au sein du manoir. Vaughn a très bien pu mentir à son fils, prétextant par exemple qu'en mon absence, Deirdre était employée ailleurs. Linden ne s'est sûrement douté de rien ; il fait confiance à son père.

Malgré tout, la question finit par sortir, presque malgré moi.

— Qu'est-ce qu'il t'a fait ?

Elle secoue la tête.

— Un traitement stimulant, je crois. Il tentera bientôt une insémination artificielle, ajoute-t-elle timidement. D'après ce que j'ai compris, le maître domanial pense avoir trouvé le moyen d'accélérer la fertilité et la gestation, ce qui permet aux filles de tomber enceintes avant la puberté.

Avec la voix chaude de Deirdre, ces paroles ont un caractère tellement irréel que je crois être en train de rêver. Mais les secondes s'écoulent sans phénomène étrange, comme un affaissement du plafond ou le plancher qui tenterait de m'avaler.

— Ça n'a pas encore marché, dit-elle en évitant toujours mon regard. (Soudain, elle se comporte en domestique, rajustant la couverture au niveau de ma taille, me frictionnant les poignets pour activer la circulation.) Lydia est ici depuis beaucoup plus longtemps que moi. Une fois, elle a failli arriver à terme, mais… (Sa voix dérape.)

Lydia. Pourquoi ce nom m'évoque-t-il quelque chose ? Peu à peu, le brouillard se lève dans ma tête, ainsi que mes derniers doutes concernant le caractère onirique de la scène. Je me souviens. Lydia était la domestique de Rose. Elle a été renvoyée quand la première épouse, après avoir perdu son enfant mort-née, n'a plus supporté de voir la fillette s'occuper de ses affaires.

— Deirdre.

Je me penche vers elle afin de la prendre dans mes bras, de la réconforter. Mais elle est au-delà du réconfort et recule d'un pas.

— Je crois que je viens d'entendre l'ascenseur, dit-elle en baissant les yeux sur ses mains jointes. Je reviendrai dès que possible.

En toute hâte, elle m'aide à glisser mes membres dans les courroies et sort de la chambre.

Je feins l'inconscience quand les infirmiers arrivent, mais mon cœur bat à tout rompre. L'un d'eux mesure ma pression artérielle – je sens la gaine se resserrer autour de mon biceps avant de se dégonfler en chuintant. Trop élevée. Cela déclenche une grande agitation ; je les entends marmonner à propos d'effets secondaires et de palpitations.

Le cauchemar se déchaîne tout autour de moi. Couinement de roulettes, cacophonie des outils dont ils se servent d'habitude pour mesurer, sonder, procéder aux injections. Quand je ressens quelque chose sur mon avant-bras, je m'attends à une piqûre, mais il n'y a qu'une légère pression puis j'entends une série de « bip » mécaniques.

Des mains froides et sèches défont les boutons du haut de ma chemise de nuit. On m'étale un produit glacial sur le torse : un genre de gel, *a priori*. Je sens quelque chose se déplacer le long de mon sternum. Je sais qu'il s'agit d'un appareil, pas d'une main. Ils sont en train de procéder à un examen quelconque. J'ai l'impression de ne plus être un être humain à part entière. Au mieux, un sujet d'expérience. Un cadavre.

« Tout va bien. Je ne laisserai plus personne te toucher comme ça. »

Mais il n'y a personne pour me secourir.

Les infirmiers finissent par me laver, puis ils griffonnent quelque chose et s'en vont. Ils sont déjà loin quand j'entends l'un d'eux demander :

— À ton avis, qu'est-ce qu'il va faire de ses yeux, quand il en aura fini avec elle ?

Après ça, une nouvelle substance court dans mes veines. Et c'est là que les vrais cauchemars commencent. Des visages mutants en pleine décomposition qui se penchent sur moi. Des spectres lancés à toute allure dans le couloir qui susurrent mon nom. Une vague de sang qui vient s'écraser sur le carrelage. Linden, debout sur le pas de ma porte.

Ses yeux gris et tristes sont rivés sur moi.

— Je croyais que tu ne m'aimais plus, murmuré-je, et il tombe en poussière.

Vu qu'il n'y a pas d'horloge et que la fenêtre holographique affiche un soleil factice immuable, je n'ai aucun moyen de savoir l'heure. Je soupçonne que les visites de Deirdre ont lieu le matin, car elle arrive toujours ébouriffée, comme au saut du lit. J'ai tellement de tubes et de fils enfoncés dans les bras qu'il importe peu qu'elle me libère ou non de mes courroies, car je peux à peine bouger. Elle me chuchote des choses agréables, décrivant les tableaux de son père ou s'extasiant devant les nombreuses nuances de blond de ma chevelure.

Je ne suis presque jamais assez lucide pour lui répondre. Elle doit d'ailleurs s'y habituer, car son babillage finit par prendre un tour plus sombre.

— Désolée de ne pas vous avoir rendu visite, chuchote-t-elle. J'ai fait une nouvelle fausse couche.

Je n'ai même pas la force d'ouvrir les yeux, mais selon moi, si elle savait que je peux l'entendre, elle ne parlerait pas de ça.

— Ce matin, Lydia est morte. Je l'ai vue se vider de son sang. Et le maître domanial était présent quand ils ont emmené son corps sur un brancard.

Sa voix se brise ; je sens la douce pression de ses doigts qui se mêlent aux miens.

— Elle en savait, des choses, poursuit Deirdre en retenant ses larmes. Le bébé de Lady Rose ? Je vous ai déjà raconté que je l'avais entendu pleurer, avant que le maître domanial annonce qu'il était mort-né. Lydia m'a confié qu'elle l'avait vu. Elle a vu le bébé, et il y avait un problème. Il avait les oreilles toutes racornies, et son visage… était bizarre. Malformé.

Mon cœur se remet à tambouriner, une cavalcade inutile, dérisoire. C'est la seule chose en moi qui paraisse encore capable de bouger.

Rose. La première femme de Linden, et certainement son seul véritable amour, contrainte d'accoucher seule entre les mains d'un monstre. Elle savait ce dont Vaughn était capable.

Elle m'avait prévenue de ne pas provoquer sa colère, et je n'en ai fait qu'à ma tête.

Deirdre parle toujours, mais je n'arrive pas à m'accrocher à la conscience suffisamment longtemps pour entendre les horreurs qu'elle débite.

24

LES RÊVES se fracassent comme des vagues sur les brisants. Quand j'ouvre les yeux, ma première pensée est que la cadette de mes sœurs épouses a grandi. Et embelli.

Un rai de lumière de la fausse fenêtre vient lui caresser la joue, puis l'épaule quand elle se tourne. Un court instant, sa crinière rousse paraît flamber.

Cecily ne s'est pas encore rendu compte que je l'observe. Elle se déplace sans hésitation, fredonne, esquisse un pas de danse en remplissant un gobelet en carton. Ses cheveux tombent au petit bonheur, tels des ruisseaux qui lui couleraient dans le cou, lequel s'est affiné et a gagné en élégance. Je repense à la petite promise ailée au chignon en choucroute qui sautillait sur le chemin de son mariage – une petite fille qui n'en était déjà plus une quand j'ai quitté le manoir, usée par la maternité et le chagrin, mais qui a beaucoup plus changé en mon absence. Ses formes pourraient presque être qualifiées de généreuses.

Je fais fi des gros bourdons noirs qui lui tournent autour et qui finissent par disparaître. Pas Cecily, en revanche, même quand je me rappelle que ça ne peut pas être réel. Je suis si contente de cette présence douce, familière, qu'il s'agit forcément d'un rêve. Un rêve que je chéris entre tous. Peut-être parviendrai-je à le prolonger au fil des quatre – non, trois – années à venir. Tandis que Vaughn fera de mon corps son terrain de jeu favori, tandis que mon frère sillonnera en vain la planète, je trouverai refuge dans ce lieu imaginaire. Qui sait, j'arriverai même à conjurer des June Beans non frelatés…

— Alors, on se réveille ? lance Cecily qui me tourne le dos. (Elle pivote sur elle-même et m'apporte le gobelet en carton.) L'air est si sec, dans ce sous-sol… Je me suis dit que tu devais avoir soif.

Je ne rêve pas. Elle est vraiment ici. Pour savoir où j'en suis, je remue bras et jambes et découvre qu'ils sont toujours alourdis par une forêt de tubes. Cecily pose une main sur la mienne et proteste doucement :

— Non, non, n'essaie pas de bouger, tu vas te faire mal. Tiens.

Elle porte le gobelet à mes lèvres, me regarde boire en arborant un sourire mi-figue mi-raisin. Elle semble vouloir ajouter quelque chose mais rien ne sort pendant un long moment.

Les dalles du faux plafond diffusent une lumière tamisée qui adoucit les contours, comme le filtre utilisé pour tourner les *soap opera* de Jenna.

— J'étais cachée dans le couloir et je les ai entendus discuter. Ils ont dit que ton cœur s'était emballé. Ils ont bien cru que tu allais faire une crise cardiaque, ajoute Cecily d'une voix compatissante.

Mais il y a autre chose. Du remords ? De la honte ? Elle évite de croiser mon regard. Je dois avoir une mine à faire peur, parce qu'elle fait courir l'index sur l'arête de mon visage et étouffe un sanglot.

Pour le meilleur et pour le pire, Cecily sera toujours ma sœur épouse. Rien ne pourra effacer ce que nous avons enduré ensemble. Un lien nous unit à jamais. Et en voyant ses larmes, les miennes menacent aussitôt. Je détourne la tête pour regarder la paroi, m'efforce de les faire disparaître avant qu'elles roulent sur mes joues.

— Oh, Rhine, dit Cecily. Tu ne te rends pas compte de ce que tu as fait, en revenant ? Tu ne ressortiras jamais d'ici, désormais. Jamais plus.

Je ferme les yeux. Un sanglot me soulève la poitrine. Ce qu'elle dit est vrai : je ne reverrai jamais mon frère ni Gabriel. Au train où vont les choses, je peux également dire adieu à la lumière du jour. J'ai eu ma chance et j'ai échoué.

Elle se penche et dépose un baiser sur mon front, et tout ce que je retiens, c'est qu'elle sent comme Jenna. Ce mélange plein d'assurance et de féminité, pot-pourri de senteurs enivrantes et de lotions à l'huile de pastel.

— Il vaut mieux que je file avant que maître Vaughn me trouve ici, déclare Cecily. Je fais chanter un domestique que j'avais surpris en plein somme à la bibliothèque et qui me laisse utiliser sa carte magnétique. Il fallait… (Elle renifle.) Il fallait que je vienne. Je pensais ne jamais te revoir.

Je ne lui réponds pas et n'ouvre pas les yeux. Tant que je reste parfaitement immobile, mes larmes ne couleront pas.

Elle ne s'en va pas tout de suite. Je sens ses doigts courir dans mes cheveux tandis qu'elle pleurniche, s'excuse, ressasse des événements si anciens qu'ils ont perdu toute importance. Ou qui n'ont jamais été sa faute.

Malgré tous mes efforts pour rester éveillée, je commence à dériver au gré de cauchemars peuplés d'enfants mort-nés au visage déformé, de cris de bébé qui résonnent dans un couloir, de maisons dessinées à l'encre de Chine qui abritent des horreurs indicibles, et dont les hologrammes tournent devant moi sous le regard d'un Linden radieux, fier comme un paon.

Je parviens enfin à m'exprimer à voix haute.

— Linden m'a vraiment répudiée ?

Mais Cecily est partie depuis longtemps.

Des voix étouffées, en colère. Un bébé qui pleurniche.

— Mais vous allez la tuer, dit Cecily.

— On sait ce qu'on fait, réplique un homme.

Pas Vaughn. Un infirmier, peut-être.

— Laissez-moi la voir. Laissez-moi la voir, sinon je hurle.

Le ton de Cecily est à la fois implorant et déterminé.

— Hurlez tout votre saoul, répond la voix. C'est votre problème.

Elle s'époumone néanmoins, encore et encore, dans mes cauchemars. Je la suis jusqu'à des profondeurs incertaines, au fil de longs couloirs où l'on marche sur des fragments d'os et des corps qui frissonnent. Sa chevelure rousse est baignée de soleil ; ses pas sont des notes de piano qui égrènent une chanson sans queue ni tête. Et là, au moment exact où je suis sûre de la rejoindre enfin, elle a disparu.

Je l'appelle mais ma voix se réduit à un râle tandis que je fais surface. Des doigts bougent dans mes cheveux, comme des pattes d'araignée.

— Je suis là, répond-elle. Je ne peux pas rester longtemps. Écoute-moi bien. Tu m'entends ?

L'image floue de la chambre est dédoublée. Les deux Cecily fusionnent, sa silhouette se stabilise. Je remue les lèvres et découvre que je possède une voix.

— Oui.

— Je vais trouver un moyen de te sortir de là, dit-elle. Fais-moi confiance.

Confiance. Un concept trop déconcertant pour ma cervelle embrouillée. Ses yeux sont baignés de larmes. Elle porte un haut de bikini vert, et ses cheveux trempés me dégoulinent sur le bras. Plusieurs de mes perfusions ont été débranchées. Est-ce le fait de Cecily, pour me réveiller ? Probablement, car l'engourdissement de mon corps cède le pas à la douleur. Je m'accroche malgré tout à la conscience.

J'essaie de me concentrer sur son visage, mais ses yeux sont aussi noirs que des blessures au couteau. Derrière elle, la salle tressaute et devient floue.

— Je fais un cauchemar, dis-je.

— Non. Tu es réveillée.

— Prouve-le-moi.

Elle m'a narguée à maintes reprises, et à chaque réveil, je me suis retrouvée seule.

— Quand j'étais enceinte et que ça n'allait pas fort, tu me racontais une histoire ; avec des jumeaux. Ils ne combattaient pas le crime, ne sauvaient pas le monde ni rien, mais ils étaient ensemble. Jusqu'au jour où on les a séparés.

— Ce n'était pas une fiction, dis-je. C'est mon histoire et celle de mon frère.

— Je le sais. Je crois bien que je l'ai toujours su. Et je me suis montrée égoïste. Je nous voulais tous ensemble. Toi, moi, Jenna et Linden.

Elle me dégage le front. Elle sent l'eau de la piscine et la crème solaire, ce qui ravive le souvenir des guppys holographiques aux couleurs vives qui me traversaient.

— Si tu restes ici, tu vas mourir, dit-elle. Tu ne m'appartiens pas, pas plus qu'à Linden. C'est au monde extérieur que tu appartiens.

— De toute façon, Linden ne veut plus de moi. Il l'a confié à son père.

Une pointe de douleur apparaît dans les yeux de Cecily. Ou de surprise, peut-être. Il se peut qu'elle juge Linden incapable d'une telle sécheresse de cœur.

— Tu es descendue bien qu'il te l'ait interdit, pas vrai ? lancé-je.

Cecily se raidit.

— Euh, évidemment, il ignore que je suis ici. Il avait peur que ça me traumatise. Tu connais son tempérament protecteur… Selon lui, il est préférable qu'on oublie ton existence, et…

Sans finir sa phrase, elle s'occupe les mains en arrangeant ma chemise de nuit.

— Bon, il faut que je file. (Toujours aussi maternelle, elle pose un baiser sur mon front puis rebranche toutes les perfusions.) Linden me croit à la piscine.

Je la regarde s'éloigner, dégoulinante, une serviette nouée autour de sa taille de guêpe.

— On va avoir un autre enfant, glisse-t-elle en esquissant un sourire qui n'éclot pas tout à fait. Si c'est une fille, Linden dit qu'on pourrait l'appeler Jenna.

Elle me tourne le dos.

J'essaie de lui dire « Attends », mais ma voix est étouffée par les substances qui affluent de nouveau dans mes veines.

Pendant ce que j'estime être des jours, je flotte dans un état de non-existence, ne connaissant que de courts instants d'éveil. À ces occasions, les mêmes pensées reviennent me hanter :

C'est donc vrai, Linden m'a abandonnée à son père.

Vaughn a toujours son emprise sur ma sœur épouse. Elle va lui offrir un autre nourrisson sur lequel mener ses expériences.

Cette fois, je ne pourrai pas veiller sur elle.

Le bébé de Rose était malformé. Vaughn l'a tué. Linden n'en saura jamais rien.

Mon frère ne saura jamais comment j'ai fini.

Quelque part, très loin d'ici, Gabriel s'est réveillé et s'est rendu compte que j'étais partie. Lui non plus ne saura jamais ce qui m'est arrivé.

Aussi longtemps que Vaughn vivra, j'existerai dans ce sous-sol sous forme de pièces détachées et de gènes.

J'en viens à m'efforcer de rester inconsciente. Hélas, j'ai beau le souhaiter de toutes mes forces, je n'ai aucune emprise sur la réalité. Aucun contrôle sur l'heure de mon réveil ni sur ce que je trouve en ouvrant les yeux.

Je vois Deirdre debout, à un ou deux mètres de mon lit. Elle se plie en deux, secouée par un haut-le-cœur interminable avant de vomir une bile étrange, puante et verdâtre. Sa chemise de nuit lui glisse sur une épaule ; j'aperçois ses vertèbres saillantes. Elle crispe les poings à s'en blanchir les jointures. Une fois la crise terminée, elle garde le silence un très long moment, en inspirant très lentement. Puis elle lève vers moi des yeux aux pupilles dilatées à l'extrême et déclare :

— Il vous réserve des choses encore pires. Vous n'auriez jamais dû revenir.

— Deirdre…

Ma voix est chargée de regrets. J'ai envie de la prendre dans mes bras, de la protéger. Ma douce, loyale domestique qui consacrait ses journées à mon bien-être et qui, au temps jadis, n'aurait jamais pu imaginer les horreurs auxquelles nous sommes soumises l'une et l'autre. Et tout cela par ma faute.

Je lutte contre mes courroies tandis qu'elle éponge la flaque de vomi à l'aide d'une serviette dont elle se débarrasse ensuite dans la poubelle réservée aux déchets biologiques, où les infirmiers jettent mes aiguilles. Puis elle se cale les mains entre les cuisses, l'air totalement désemparée, mais elle ne pleurera pas car il lui reste encore des forces. Je me rappelle ce trait de caractère : elle a beau n'être qu'une petite chose, elle s'est toujours montrée dure au mal.

— Penser à un endroit agréable, ça aide.

Son visage cireux est éclairé par le soleil factice qui brille au-dessus des lis holographiques dont l'animation tourne en boucle. J'ai mémorisé leurs ondulations : gauche, gauche, gauche, moment de flottement, droite.

Penser à un endroit agréable. La maison de Claire, la nuit, de petits poumons qui se gonflent dans chaque chambre. Ma tête posée sur les genoux de Gabriel. Il avait promis de ne laisser personne me faire du mal et je savais que la situation échappait à tout le monde, même à lui, mais j'avais fermé les yeux et prétendu y croire.

Je chasse cette pensée. Je refuse de songer à un endroit agréable ; cela n'a pour résultat qu'augmenter ma détresse quand je me retrouve ici, chaque fois que j'ouvre les yeux.

— J'aurais dû t'emmener, dis-je. Te cacher dans un endroit où il ne t'aurait pas retrouvée.

— Il serait tombé sur moi en vous localisant, rétorque Deirdre.

Elle avance jusqu'à mon lit et quand elle me touche la cuisse, je tressaille. En tant qu'épouse de Linden, j'ai dû m'habituer à être manipulée et pomponnée par Deirdre et les autres domestiques. Aux séances de coiffage, de maquillage, de massage suédois destiné à apaiser mes tensions. Mais les piqûres à répétition m'ont rendue intolérante au moindre contact. En me voyant frissonner, mon ancienne domestique grimace une excuse puis remonte ma chemise de nuit jusqu'à la taille.

— Ici, murmure-t-elle. Vous ne voyez sûrement rien, mais c'est ici qu'il l'a placée.

Elle désigne la partie charnue de ma cuisse, où je ne vois effectivement rien hormis une peau d'une blancheur maladive et des vaisseaux sanguins.

— Que suis-je censée voir ?

— Avant le mariage, un médecin vous a examinée, poursuit Deirdre. Pour vérifier votre fertilité, entre autres. À cette occasion, on vous a implanté une balise qui permet à maître Vaughn de savoir en permanence où vous êtes. (Sa petite voix est couverte par le martèlement dans mes oreilles.) Avec vos sœurs épouses, vous lui appartenez. Et vous serez toujours à lui.

Très honnêtement, cela ne m'avait jamais traversé l'esprit. Pendant mon séjour au manoir, Vaughn avait persuadé Cecily de m'espionner. J'avais joué avec l'idée de caméras de surveillance, de magnétophones, de serviteurs obéissant aveuglément à leur maître. Mais je pensais que tout irait bien une fois dans le monde extérieur. Dans *mon* monde.

Et à cet instant, j'éclate de rire pour la première fois depuis Dieu sait quand. Suivie à distance par Vaughn… Évidemment ! Comment ai-je pu imaginer me débarrasser de lui ? C'est un rire hésitant, faible, avec peut-être une pointe d'hystérie car Deirdre est visiblement inquiète. Elle me plaque une main sur la bouche et m'intime le silence.

— Taisez-vous, chuchote-t-elle. Ils vont vous entendre.

— Ça m'est égal, marmonné-je entre ses doigts mais un ton en dessous par égard pour elle. Que peuvent-ils me faire de plus ? Ou à toi, ou à tous ceux qui se trouvent dans ce sous-sol ?

Deirdre dégage les mèches qui me barrent le visage. Son regard se fait implorant.

— Il ne faut pas poser ce genre de question…

Nous savons l'une et l'autre qu'elle prend des risques en me rendant visite, mais cela ne l'empêche pas de passer souvent.

Elle débranche alors l'une de mes perfusions, manifestement en connaissance de cause car je sors peu à peu de mon hébétude.

J'ai toujours su Deirdre courageuse. Petite taille ou pas, elle garde un moral d'acier face à toutes ces atrocités. Vaille que vaille, elle tâche de contribuer à mon bien-être. Peut-être pour se rassurer elle-même. Comme ces fantômes qui, ignorant qu'ils sont morts, répètent inlassablement les mêmes gestes.

Aujourd'hui, pour la première fois, elle s'autorise à recevoir mon affection. Après avoir dégagé mon poignet de la courroie, je la laisse monter sur le matelas, à côté de moi. Je lui répète les histoires que je racontais à Cecily, à propos des jumeaux et des cerfs-volants. Je passe sous silence l'explosion du laboratoire, préférant broder sur des balades en ferry et des sirènes qui sillonnent les fonds au large de Liberty Island.

Le bruit de l'ascenseur la fait sursauter. En un clin d'œil, elle descend du lit et rebranche ma perfusion pendant que je passe la main dans la courroie.

— Je reviens bientôt, murmure-t-elle avant de filer.

Je ferme les yeux et fais mine d'être inconsciente en attendant d'être submergée par le produit. Mais c'est trop tard. J'entends des pas dans ma chambre et sens une pression sur mon avant-bras, à l'endroit où l'on débranche quelque chose.

— Je sais que tu es réveillée, dit Vaughn. C'est aussi bien. Cette fois-ci, je veux que tu sois consciente.

Il me soulève une paupière et me braque le faisceau d'une lampe dans l'œil.

— Tes pupilles ne sont pas dilatées comme elles devraient l'être. Je te soupçonne de trafiquer les doses que tu reçois… (Il rit.) Toujours aussi rebelle, hein ?

Je plisse mes paupières. J'aimerais tant qu'il s'agisse d'un cauchemar... Mais je l'entends s'affairer, préparer ma prochaine dose d'enfer.

— Je préfère de loin te savoir inconsciente, poursuit-il. Cela te rend plus facile à contrôler. Mais pour l'heure, il faut que tu réintègres un schéma de sommeil plus normal. Il est possible que tu fasses l'expérience de rêves saisissants par leur réalisme ; pas de quoi s'affoler.

Juste avant de partir, il me donne une petite tape sur le nez. Le témoignage d'affection condescendante qu'il réservait d'ordinaire à Cecily.

— Je reviens sans tarder m'enquérir de ton état, très chère.

Je n'ai pas droit aux rêves réalistes promis par Vaughn : c'est la frontière entre rêve et réalité qui disparaît complètement. À certains moments, alors que je suis certaine d'être éveillée, les murs stériles virent au noir, comme repeints par un rouleau invisible. Je commence à ressentir un élancement douloureux dans la cuisse au niveau de la balise mentionnée par Deirdre. J'entends des chuchotements. Je vois mon père, pâle et sans vie, qui m'observe depuis le seuil. Il ne dit jamais rien mais finit par partir. Parfois, Rowan vient desserrer mes courroies. Toujours pressé, il m'exhorte chaque fois à descendre de mon lit mais je n'arrive pas à bouger assez vite : il a déjà disparu.

Il y a un homme dans la fenêtre holographique. Il rôde dans les lis, enveloppé de vêtements sombres, et je sais qu'il en a après moi.

Les bruits me parviennent deux fois plus fort. J'ai l'impression que les brancards qui passent dans le couloir circulent à l'intérieur de mon crâne. Les voix étouffées des infirmiers se coincent dans ma tête et rebondissent sur mon cerveau, tels des papillons de nuit contre un lampadaire.

Je distingue chaque foulée dans le manoir, chaque grincement du parquet, chaque éclat de rire qui fuse aux cuisines, chaque murmure ou soupir dans la chambre de ma sœur épouse quand Linden lui rend visite. Impossible d'échapper à cette cacophonie amplifiée, de me boucher les oreilles. Et même quand tout est calme, mes battements de cœur résonnent comme des détonations.

Vaughn passe fréquemment. Les premières fois, je garde les yeux fermés et m'efforce de rester immobile malgré mon cœur qui s'emballe. Mais un jour, tout en manipulant mes perfusions, il déclare :

— La floraison des orangers est particulièrement belle, aujourd'hui.

J'ouvre les yeux. Sur ses épaules, il y a des pétales blancs qui tombent lorsqu'il bouge et qui se dissolvent avant d'avoir touché le sol. Ses yeux sont plus verts que d'habitude. On dirait ceux de Linden. Comment sont-ils arrivés sur la figure de son père ?

Vaughn sourit, sans une once de la gentillesse de son fils.

— Tu es un peu rouge, dit-il. Ne t'inquiète pas. La fièvre n'a rien d'anormal.

Je remarque qu'un oranger est en train de pousser derrière lui. Un vol d'étourneaux traverse le plafond et je lance :

— Où que j'aille, vous me retrouverez, n'est-ce pas ?

— C'est une question sans objet, rétorque-t-il en tapotant le cylindre d'une seringue. Tu n'iras nulle part.

Je garde les yeux rivés au faux plafond, consciente que ce qu'il vient de dire est vrai. Cecily a promis de me faire évader mais cette situation, comme tout le reste, échappe à son contrôle.

C'est aussi bien comme ça, d'ailleurs. En redescendant ici, elle ne ferait que prendre un risque inutile. Mieux vaut qu'elle vive sa vie à l'étage. Il faut toujours qu'elle mette son grain de sel dans des problèmes beaucoup trop complexes pour elle ; mais comment pourrais-je lui en vouloir ? Je suis comme elle. L'inquiétude de Jenna était justifiée. De nous trois, elle était peut-être la seule à savoir exactement à qui elle avait affaire. Elle acceptait son destin avec grâce et sérénité.

J'entends l'air qui circule dans les gaines d'aération ; la température du sous-sol est probablement gérée par un thermostat. Parfois, je crois entendre Rose qui rampe dans les conduits mais aucun ne débouche à l'extérieur. La liberté n'est pas non plus pour elle.

— As-tu remarqué quoi que ce soit d'inhabituel ? me demande Vaughn. Douleurs dans la poitrine, maux de tête, brûlures d'estomac ?

— Uniquement les fleurs d'oranger, réponds-je pour lui faire comprendre que je les vois, moi aussi.

Je tourne la tête et souffle sur les rares pétales qui ont atterri sur mon épaule.

Il installe une poche à perfusion et trouve une veine ; j'observe le sang qui s'écoule de mon bras.

— Rose affirmait que vous me vouliez à cause de mes yeux.

— Rose n'était pas idiote, réplique Vaughn. J'ai fait des suggestions, ce jour-là, mais mon fils t'a choisie de son propre chef. Dans le cas contraire, les choses auraient peut-être été plus simples.

— Parce que je serais morte.

Il retire l'aiguille de mon bras, applique un peu d'alcool.

— Bien sûr que non, très chère. Mais tu aurais atterri ici bien plus vite, pour m'aider à trouver l'antidote. Sais-tu tout ce qu'il y a à savoir sur l'hétérochromie ? Imagine tes gènes comme une mosaïque, poursuit-il. Des tas de fragments distincts qui semblent mal assortis, mais en prenant du recul, on découvre que ce patchwork forme un motif cohérent. Les fragments ont simplement choisi une approche plus créative pour parvenir au résultat.

Je suis en train de perdre le fil. Rien d'étonnant à cela : ces derniers temps, tout m'échappe, même les choses les plus simples.

— Je te soupçonne de souffrir de mosaïcisme génétique : la présence de deux populations cellulaires distinctes, alors qu'une personne normale n'en a qu'une. Un œil bleu, l'autre marron.

Il se penche vers moi et dégage les mèches qui me barrent le visage, comme si j'étais une petite enfant incapable de comprendre l'histoire qu'il me raconte pour m'endormir.

Si Rowan était présent, il comprendrait. Peut-être est-il déjà arrivé à cette conclusion. Mais cela n'a aucune importance. Je ne le reverrai jamais. Et je ne parlerai jamais de mon frère à Vaughn ; si je le fascine tant, il sauterait au plafond en apprenant que j'ai un jumeau.

— J'ai été stupéfait de voir à quel point mon fils est tombé amoureux de toi, poursuit Vaughn. J'ai compris alors que je ne pourrais pas t'arracher à lui.

— Il ne m'aime plus, désormais.

— Oh, détrompe-toi. L'amour à sens unique est une passion violente. Il t'aime tellement qu'il en est venu à te haïr.

Me haïr. J'essaie d'imaginer le visage renfrogné de Linden tordu par la haine, mais j'en suis incapable. Peut-être est-ce aussi bien ainsi.

— Comment dors-tu, ces temps-ci ? s'enquiert Vaughn.

J'éclate de rire. Une explosion sonore dont l'écho me revient. Sa sollicitude a quelque chose de profondément absurde.

Quand il quitte ma chambre, j'entends Rose, dans le plafond, se mettre à hurler.

25

DANS MON RÊVE, les pales du moulin à vent du minigolf tournent, et la force de l'ouragan finit par arracher l'hélice. Gabriel me demande de réintégrer le manoir.

—Rhine ?

Le moulin grince toujours.

—Cecily ? (Ma voix est à peine un murmure.) Rentre à l'intérieur.

Ses mèches rousses volent en tous sens ; elle tente de me rattraper, mais je suis trop loin. Je vois ses lèvres remuer.

—Réveille-toi, dit-elle.

Quand j'ouvre les yeux, elle est penchée sur moi, le souffle court, écarlate ; des lumières fusent au-dessus de sa tête. Mais il ne s'agit pas d'un ouragan ; au bout d'un moment, je me rends compte que je suis étendue sur un brancard que l'on pousse dans un couloir du sous-sol. Comme le cadavre de Rose. Cecily doit forcer l'allure pour rester à hauteur. Elle est entourée d'infirmiers vêtus de blanc. L'un d'eux s'époumone, lui dit de s'écarter, mais elle saute sur le brancard et s'assoit à côté de moi.

—Que se passe-t-il ? demandé-je.

La panique monte du fond de mes entrailles, mais mon corps reste sans réaction. Je sens à peine ma main, étreinte par celle de Cecily.

— Le maître domanial vous passerait un sacré savon s'il vous voyait ici, gamine, dit l'un des infirmiers.

Je vois Cecily se rembrunir.

— Je ne suis pas une gamine. Et mon beau-père ne me passera aucun savon, glisse-t-elle malicieusement, car il n'en saura rien.

— Qui s'obstine à la laisser descendre? lance le même infirmier.

— Pas évident de faire la morale à l'épouse du gouverneur domanial Linden, rétorque un autre.

Cecily m'adresse un clin d'œil, fière comme un paon.

— Maître Vaughn n'est pas ici, me chuchote-t-elle. (Je l'entends à peine à cause du couinement des roulettes.) Il est à Seattle, où il présente ses travaux sur les anticorps.

Le brancard s'immobilise.

— Debout, ordonne une voix.

Cecily me lâche la main. Mon bras, poids mort inutile, pend à la verticale. On me porte jusque sur un lit médicalisé en position inclinée. On m'installe une perfusion dans le bras et je m'attends à sombrer dans l'inconscience habituelle, mais rien ne vient. On me scotche les paupières; même si je forçais je serais désormais incapable de cligner des yeux. Avant que mon corps tout entier soit gagné par l'engourdissement, je parviens à remuer les lèvres pour former le nom de ma sœur épouse une dernière fois, et elle apparaît dans mon champ de vision.

Cecily grimpe sur le lit et se glisse derrière moi jusqu'à ce que ses genoux m'encadrent le torse et que mon dos appuie contre son estomac. Elle cale son menton sur mon épaule, et soudain, je ressens la chaleur de ses joues, je les imagine virer au rouge, comme lorsqu'elle s'apprête à pleurer. Il me faut un moment pour comprendre le mot qu'elle répète inlassablement :

— Courage.

Tous les infirmiers sont sortis, à l'exception d'un seul qui tripote une machine que j'ai du mal à voir. Tout commence à se brouiller.

Une voix, fâchée et ferme, tonne depuis un haut-parleur.

— Lady Cecily, veuillez descendre du lit.

— Allez au diable, siffle-t-elle.

Un bourdonnement retentit. Dans le brouillard, j'entrevois l'infirmier qui dirige un grand bras articulé fixé au plafond. Une aiguille aussi longue que ma jambe en dépasse.

— Rhine, me souffle Cecily à l'oreille. Tu te souviens des histoires de cerf-volant que tu me racontais ?

La voix du haut-parleur commence à débiter des instructions à l'infirmier. Réglages ; niveaux de fluide ; quelque chose à propos d'un enregistrement vidéo, de moniteurs.

— Eh bien, j'ai essayé d'en fabriquer plusieurs, en papier, mais ils ne volaient pas. Je me suis dit qu'il fallait peut-être demander à Linden de commander des feuilles en plastique. Comme ça, l'air ne les traverserait pas, et ils pourraient décoller.

Elle me caresse les cheveux et la voix qui sort du plafond ordonne :

— Immobilisez la tête du sujet.

Elle s'exécute en exerçant une pression sur mes tempes. L'infirmier tend la main derrière moi et tire sur un genre de casque conçu pour empêcher ma tête de bouger, bien que j'en sois déjà incapable. Il me le fait enfiler et fixe la mentonnière.

— Faites-la reculer de deux centimètres, dit la voix.

Le technicien obéit.

— Ça va lui faire mal ? demande Cecily.

Je voudrais lui dire que mon corps est insensible, ce qui rend la chose improbable, mais je ne peux pas remuer la langue pour former les mots. L'infirmier ne répond pas davantage.

— Lady Cecily, au moindre déplacement pendant la procédure, elle risque de finir aveugle. Est-ce ce que vous souhaitez ?

Cette fois, Cecily obtempère et descend du lit.

— Je suis là, tout près de toi, dit-elle tandis que le technicien me repositionne selon les instructions de la voix qui sort du plafond.

Je tente de répondre. Impossible. De cligner des yeux. Impossible.

C'est peut-être par charité qu'on m'a rendue insensible, après tout. Je suis presque arrivée à me convaincre que cette expérience n'est pas pire que les autres. Jusqu'à ce que l'infirmier approche l'aiguille de mon œil : je comprends alors ce qui m'attend.

Le produit qui m'engourdit ne suffit plus à calmer mon cœur, qui me tambourine dans les oreilles. J'ai du mal à respirer. Cecily se lance dans un récit désespéré, où il est question de queues de cerf-volant et de brises printanières.

Je veux hurler. De toute mon existence, je n'en ai jamais eu autant envie. Je suis des milliers d'ailes qui battent dans une cage minuscule. Mais le son que je produis est à peine un sanglot. Mon corps est inutile, à des kilomètres de distance, même si mon esprit est on ne peut plus éveillé.

L'aiguille se plante dans ma pupille. Je crois entendre l'impact. *Compte.* Quand je m'étais déboîté l'épaule, mon frère m'avait dit d'égrener les secondes tandis qu'il s'apprêtait à remettre la tête de l'os dans son logement. *Compte, et ça ne sera pas si terrible.* Alors je compte.

J'en suis à quarante-cinq secondes quand l'aiguille ressort enfin de mon œil.

Soit cinq secondes de moins que pour la deuxième piqûre.

Quand tout est fini, on me retire le casque et le scotch qui me retient les paupières. Ma tête retombe mollement dans la paume de Cecily. Elle continue à soliloquer sur ce qui fait voler un cerf-volant au moment où l'on débranche ma perfusion et où l'on me transfère sur le brancard que l'on fait ensuite rouler dans le couloir.

— J'ai fini par comprendre, dit-elle. (Elle est de nouveau assise sur le rebord du brancard ; ses traits se matérialisent à mesure que ma vision s'éclaircit.) C'est l'élan qui fait tout.

— Quoi ? murmuré-je.

Les sensations reviennent dans mes lèvres, puis dans mes extrémités.

— L'élan, répète-t-elle. Pour faire voler quelque chose, il ne faut pas rester sur place. Il faut courir.

Quand Vaughn revient, il sent l'air printanier du dehors et l'intérieur cuir de la limousine – un pot-pourri des endroits qu'il a sillonnés. Je devine qu'il n'a même pas pris le temps de se changer à son retour de Seattle, préférant passer me voir directement.

— Le personnel m'a confié que tu n'avais pas émis un son pendant la procédure rétinienne, dit-il en me flattant la joue comme si j'étais un animal domestique.

Sa main est fraîche. Je ne lui avoue pas que j'aurais volontiers hurlé pendant sa « procédure » si j'en avais été capable.

Compte. Il lui faut quatre secondes pour me caresser l'arête de la mâchoire et retirer son doigt. Il ajoute :

— Quoi de plus naturel, leur ai-je répondu. Tu as toujours été la grâce personnifiée.

Une perfusion a été débranchée de mon bras ; le tuyau est relié à une poche, suspendue près de mon lit.

Pendant que Vaughn range aiguilles et instruments, je me concentre sur les dalles du faux plafond. Aujourd'hui, elles sont nettement plus lumineuses que les autres jours. Je distingue les perforations dans les plaques, comme des trous d'épingle. Rien ne rampe au-dessus. Un bruit sec, dans la conduite d'aération, me fait tressaillir.

— La grâce, répète-t-il, et la classe. Tu es inflexible. On te l'a déjà dit ?

— C'est une nouveauté.

Mon frère disait toujours de moi que j'étais trop tendre.

— En tout cas, m'assure Vaughn, il ne devrait plus y avoir de procédure aussi horrible que celle-ci. L'objectif était de filmer l'intérieur de tes orbites. De les cartographier. Ces images devraient me suffire.

Le souvenir de cette séance me donne la chair de poule. Mon corps se crispe contre les courroies.

— Comment te sens-tu ? s'enquiert Vaughn. Comme tu t'es montrée pleine de bonne volonté, j'ai pensé que nous pourrions tenter la nourriture solide la semaine prochaine.

Je me rappelle les pancakes de Claire, dégoulinants de beurre et de sirop d'érable. J'étais alors tellement déprimée qu'ils n'avaient aucun goût dans ma bouche. Mais s'agissait-il d'une dépression, ou des premiers symptômes du manque ? Si je pouvais de nouveau m'asseoir à la table de Claire pour le petit déjeuner, je savourerais jusqu'à la dernière miette. Je ferais de longues balades dans Manhattan. J'embrasserais Gabriel jusqu'à me sentir en apesanteur. Comment ai-je pu laisser filer ces instants de liberté ? La maladie qui me rongeait à cette époque, l'apathie qui me gagnait… autant de signes de l'emprise de Vaughn, sans que j'en aie seulement eu conscience.

— Non ? lance Vaughn en constatant que je ne réponds pas. Peut-être plus tard, alors…

Il me tient le bras, appuie les doigts sur la face intérieure de mon poignet et reste muet, hochant la tête au rythme de mes pulsations.

— Ton cœur bat moins vite, aujourd'hui. Parfait. J'ai cru un temps que tu risquais l'arrêt cardiaque.

— Mourir jeune, ça a du bon, dis-je sèchement. Le cœur n'a pas le temps de se détraquer, par exemple.

Il rit, me désinfecte l'avant-bras et me prélève un échantillon de sang.

— Tu as réagi à chacun des traitements de façon totalement imprévisible, très chère. Quelle énigme tu fais…

Je ne lui réponds pas que Cecily fausse toutes les expériences dans son dos. Qu'à chacune de ses visites, elle débranche mes perfusions. Après la procédure rétinienne, elle m'a veillée jusqu'à l'heure du dîner, quand Linden a demandé après elle. Avant de partir, elle m'a glissé :

— Il faut que tu te rétablisses pour qu'on te fasse sortir d'ici, pas vrai ?

Et, profitant de ce que personne ne regardait, elle a retiré l'aiguille de mon poignet. Sans cette intraveineuse, je n'ai fait aucun cauchemar, jusqu'à ce que Vaughn la rebranche à son retour.

À cet instant, Vaughn parcourt le mémo des infirmiers, l'air impassible. Mais ses yeux verts pétillent, comme ceux de Linden lorsqu'il met la dernière touche à un dessin et s'aperçoit avec ravissement que le résultat dépasse ses espérances. Mon époux est un prodige et Vaughn en est conscient. C'est ce qui permet au père de garder le fils dans l'aveuglement le plus complet.

— Vous avez disséqué votre fils ? demandé-je. Le mort, je veux dire.

Maintenant que Vaughn a découvert l'intérieur de mes pupilles, nous ne mettons plus de gants. Plusieurs mois auparavant, il m'a appris qu'il avait eu un premier fils, venu au monde et mort avant la naissance de Linden ; j'étais alors trop horrifiée pour m'enquérir des détails, mais aujourd'hui, il en faudrait beaucoup plus pour m'effrayer.

— Disséqué, quel mot cruel, énonce simplement Vaughn. Mais oui, effectivement. Et tu sais ce que j'ai découvert ? (Il m'observe par-dessus le cahier.) Rien. Absolument pas la moindre anomalie. Un cœur jeune, en pleine santé. Un excellent indice de masse corporelle : c'était un nageur et un coureur hors pair. Les reins les plus sains que j'aie jamais vus.

— Vous l'avez ouvert, dis-je. Comme s'il n'était rien pour vous.

Vaughn referme le cahier qu'il pose sur l'un des appareils bourdonnants.

— S'il n'était rien pour moi, penses-tu vraiment que je m'en serais donné la peine ? Il se trouve au contraire qu'il était tout pour moi. Et que je l'ai trahi. En tant que père, en tant que médecin. Je dois à Linden de faire mieux.

— Sur lui aussi, vous menez des expériences ? Dans son dos ?

— Te voilà bien curieuse, ce soir, rétorque Vaughn en me décochant un sourire indéchiffrable. Tout ce que tu dois savoir tient dans une seule phrase : tu m'aides à sauver des vies. Mieux vaut ne pas savoir à quel prix.

Vaughn m'apprend avec un plaisir évident qu'il teste un nouveau produit sur moi. Il affirme qu'il ne provoquera pas de cauchemars.

Je suppose qu'il s'attend à ce que je l'en remercie. Mais sans cauchemar, il ne reste que le silence. Je n'entends plus Rose dans les conduits d'aération, les bruits de pas à l'étage, le matelas qui grince quand Linden rend visite à Cecily. Les injections précédentes m'avaient plongée dans un état de démence, une zone d'ombre au sein de laquelle mes peurs prenaient des formes différentes. Désormais, je me retrouve dans une chambre stérile. À contempler de faux lis par la fenêtre. Je sens la fraîcheur du matelas, à la place qu'occupait Gabriel lorsqu'il dormait à côté de moi, dans la maison de Claire. Avant lui, c'était Linden qui me rejoignait la nuit, ou Cecily, ou Jenna. Et avant ces trois-là, mon frère veillait avec le fusil pendant que je dormais.

Je pensais que Vaughn m'administrait ces drogues dans le but de me torturer, mais peut-être s'agissait-il de me tenir compagnie…

« Ta force est d'une nature différente, mon cœur », m'avait dit ma mère. Mais que dirait-elle aujourd'hui ? Sa fille, épuisée, ligotée, enterrée plus profond que les morts dans le labyrinthe d'un fou. Une jumelle esseulée. La moitié d'un tout.

Je contribue à sauver des vies, prétend Vaughn ; qu'importe le prix à payer. Il parle de nourriture solide comme d'un luxe insensé. Il dit de moi que je possède la grâce mais me garde attachée sur un matelas. La brise de Manhattan que je sentais souffler dans mes cheveux… était-ce bien quelques jours auparavant ?

Quelques semaines, plutôt.

Ou quelques mois.

Et peut-être me suis-je bercée d'illusions en pensant que mon frère était toujours à ma recherche. Il me croit morte. Il a déterré les menus trésors laissés par nos parents. Il a incendié notre maison.

Le fait que je vive ou non n'a d'ailleurs plus aucune espèce d'importance. Je suis une racine dans la terre, une racine qui ne poussera jamais. Plantée si profondément que les pas des vivants ne me dérangent plus.

Je contemple longuement le plafond jusqu'à ce que les trous d'aiguille ressemblent à des constellations. Puis je me penche sur le tuyau de la perfusion, que Cecily a posé sur le matelas après l'avoir débranché. Elle cherche à gagner du temps. En préservant ma lucidité, elle pense trouver un moyen de me libérer. Sans comprendre le caractère impossible de cette liberté.

Au bout d'un moment, je passe la main dans la courroie, comme Deirdre m'a appris à le faire, et je rebranche la perfusion.

26

« MIEUX VAUT ne pas savoir à quel prix. »

La liberté, voilà le prix à payer quand on se retrouve piégé ici.

Dans ma cuisse, la balise provoque des fourmillements ; tant qu'elle y sera enfoncée, je ne serai jamais libre. Je fais des cauchemars dans lesquels on m'a coupé la jambe, et quand enfin, enfin, je m'arrache au sommeil, je sais ce qu'il me reste à faire.

Dégager mes poignets des courroies est facile, mais pour les chevilles, c'est une autre affaire car mes pieds ont doublé de volume. Je débranche les perfusions, une par une, puis descends du lit en chancelant. C'est la première fois que je prends appui sur mes jambes depuis Dieu sait combien de temps et celles-ci me trahissent.

Je dois ramper sur le carrelage froid puis me hisser sur l'un des appareils avant d'atteindre la carafe d'eau. C'est le seul bel objet de toute la pièce : bleu clair, avec des facettes comme un diamant taillé, il me rappelle la diffraction des rayons du soleil dans l'eau de la piscine.

Je ne quitterai jamais le manoir. Je ne reverrai jamais ni mon frère ni Gabriel. Je l'ai accepté. Mais je refuse d'être le cobaye de Vaughn une minute de plus. Je ne supporte pas l'idée qu'il puisse me localiser où que j'aille. Si j'arrive à m'extraire cette balise de la cuisse, je trouverai peut-être un endroit où me cacher. Il y a un type qui piétine les lis, dans l'hologramme ; je pourrais le laisser me tuer. Ou errer dans les couloirs jusqu'à dénicher un coin sombre où mourir en paix. Avec un peu de chance, je me décomposerai avant que Vaughn me retrouve et il ne lui restera plus rien à disséquer.

Je jette la carafe par terre ; elle se brise. Je rampe ensuite au milieu des débris jusqu'à en trouver un qui soit assez tranchant, puis j'entreprends de m'ouvrir la cuisse.

Une douleur lointaine me parvient. J'entends un cri. Mais j'ignore ces signaux en raison d'un impératif : ce corps étranger qui me rattache à mon beau-père et que je dois extraire.

Des mains tentent de m'arrêter dans mon geste. Quelqu'un hurle mon nom. Je crois d'abord que Rose a fini par sortir des gaines d'aération pour me rejoindre, mais quand ces mains m'empoignent par les joues, je me retrouve face aux yeux marron de Cecily. Au sang qui macule son chemisier. À ses traits déformés par l'hystérie.

— Rhine, je t'en prie ! s'écrie-t-elle.

Tous mes cauchemars viennent alors occuper le premier plan en hurlant. La cacophonie. L'homme qui piétine les lis. Ma défunte sœur épouse qui rampe dans les conduits de ventilation. Et Cecily qui prend tous les risques.

— Il faut que tu remontes, lui dis-je. C'est dangereux pour toi, d'être ici.

— Arrête !

Elle tente de m'arracher le bout de verre puis d'endiguer le flot de sang en appuyant avec les doigts, et refuse d'écouter un mot de ce que je raconte au sujet de sa sécurité et de la nécessité d'extraire la balise coûte que coûte.

Cecily finit par sortir en courant puis j'entends l'ascenseur qui s'ébranle.

Quand elle revient, quelques instants plus tard, un Linden haletant la bouscule pour entrer le premier dans ma chambre et prononcer des paroles que je ne comprends pas. Je sais qu'il ne peut pas s'agir de la réalité. Il m'a laissée tomber, abandonnée comme je l'avais fait pour lui. Mais il accourt quand même vers moi en hurlant quelque chose qui ressemble à mon nom.

Cecily s'attarde sur le seuil, nimbée d'un halo d'une intensité inimaginable. Elle serre dans ses bras un sac de serpents qui se tordent en laissant échapper des pleurs de bébé. Des pleurs rouge vif qui déteignent sur toute la salle.

— Fais sortir Bowen, ordonne Linden d'une voix trop calme. Il n'a pas besoin de voir ça.

Il m'enroule quelque chose de blanc autour de la cuisse, un blanc qui vire au rouge à cause des pleurs et du sang.

— Oui, lance une autre voix. (C'est Vaughn qui vient m'achever.) Un peu de sens commun, très chère. Tu es sa mère, après tout.

— Linden ! s'époumone Cecily d'une voix suraiguë pour couvrir les gémissements des serpents. Fais quelque chose, elle saigne à mort !

Les reptiles rampent hors du sac, s'enroulent autour de sa gorge, disparaissant sous ses vêtements. Le mot ricoche. Mort. Mort. Mort.

— Que lui avez-vous fait ? demande Linden à son père.

Je ferme les yeux pour ne pas voir ce qui arrive à Linden. La chair fondue coule de son crâne ; ses yeux trop verts dépassent de leurs orbites.

— Depuis combien de temps est-elle ici ? s'exclame-t-il. Pourquoi ne m'a-t-on rien dit ?

— C'est un médicament expérimental sur lequel je travaille actuellement. Il stimule le système immunitaire. Tout comme la vitamine C. Il provoque parfois des hallucinations bénignes…

Trop près. Vaughn est trop près de moi. Où que j'aille, il se rapproche toujours. Grâce à ce qu'il m'a implanté dans la cuisse, il peut me suivre à la trace. M'attirer dans son laboratoire comme un poisson qui mord à l'hameçon.

— Elle a dû trouver le moyen de se libérer de ses sangles, poursuit Vaughn d'une voix absente qui traduit son intense réflexion.

— Ses *sangles* ? s'indigne Linden avec une violence que je ne lui ai jamais entendue.

La terre gronde dans un roulement de tonnerre ; un court instant, je songe que le manoir va enfin s'écrouler en réponse à mon souhait d'autrefois. Mais Linden balaie les mèches qui me barrent le visage, et son geste est doux.

— Qu'est-ce qui t'est arrivé ? murmure-t-il.

Je perçois le va-et-vient de Cecily. C'est d'une voix nasillarde et paniquée qu'elle lance à Vaughn :

— Vous aviez dit que vous ne lui feriez pas de mal ! Qu'elle ne risquait rien !

— Tu étais au courant ? gronde Linden en entendant cela.

Sous mes paupières, la couleur vire à l'orangé. L'hystérie la plus totale s'empare de Cecily qui parvient tout juste à bredouiller : « Je… Je… » Vaughn a un claquement de langue agacé.

— Cessez d'en faire des tonnes, tous les deux. Un léger sédatif, et tout rentrera dans l'ordre.

J'ai envie de dire « chiche » mais ma voix s'y refuse. Je ne peux même pas crier ; ma langue ne répond plus et seul un horrible gémissement sort de ma gorge.

— Père, vous n'aviez pas le droit, s'emporte Linden. Elle n'est pas votre cobaye. Sous ce toit, elle demeure mon épouse !

Je sens qu'il me prend dans ses bras.

— Allons, mon fils, sois raisonnable.

— Il faut l'emmener à l'hôpital !

La douleur transpire dans le ton de Linden.

— Ils ne sauraient pas comment la traiter, rétorque Vaughn. Repose-la sur son lit, fils. Nous allons la soigner en un rien de temps. Ensuite, quand tu seras calmé, je t'expliquerai en quoi ce médicament lui est bénéfique. Comme il l'est pour nous tous.

Linden sanglote, m'implore d'ouvrir les yeux.

— Ne restez pas plantés là comme deux idiots ; vous avez entendu mon mari, lance Cecily assez fort pour couvrir les pleurs du bébé. Allez chercher la voiture. Allez, du nerf !

Cela déclenche un bruit de pas précipités, comme l'écho d'une averse, et les serviteurs bredouillent « Oui, Lady Cecily », « Tout de suite » et « Entrée ouest dans une minute ».

— Oh, Linden… Est-ce qu'elle respire ?

— Dieu tout-puissant, Cecily, fais sortir cet enfant qui hurle, grince Vaughn.

Sa voix est le dernier son qui me parvient. Le contact de sa main parcheminée qui se pose sur mon front m'est insupportable. Mon corps s'affaisse. Mon esprit se dissout.

La brise me caresse les cheveux. J'inspire à pleins poumons l'air marin du bord de mer de Floride. Une atmosphère chargée d'odeurs de cuisson, de friture, avec des relents d'eau salée et de béton frais. Aucune illusion ne peut reproduire une telle richesse. Le monde réel défile tout autour de moi.

— Ils vont bien s'occuper de toi, déclare Linden. L'hôpital n'est plus qu'à deux rues d'ici.

— Ne le laisse pas nous suivre, murmuré-je.

Ma voix est faible, mais au moins, j'arrive désormais à articuler. Quand j'ouvre les yeux, un rectangle de ville m'apparaît par la vitre teintée entrouverte de la limousine. J'ai bien cru ne jamais revoir le monde extérieur. Je voudrais le toucher mais mes bras refusent d'obéir. Sachant que cette tranche de paysage ne durera pas, j'essaie de la fixer dans ma mémoire, mais la lune bouge sans arrêt. Elle file derrière les immeubles, s'empêtre dans les arbres.

Linden me tient appuyée contre lui ; mon sang macule ses joues délicates, se colle dans ses boucles sombres. Il dégage les mèches qui me barrent la figure. Je ne me suis pas trouvée dans ses bras depuis très longtemps, mais je n'ai jamais oublié sa frêle carrure, sa peau si fine qu'elle évoque un lampion abritant une chaude lumière.

— Personne ne nous suit.

— Si, insisté-je.

Mais il ne me croit pas. Je vois dans son regard apitoyé qu'il pense que j'ai perdu la raison, et peut-être est-ce le cas. Aussi dis-je la seule chose susceptible de garantir ma sécurité.

— Ne m'abandonne pas.

Il presse ma tête contre sa poitrine, où j'entends le sang circuler dans sa chair, autour de ses os. Je sens sa chaleur irradier dans mes oreilles, dans mes côtes.

— Je ne t'abandonnerai pas, dit-il. Je le jure.

Le temps que la voiture s'immobilise, l'étoffe enroulée autour de ma cuisse s'est imprégnée de rouge. On m'extrait de l'habitacle, on me pousse, je roule. Je m'efforce de rester consciente mais tout devient flou autour de moi. Je sens le sang qui s'échappe, emportant avec lui ma capacité à comprendre, à parler, à me concentrer. Je deviens moins qu'humaine, une créature sauvage, primitive.

Je lutte contre les nouveaux visages et les nouvelles mains qui prétendent m'allonger de force, mais cela ne fait qu'accentuer leur pression. On m'aboie dessus sur un ton désagréable ; je ne comprends pas un traître mot. Impossible de distinguer ce qui se dit. La seule voix qui se détache est celle de Linden, extrêmement lointaine :

— Elle ne comprend pas ce qui arrive. Elle ne fait pas exprès de se débattre.

Je me tortille sur une table métallique brillamment éclairée. Mes jambes ne répondent plus mais je parviens à balancer quelques coups de poing sans voir qui je frappe. Vaughn arrive ; ils ne saisissent pas. J'essaie de leur dire, pour la balise dans ma cuisse, mais les paroles qui sortent de ma bouche sont suraiguës, sans queue ni tête.

— Chut, me dit Linden. Tout va bien. Tu es dans un hôpital. Ces gens sont ici pour t'aider.

Je ne suis pas rassurée pour autant : Vaughn possède tous les hôpitaux de la région.

Linden saisit mon poing à mi-course puis le retient et me frotte le bras. Toute envie de lutter me quitte. Je suis une épave gémissante, incapable d'ouvrir les yeux. Un genre de masque me couvre le nez et la bouche ; je crois d'abord qu'il est conçu pour m'étouffer, mais tout ce qu'il fait, c'est me compliquer la tâche pour rester éveillée.

Linden ne connaît pas les drogues conçues par son père, il ignore à quel point elles rendent fou. Le canyon sombre, menaçant, qui m'attend très certainement. La mort n'a jamais semblé si certaine, si proche. Elle a toujours eu un caractère lointain, et Gabriel avait raison, je n'aime pas y penser. Mais à cet instant, elle est inévitable. Elle est là. Elle m'attend dans les profondeurs.

Les ténèbres m'engloutissent juste avant que les mots atteignent mes lèvres :

Je ne veux pas mourir.

27

LE BRUIT de la pluie, de la circulation, du tonnerre.

En ouvrant les yeux au son d'une série de « bip » réguliers, je constate qu'une fois encore, mon avant-bras est percé de tuyaux. Mais cette pièce n'est pas au sous-sol. Je suis sûre que cette fenêtre n'est pas un hologramme.

Linden ne me regarde pas. Ses yeux sont rivés au téléviseur fixé près du plafond, au pied de mon lit. Le doux ovale de son menton s'orne d'un fin duvet ; sa peau est pâle. J'ignore combien de temps j'ai passé dans ce lit, mais je doute qu'il ait dormi ne serait-ce qu'un court instant.

Sans faire un mouvement, il me demande :

— Sais-tu où tu te trouves ?

— Dans l'un des hôpitaux de ton père.

— Et le mois ? ajoute-t-il d'une voix éreintée. Sais-tu quel mois on est ?

— Non.

Quand il se tourne vers moi, je m'attends à voir ses traits se muer en cauchemar, mais rien ne se passe. Linden a seulement l'air fané et endormi, le regard distant.

— Ils t'ont crue folle. La façon dont tu hurlais, les propos que tu tenais… Penses-tu toujours qu'il y a des cadavres dans le faux plafond ?

— J'ai dit ça ? m'étonné-je.

— Entre autres choses.

Je regarde les dalles. Blanches, ordinaires. Je redoute un instant d'entendre Rose ramper dans les conduits de ventilation, mais là encore, rien ne se produit.

— Non, réponds-je.

— Tu as dit autre chose, poursuit Linden. À propos d'un truc qu'il fallait extraire de ta cuisse.

— Une balise.

Voilà au moins une chose que je sais réelle… enfin je crois. Ayant pris l'habitude d'évoluer dans un monde où tout vire au cauchemar, je demeure perplexe devant cette lucidité toute neuve. Je m'attends encore à voir les chairs fondues de Linden glisser de son crâne ; mes regards insistants lui font d'ailleurs froncer les sourcils.

— Ton père avait placé une balise dans ma cuisse, afin de savoir où me retrouver si jamais je prenais la fuite.

Linden hoche la tête, baisse les yeux et rétorque :

— Je te l'ai entendu dire.

Je n'arrive pas à déterminer s'il est fâché après moi ou blessé. Son expression est totalement indéchiffrable. Mais ses traits n'expriment plus leur habituelle douceur, et je sais que les sentiments qu'il nourrit à mon encontre sont teintés d'amertume. L'époque où il me témoignait une affection aveugle est révolue ; je lui ai fait ouvrir les yeux le jour où je me suis enfuie. Sa simple présence est une énigme pour moi, et comme tout ce que je pourrais ajouter risque de provoquer son départ, je préfère me taire.

— Quand je t'ai entendue raconter ça, dit-il, j'ai cru que tu délirais. Ta fièvre était… dangereusement élevée. Je me suis persuadé que tu t'étais imaginé…

Sa voix dérape.

— La frontière du réel était floue, admets-je. Mais de cela, je suis certaine.

— Ils l'ont trouvée, déclare-t-il, les yeux rivés sur son doigt qui dessine des formes sur sa cuisse.

Il est en pyjama, et quand je fouille ma mémoire pour ressusciter l'image de Linden sur le seuil de ma chambre souterraine, je me rends compte qu'il portait le même. Quant à Cecily, elle était en chemise de nuit. Mon coup de sang avec les débris de la carafe a dû prendre tout le monde au saut du lit.

— Un appareil de la taille d'un petit pois, poursuit-il. Je n'avais jamais rien vu de pareil.

— C'est grâce à lui que ton père m'a suivie à la trace jusqu'à Manhattan.

Linden lève les yeux vers moi. Les yeux de son père en version plus lumineuse, plus douce.

— C'est donc là-bas que tu t'es rendue, dit-il en se détournant. Pourquoi ? demande-t-il au bout d'un long silence.

— C'est là qu'est mon foyer.

Enfin, qu'il était. Il n'en reste plus qu'une maison calcinée à laquelle plus rien ne me raccroche.

Linden se lève, va à la fenêtre et contemple l'averse torrentielle. Je distingue son reflet dans la vitre, et je sais qu'il m'observe lui aussi. Peut-être parce qu'il est incapable de me regarder en face. Je ne peux pas lui en vouloir. Il devrait me haïr car je l'ai trahi, je vois d'ailleurs qu'il lutte contre ce sentiment qui n'a jamais été dans son tempérament. Au tout début de notre mariage, j'ai cru avoir affaire à l'homme le plus insensible et haineux qui soit, alors qu'en réalité, il était tout aussi prisonnier que moi. Vaughn utilisait des murs pour me retenir, tandis que l'ignorance servait de prison à son fils.

— Linden…

Il lève la tête.

J'ouvre la bouche pour dire quelque chose, mais rien ne sort. Et quand je lutte pour me redresser, il se tourne et m'observe sans un geste pour m'aider ou un mot gentil pour m'encourager. C'en est fini des jours où je pouvais compter sur son amour indéfectible. Il ne reste qu'un grand vide dans son cœur autrefois débordant. J'ai eu tort de croire Linden capable de me céder à son père pour que celui-ci fasse de moi son cobaye. Mais c'est à cause de sa bonté, de sa compassion, nullement parce qu'il éprouve encore quoi que ce soit pour moi.

— Tu devrais continuer à te reposer, dit-il. Tu n'es pas rétablie à cent pour cent.

Une fois adossée à la tête de lit, je me mets à voir double. Cela s'améliore un peu quand je me concentre sur l'écran de télévision. Le flot d'images éclatantes reprend peu à peu du sens. Le son est coupé mais je comprends qu'il s'agit d'un flash info sur les vents violents qui soufflent sur la côte. Peut-être un nouvel ouragan menace-t-il.

— Je ne peux pas rester ici. Il faut que je rentre chez moi.

— Mon père ne viendra pas te chercher, siffle Linden avec une pointe d'agacement. Je ne le laisserai pas faire, entendu ? Repose-toi.

— Tu ne comprends pas ; des gens vont s'inquiéter pour moi. Ils vont me croire morte.

— Ah oui. Ce domestique…

Brusquement, je vois la laideur prendre le pas sur les premiers efforts de civilité. Or, si Linden est en droit de se sentir floué, moi aussi. S'il n'a pas mérité de se faire plaquer ainsi, je n'ai jamais demandé à devenir son épouse.

— Ah oui, dis-je en imitant son intonation. Ce domestique. Entre autres.

— Et comment comptes-tu t'y prendre ? (Il s'affale sur le siège qui jouxte mon lit.) En ralliant la côte est à pied ?

— Ne sois pas si condescendant, Linden. Comme si tu avais la moindre idée de ce dont je suis capable…

Les yeux rivés sur le carrelage, il a un petit rire amer.

— Là-dessus, tu as raison.

Il est blessé. Et il est embarrassé ; je vois ses mains s'agiter sur ses genoux. Il doit éprouver toutes les peines du monde à s'habituer à cette nouvelle image de son père. À cette nouvelle image de moi.

— Sais-tu seulement l'effet que cela produit, lance-t-il, quand on perd un être cher ?

— J'en ai perdu un.

J'attends qu'il se tourne vers moi avant d'ajouter :

— Le jour où je t'ai rencontré.

Je regrette ces paroles au moment où elles franchissent mes lèvres. Linden s'agite sur son fauteuil, évite mon regard et ne pose plus aucune question.

À mon éveil suivant, Linden est assoupi dans le siège à mon chevet. Un cahier ouvert repose sur ses genoux, et d'où je me trouve, j'aperçois le contour d'un bâtiment qu'il a commencé à esquisser. Des notes de musique jaillissent des fenêtres, ainsi que des tracés routiers et des câbles téléphoniques.

Je m'interroge sur le temps qu'il a pu passer ici. Sur les raisons qui le poussent à rester.

J'ai la tête dans le brouillard, et cette fois, je ne me donne pas la peine de m'asseoir. Je me contente de rester allongée dans mon lit d'hôpital, les yeux rivés sur la télé muette. Il est question de petite enfance dans le reportage en cours. Un banc-titre apparaît : « Un médecin convaincu d'avoir dupliqué les symptômes du virus. »

Mes idées s'éclaircissent immédiatement. Ce sujet est consacré à Vaughn ! La présentatrice, avec son sourire éclatant de jeunesse et ses cheveux blonds balayés par le vent, ne peut imaginer les horreurs commises par ce praticien, le véritable holocauste d'épouses, de domestiques et de nouveau-nés dont il s'est rendu coupable. En ouvrant les yeux dans cet hôpital, toutes ces atrocités s'étaient réfugiées dans un repli de mon subconscient, ne laissant qu'une impression de malaise diffus. J'étais alors trop abasourdie, trop occupée à faire le tri des choses réelles, puis à les assimiler.

— Cecily, lâché-je.

Linden fronce les sourcils quand le son de ma voix lui parvient.

— Linden. Réveille-toi.

Il inspire profondément, aussitôt sur le qui-vive.

— Quoi ? Que se passe-t-il ?

Voyant que je me démène pour me redresser, il se décide cette fois à m'aider, me cale des oreillers derrière les reins.

Je révèle tout ce dont je me souviens sans prendre le temps de séparer les faits avérés des délires possibles. Deirdre, prématurément vieillie et brisée, victime des agissements de Vaughn ; la mort de Lydia ; Rose qui rampe dans les gaines d'aération ; Cecily qui vient me voir en douce au sous-sol, ses cris dans mes cauchemars. Sur le moniteur de contrôle, mon rythme cardiaque s'est accéléré au fil de mon récit échevelé, au point que Linden m'ordonne de respirer à pleins poumons. Puis il m'observe comme si j'avais une nouvelle fois perdu la raison.

—Cecily te le confirmera, insisté-je. Elle était avec moi. J'en suis sûre. Elle en sait probablement beaucoup plus que moi.

—Oui, et elle aurait dû me parler de tout ça. Quand elle s'est enfin décidée, il était presque trop tard. Le moment venu, je lui en toucherai deux mots, mais pour l'heure, il faut que tu te calmes, sans quoi tu vas retomber malade.

Je secoue la tête.

—Je ne peux pas attendre. Tu dois absolument faire sortir Cecily de cette maison. Il ne faut pas qu'elle reste seule avec ton père…

Linden s'exprime lentement, de façon délibérée, dans le but d'apaiser mes craintes.

—Les actes de mon père sont inqualifiables. Il a failli te tuer. Il ne m'a pas informé de ton retour, probablement parce qu'il savait que je n'autoriserais jamais que l'on mène des expériences sur quelqu'un contre son gré.

C'est donc officiel : Cecily m'a menti. Elle n'a jamais prévenu Linden de ma présence au sous-sol. Rien d'étonnant de la part de mon beau-père, mais j'ai clairement surestimé ma sœur épouse. Au demeurant, il ne s'agit pas de son premier coup tordu. Et c'est la preuve de l'emprise que Vaughn continue à exercer sur elle.

—Il est allé trop loin, poursuit Linden. Il lui arrive d'oublier la dangerosité de ses traitements. S'il me l'avait dit, je n'aurais jamais…

—Tu ignores plus de la moitié de ce que ton père a omis de te dire, Linden. (Je me tords les mains sous le coup de la frustration ; Linden esquisse une réponse puis se fige, les yeux rivés sur mon alliance.) Personne n'est en sécurité dans cette maison !

—Tu continues à délirer…

—Ton père est un monstre, craché-je.

Linden encaisse le coup en grimaçant. Il se lève et recule.

— Je vais chercher un médecin, dit-il. Tu deviens hystérique.

Il se dirige vers la porte sans me quitter des yeux, comme si je risquais de l'attaquer. Il ne m'a jamais vue vraiment en colère : je me suis toujours maîtrisée pour gagner sa confiance. Mais aujourd'hui, je n'ai plus rien à perdre, et tous ces mois de silence forcé rejaillissent d'un coup.

— Il a tué Jenna, sangloté-je. Il a failli me tuer, moi. Tu crois Cecily à l'abri ? Il garde le corps de Rose au sous-sol. Je l'ai vu ! Il t'a menti à propos de ses cendres…

— Assez ! aboie Linden. (Venant de sa part, c'est tellement effrayant que je me le tiens pour dit.) N'y pense même pas, gronde-t-il. Ne mêle *pas* Rose à tout ça. Jamais. Tu ne sais rien d'elle. Ni de mon père. De quel droit me racontes-tu des choses pareilles ?

Il tremble, je ne vaux guère mieux et ses yeux sont inondés de larmes. Son regard traduit une telle rage, une douleur si intense, que je me hais pour ce que je m'apprête à dire.

— Linden, il a tué ton enfant.

Instantanément, le visage de mon ex-époux devient livide. Il prend un air méfiant, distant. C'est d'une voix heurtée qu'il répond :

— Impossible. Bowen se porte à merveille.

— Pas Bowen. Ton autre enfant. Ta fille.

Je suis désolée, Deirdre ; c'est ton secret, je t'avais promis de le garder. Mais briser ce serment est peut-être notre seule planche de salut.

— Je suis au courant, pour le bébé de Rose. (Prise dans un élan effroyable, je continue mon exposé. Le visage de Linden passe par toutes les facettes de la surprise et de la douleur.) Le bébé est mort. Ton père s'en est chargé, il a prétendu qu'elle était mort-née. Mais elle avait crié. Elle était vivante à la naissance.

— C'est Rose qui t'a raconté ça ? (La voix de Linden est haletante.) Elle était folle de chagrin. Elle n'acceptait pas ce qui venait d'arriver.

— Rose ne m'a jamais touché un mot de cette affaire. Je le jure. Je ne l'ai appris qu'après son décès.

Linden fait les cent pas en soufflant comme un phoque et en crispant les poings. Je ne l'ai jamais vu dans un tel état.

— Je t'en prie, Linden. Je sais que tu as toutes les raisons de te méfier de moi, mais c'est la vérité. Ton père est un homme dangereux.

— Pourquoi ? dit-il.

— Ton père a tué ta fille parce qu'elle était malformée.

— Non, ce n'est pas ça… Pourquoi me dis-tu ces choses ? Je… (Il secoue la tête dans un geste de dégoût.) Pourquoi es-tu si…

Il serre les dents ; je n'arrive pas à le regarder en face. Sa voix s'éteint puis il reprend :

— Si atroce. Tu es atroce.

En le voyant s'approcher de mon lit, j'esquisse un mouvement mais retire ma main avant de le toucher.

— Tout ce qui est sorti de ta bouche, halète-t-il, c'était un mensonge, n'est-ce pas ?

— Non, réponds-je d'une voix douce. Pas tout.

— Et ton nom ? T'appelles-tu seulement Rhine ?

Je suis consciente d'avoir amplement mérité cette réaction de rejet, mais même à cet instant, je le vois lutter contre son instinct qui, pendant un an, l'a poussé à me faire confiance.

— Oui, dis-je.

— Comment te croire ? Et toi, comment peux-tu espérer me voir gober tout ça ? Je n'ai aucun moyen de démêler le vrai du faux, dans tout ce que tu débites…

— Linden, mon nom est Rhine. Rhine Ellery, ajouté-je délibérément. Je suis devenue ton épouse contre mon gré. Tout le temps de notre union, je l'ai passé à essayer de m'évader pour rentrer chez moi. Jenna a fait son possible pour m'aider, et ton père était au courant quand il l'a tuée. Il a également tué ta fille et t'a affirmé qu'elle était mort-née. Seule avec lui, Cecily est en danger. Je te dis la vérité.

Ma voix est calme, raisonnable ; Linden retient son souffle en m'écoutant. Puis il me dévisage, et ses yeux sont soudain devenus vitreux, incolores. Il est livide, hagard. Et la façon qu'a sa bouche de se tordre, comme s'il était sur le point de sangloter ou de me hurler des horreurs, suscite un élan douloureux dans mon corps. Une réaction instinctive due à toutes les nuits que nous avons passées ensemble, dont beaucoup à faire notre travail de deuil respectif. J'ai envie de le serrer dans mes bras. Mais je n'ose m'y risquer.

Après un moment passé à s'arracher les cheveux et à respirer bruyamment, mon ex-époux semble avoir encaissé les terribles nouvelles que je viens de lui communiquer et fait mine de partir.

— Tu ne t'inquiètes pas, pour Cecily ? lui demandé-je. S'il s'agissait de Rose, tu irais la retrouver sur-le-champ…

Ces paroles énoncées, je crains de l'avoir mis en colère. Mais son regard se fait distant, son ton purement informatif.

— J'aime Cecily, que tu le croies ou non. Pas du même amour que j'ai eu pour Rose, ou pour toi. Mais qu'est-ce que ça peut faire ? J'ai aimé chacune de mes épouses de façon différente.

— Sauf Jenna, précisé-je.

— Ne te figure pas tout connaître de ma relation avec Jenna. Il y a des choses que tu ignores d'elle. De nous.

Il dit vrai. Jenna avait de nombreux secrets, elle savait à merveille éluder les questions et sourire quand elle était débordante de haine. Je ne saurai jamais tout d'elle ; mais je suis certaine qu'elle n'éprouvait rien pour Linden. Elle ne lui avait jamais vraiment pardonné de la laisser vivre alors que ses sœurs avaient été abattues.

— Nous avions conclu un arrangement, poursuit Linden.

Sa voix s'est faite plus douce, peut-être parce qu'il sait que le décès de l'aînée de mes sœurs épouses est encore une plaie ouverte dans mon cœur. Je garde une intonation mesurée et redresse ma position.

— Que veux-tu dire ?

— J'ai vu Rose mourir. Alors qu'elle était pleine de vitalité, un matin, sa peau s'est couverte d'hématomes, elle pouvait à peine respirer. Le moindre effleurement lui arrachait des larmes.

— Quel… (Ma voix se brise.) Quel rapport avec Jenna ?

— Jenna savait qu'elle allait mourir. Elle n'a jamais cru à la mise au point d'un antidote. Et, pour être franc, moi non plus. Pas après ce dont j'avais été témoin. Nous avions donc conclu un accord : ne rien ressentir, ne penser à rien dans nos moments d'intimité. D'une certaine manière, cela nous affranchissait un court instant de la solitude.

C'était la spécialité de Jenna, n'est-ce pas ? Faire oublier à un homme sa solitude pour la durée de sa prestation tarifée. C'est ce que font des milliers de filles ; j'en ai vu des hordes sortir des chapiteaux de Madame, le visage fardé, suintant, comme autant de poupées chinoises. J'ai entendu les pièces tinter dans les bocaux tandis que les clients allaient et venaient. Mais il n'y avait qu'une seule et unique Jenna, indomptable et douce, belle et insaisissable. La fille que Linden a connue était différente de celle que j'ai côtoyée. Malgré son absence, elle tient toujours autant de place. Il m'arrive encore de rêver de sa silhouette dans les nuages, percée par les rayons du soleil.

Je me racle la gorge et baisse les yeux.

— Si tu la connaissais si bien, tu dois savoir qu'elle aurait été d'accord avec moi. Ton père ne devrait pas rester seul avec les épouses que tu prétends aimer si fort.

— Mmh, oui, répond Linden en se dirigeant vers le seuil, elle s'est toujours montrée cynique. Repose-toi un peu ; je ne serai pas long.

La porte ne se referme pas en claquant, mais c'est tout comme.

Je m'effondre sur les oreillers, la mort dans l'âme, rongée par la culpabilité. Au fil de notre vie commune, Linden n'a quasiment rien appris sur moi : je n'ai fait que lui mentir et le manipuler. En revanche, j'ai une idée très fidèle de qui est mon époux. Un an après la mort de Rose, il peine à prononcer le nom de celle-ci, et plus encore à entendre que la dépouille de sa bien-aimée sert de sujet d'expérience à son père. Quant à lui révéler que Vaughn a tué l'unique enfant de Rose, cela n'entrait pas dans mes intentions. Une enfant que le jeune veuf aurait dû garder auprès de lui, malformée mais vivante.

Il est vrai que Linden n'a aucune raison de me croire. Mais j'ai vu l'acceptation de la vérité dans ses yeux. Désormais, il ne peut plus me regarder en face. Ce qui ne change rien au fait que Deirdre, et Dieu sait combien d'autres, sont coincés au sous-sol du manoir, mourants, peut-être déjà morts. Enfin, il y a Cecily, la gamine qui joue à l'adulte, inconsciente du danger environnant. Linden est sous le choc de ces émotions, mais comment pourrait-il en être autrement ? Moi-même, en apprenant l'histoire du bébé de Rose, je suis restée abasourdie, écœurée. Linden aurait mérité que je me montre plus compatissante, mais ce genre de révélation ne peut se faire que de façon brutale. Impossible de tourner autour du pot.

Clouée au lit, sous perfusions multiples, je suis condamnée à attendre. Même si j'étais en mesure de me lever et de retrouver Linden, il ne m'écouterait pas. S'il pouvait me pardonner mon évasion, il doit à présent me haïr pour ce que je viens de lui dire. Je conserve néanmoins une certitude : quelle que soit la haine qu'il éprouve pour moi, elle ne suffira pas à ce qu'il autorise son père à m'approcher. Linden reviendra, c'est sûr, ou alors il ordonnera aux médecins de me libérer.

Les images silencieuses défilent à l'écran. Ruelles sordides, bâtiments éventrés qui ressemblent vaguement à des maisons. L'atmosphère est saturée des cendres d'une récente explosion. La jeune présentatrice au sourire éclatant marche à reculons en soliloquant dans son micro. Je reconnais en elle une correspondante nationale ; cette émission est diffusée dans tout le pays. Le banc-titre indique : « Les rebelles pronature opposés à la reprise des recherches sur l'antidote. »

La journaliste se penche. Elle est trop bien habillée pour un endroit pareil. Elle a filé son collant et ses escarpins rouges commencent à se maculer de boue. Elle tend son micro à un groupe de jeunes gens assis sur le bord du trottoir ; crasseux et épuisés, ils semblent néanmoins vouloir s'exprimer.

L'un d'eux saisit le micro tendu et met tant de hargne dans son propos que la journaliste a un mouvement de recul. Le cadre se resserre autour du jeune garçon, cheveux en bataille, pommette ensanglantée. Ses pupilles, en revanche, pétillent d'énergie. Sans cela, je ne l'aurais jamais reconnu. Car ces yeux sont la copie conforme des miens. J'ouvre la bouche pour dire quelque chose mais seul un sanglot m'échappe. Je me couvre les lèvres, et quand la joie, la terreur et le choc retombent à un niveau raisonnable, je réessaie.

— Rowan.

CASTELMORE
60-62, rue d'Hauteville
75010 Paris
E-mail : info@castelmore.fr

CPI
AUBIN IMPRIMEUR

IMPRIM'VERT
Votre imprimeur agit pour l'environnement

Achevé d'imprimer en juillet 2012
N° d'impression 1206.0021
Dépôt légal, août 2012
Imprimé en France
36231060-1